Das Buch

Die Jahre 1976/77 bringen einen Aufschwung der Bürgerinitiativen und der ökologischen, grünen Bewegung. »Wer sich nicht wehrt, lebt verkehrt«, heißt die Parole der Jungen. An Heinrich Böll wird sie von Dorothee Sölle herangetragen, die ihn bittet, »etwas mehr für uns zu tun«. Böll reagiert müde, fast resigniert. »Spürst Du nicht auch, wenigstens vorübergehend, die Versuchung, in Lähmung zu verfallen, auf irgendeine ›Reise‹ zu gehen?« fragt er. »Du rennst und rennst, und wo Du auch hin- oder ankommst, stehen sie schon mit ihrem Grinsen der Ausgewogenheit: Du hast Deine Rolle gespielt.« In der Praxis bedeutet das: In diesen Jahren des »deutschen Herbstes« schreibt Böll wieder mehr Rezensionen, reagiert auf ketzerische, oppositionelle Bücher von anderen, versucht ihnen Popularität zu verschaffen. Der Theologe Horst Herrmann, der Ex-Terrorist Bommi Baumann, der Ex-Dissident Solschenizyn, Lew Kopelew, Horst-Eberhard Richter, Wolfgang Bächler, Reiner Kunze, Wolf Biermann, Jurij Trifonow, Jiři Pelikán und Bernward Vesper gehören dazu. Daneben: die Besinnung auf die eigene Person, die eigene Herkunft, wie in der Betrachtung über den »Husten meines Vaters«.

Der Autor

Heinrich Böll, am 21. Dezember 1917 in Köln geboren, war nach dem Abitur Lehrling im Buchhandel. Im Krieg sechs Jahre Soldat. Danach Studium der Germanistik. Seit 1949 veröffentlichte er Erzählungen, Romane, Hör- und Fernsehspiele, Theaterstücke und war auch als Übersetzer aus dem Englischen tätig. 1972 erhielt Böll den Nobelpreis für Literatur. Er starb am 16. Juli 1985 in Hürtgenwald.

Heinrich Böll
Schriften und Reden

Zur Verteidigung der Waschküchen. 1952–1959 (10601)
Briefe aus dem Rheinland. 1960–1963 (10602)
Heimat und keine. 1964–1968 (10603)
Ende der Bescheidenheit. 1969–1972 (10604)
Man muß immer weitergehen. 1973–1975 (10605)
Es kann einem bange werden. 1976–1977 (10606)
Die »Einfachheit« der »kleinen« Leute. 1978–1981 (10607)

Heinrich Böll:
Es kann einem bange werden
Schriften und Reden
1976–1977

Deutscher
Taschenbuch
Verlag

dtv

Schriften und Reden
1976–1977

entnommen aus:
Heinrich Böll Werke
Essayistische Schriften und Reden 3
1973–1978
Herausgegeben von Bernd Balzer
Verlag Kiepenheuer & Witsch, Köln (1978)
ISBN 3-462-01259-2 (Leinen)
ISBN 3-462-01258-4 (Broschur)

Dezember 1985
Deutscher Taschenbuch Verlag GmbH & Co. KG,
München
Lizenzausgabe mit freundlicher Genehmigung des
Verlages Kiepenheuer & Witsch, Köln
Umschlaggestaltung: Celestino Piatti
Gesamtherstellung: C. H. Beck'sche Buchdruckerei,
Nördlingen
Printed in Germany · ISBN 3-423-10606-9

Inhalt

Editorische Vorbemerkung zur Werkausgabe 1978

Die Bände *Essayistische Schriften und Reden* 1–3 enthalten die zwischen 1952 und Juni 1978 entstandenen Arbeiten dieses Genres. Ihre Zahl ist größer, als zu erwarten war: trotz Werner Lengnings verdienstvoller bibliographischer Arbeit (W. L., *Der Schriftsteller Heinrich Böll. Ein biographisch-bibliographischer Abriß*) war doch eine Reihe von Aufsätzen, Rezensionen, etc. unentdeckt geblieben; einiges lag auch – bislang unveröffentlicht – in Heinrich Bölls Archiv.

Dennoch ist diese Sammlung nur *nahezu* vollständig: So konnte etwa die mehrfach geübte Praxis, private Briefwechsel ohne Zustimmung Bölls zu publizieren, nicht durch die Aufnahme solcher Briefe in die Werkausgabe nachträglich autorisiert werden. Dazu waren Versprechungen zu respektieren, wie Böll sie z. B. Bischof Scharf gegenüber (vgl. *Ich habe die Nase voll*, 1974) öffentlich geäußert hat, wobei die Öffentlichkeit des Versprechens nicht das Entscheidende war, wie das Fehlen einiger Texte in diesen Bänden belegt.

Verzichtet wurde schließlich auch auf Texte (zumeist Resolutionen, Aufrufe, öffentliche Erklärungen), die Böll zusammen mit anderen Persönlichkeiten verfaßt, die er zum Teil auch nur mitunterzeichnet hat.

Ein weiteres »Defizit« ist nur scheinbar: bei verschiedenen in den Bibliographien verzeichneten Titeln handelt es sich – wie sich bei den Vorbereitungen zu dieser Ausgabe herausstellte – *nicht* um selbständige Veröffentlichungen, sondern um Nachdrucke unter verändertem Titel.

Auf eine Differenzierung der Texte in Aufsätze, Kritiken, Reden, Feuilletons etc. wie in den früheren »Schriften«-Ausgaben wurde hier bewußt verzichtet, um für den Leser den Nachvollzug des »Fortschreibungsprozesses« nicht zu erschweren, in den das gesamte Werk Heinrich Bölls einbezogen ist.

Diese Absicht bestimmte auch das Prinzip der Reihenfolge, die sich grundsätzlich an der Chronologie der Erstveröffentlichungen orientiert. Bislang nicht publizierte ältere Texte wurden freilich ihrer Entstehungszeit entsprechend eingeordnet, und bei Artikelserien, Briefwechseln etc. wurde der sachliche Zusammenhang über das Prinzip einer rigiden Chronologie gestellt.

Das Quellenverzeichnis macht die entsprechenden Abweichungen von der zeitlichen Reihenfolge deutlich; es ist überdies für die folgenden Bände erweitert um einige Anmerkungen vor allem in den Fällen, in denen die Kenntnis an Böll gerichteter Artikel oder Briefe für das Verständnis der Repliken unabdingbare Voraussetzung ist.
Textgrundlagen für diese Ausgabe waren – soweit vorhanden – die früheren bei Kiepenheuer & Witsch erschienenen Ausgaben, sonst die jeweilige Erstveröffentlichung – in wenigen Fällen das Originalmanuskript.

Bernd Balzer

Editorische Vorbemerkung zur Taschenbuchausgabe 1985

Die ersten fünf der auf insgesamt neun Bände konzipierten Taschenbuchausgabe *Schriften und Reden. 1952–1985* folgen in Wortlaut und Chronologie der Werkausgabe *Essayistische Schriften und Reden 1–3*, die 1978 im Verlag Kiepenheuer & Witsch erschienen ist. Das gilt im wesentlichen auch für den vorliegenden sechsten Band, der lediglich um die Rede Heinrich Bölls anläßlich eines Empfangs zu seinem 60. Geburtstag am 16. 12. 1977 (aus *Vermintes Gelände. Essayistische Schriften 1977–1981*, Kiepenheuer & Witsch Verlag, Köln 1982) ergänzt wurde.
Einige offensichtliche Druckfehler wurden stillschweigend beseitigt und aufgrund der eigens für die Taschenbuchausgabe erstellten Register einige Unstimmigkeiten in den Schreibweisen von Eigennamen ausgeräumt.
Um den sachlichen Zusammenhang herzustellen, wurde entgegen der Chronologie der Briefwechsel zwischen Dorothee Sölle und Heinrich Böll im Anschluß an eine Rezension in diesen Band aufgenommen, obwohl er sich bis ins Frühjahr 1978 erstreckte.

Vorwort zu »Nacht über Deutschland«

Es gehört zu den beängstigenden Merkwürdigkeiten der deutschen Geschichte, daß eines der am meisten verkauften und verschenkten, am meisten verbreiteten Bücher, Hitlers *Mein Kampf*, eines der wichtigsten Bücher, das man wirklich hätte lesen müssen, von nur sehr wenigen gelesen wurde. Der Vergleich mit der Bibel, der es Konkurrenz machte, trifft zu: auch die Bibel wurde nicht von sehr vielen gelesen. Wahrscheinlich hätte auch ich *Mein Kampf* nicht gelesen, wäre es nicht Pflichtlektüre in der Schule gewesen. Es war eine mühsame Lektüre, eine Zumutung: ich bewundere heute noch den Mut unseres Deutschlehrers, der auf eine trockene, wenn man genau hinhörte, verächtlich-verachtungsvolle Weise, diesen in den Jahren 1935/36 schon hochheiligen Text ohne jede Ehrfurcht »auseinandernahm«, zerlegte, und uns die Aufgabe stellte, ganze Abschnitte und Kapitel auf ein vernünftiges Maß zu kürzen und »verständlich« zu machen. Dieses unerträgliche Geschwafel wurde mir, als ich es »redaktionell«, als Deutschaufgabe bearbeiten mußte, vertraut, und es war schon eine seltsame Erfahrung, einen »an sich« unlesbaren Text lesbar zu machen. Unser Deutschlehrer, er hieß Karl Schmitz und war nicht von jenem »musischen« Deutschlehrertyp, der »Schwärmer« produziert, kann nicht geahnt haben, was er damals riskierte. Nicht damals gruselte mir, heute überläuft es mich kalt, wenn ich an diese riskanten Deutschstunden denke. Das hätte nicht nur schiefgehen, es hätte schauerlich enden können. Die Straßenbrutalitäten der Nazis waren augenfällig, *Mein Kampf* in seiner brutalen Verworrenheit, war die Anweisung dazu, die kaum jemand las. In Clément Moreaus Illustrationen zu *Mein Kampf* finde ich das Schaudern wieder: jenes Gruseln, das uns auf den von den Nazis besetzten und zerstörten Straßen befiel. Inzwischen gibt es ja schon wieder etwas wie Nazi-Nostalgie, irgendwo wird sicher *Mein Kampf* gedruckt und verbreitet. Das ist der richtige Zeitpunkt, um Clément Moreaus Illustrationen zu »Mein Kampf« wiederaufzulegen, das heißt: sie endlich den Deutschen bekanntzumachen. Mancher gebildete Deutsche, der sich bis heute die Lektüre von *Mein Kampf* versagt hat, der immer noch in jener Haltung verharrt, die da lautete: »Wenn das der Führer wüßte oder gewußt hätte . . .«, sollte endlich erfahren, daß der Führer es nicht nur gewußt, daß er es gewollt hat. Alles, was geschehen ist, hat er gewußt und gewollt: so nachzulesen in *Mein Kampf.* Es ist keine Prophetie, sondern ein Programm. Es ist »an sich« unlesbar und enthält doch alles. Clément Moreau hat alles, was man wissen muß, aus *Mein Kampf* herausgelesen und dargestellt. Schon das Wort Faschismus birgt in sich die Gefahr einer Verharmlosung. Man sollte das Kind beim Namen nennen: Nazismus, Nazis, sie Faschisten zu nennen wäre fast zu schmeichelhaft. Auch das beliebte Wort »faschistoid« enthält diese Verharmlosung. Man hätte sagen sollen: Faschismus ist schlimm, Nazismus ist schlimmer, und es wäre durchaus angebracht gewesen, das Wort »nazistoid« zu prägen, denn diese deutsche Variante hatte ihre eigene Qualität, die sehr rasch ihre Quantität gebar. Clément Moreaus Illustrationen machen augenfällig, was aus *Mein Kampf* nur mühsam herauszulesen wäre und gewesen wäre. Wer wird sich schon die Mühe machen, *Mein Kampf* zu lesen? Die Nostalgie – man kann schon sagen – marschiert, Marschtempo in Schlagern ist beliebt, besonders das »Polenmädchen«, das »allerschönste Kind, das man in Polen findt«. Was dieser, euphemistisch Polenfeldzug genannte, Krieg gegen Polen für die Polen bedeutet hat und bedeuten sollte, für die polnischen Liberalen, für polnische Priester wie für polnische Sozialisten, das ist alles in *Mein Kampf* zu finden. Dieser Mensch, der Hitler heiß, *Mein Kampf* geschrieben hat, eine schauerliche Rassentheorie zusammengelesen hat, so wenig nordisch aussah, daß es eigentlich hätte auffallen müssen (aber was fiel den Deutschen schon auf!), hat alles gewollt, was unter seiner Verantwortung geschah, und das allerschönste Kind, das man in Polen findt, ist wahrscheinlich in Auschwitz oder Treblinka ermordet oder bei Straßenkämpfen in Warschau erschossen worden. Man redet sich gern drauf hinaus, Hitler habe ja seine Kriege gegen den Bolschewismus geführt. Waren Frankreich, England, Norwegen, Dänemark, Holland, Italien, Jugoslawien bolschewistisch? Und wo gab es den hartnäckigsten Widerstand gegen Hitler? Ausgerechnet in zwei Ländern, deren Bevölkerung man annähernd als »nordisch« bezeichnen kann: Holland und Norwegen.

Clément Moreaus Illustrationen zu *Mein Kampf* sind aktuell nicht nur, damit die Deutschen endlich das Buch kennen lernen, das in ihrer Geschichte eine so entscheidende Rolle gespielt hat, auch damit sich die Nostalgie endlich einem Gegenstand zuwendet, der immer noch aktuell ist: dem Antinazismus. Wenn die Verharmlosung des Nazismus, der lange Marsch in die Verlogenheit des gesungenen Kitsches fortschreitet, wird unsere Sehnsucht sich wieder denen zuwenden, zu denen Clément Moreau gehört: den Antifaschisten, die in der Emigration einen verzweifelten Kampf führten, um die Welt mit den Greueln, die man alle in *Mein Kampf* finden kann, bekanntzumachen.

Nachwort zu Horst Herrmann: »Die 7 Todsünden der Kirche«

Es wäre schade, wenn auch dieses Buch bloß zu einem der zahlreichen Skandale würde, rasch in ein paar Schlagzeilen, Gegendarstellungen, Leserbriefen verschlissen. Schade wäre es auch, wenn es dem Rivalitätsmechanismus zum Opfer fiele, der darin besteht, daß der eine Theologe findet, er habe ja schon viel Skandalöseres gesagt, und es sei untergegangen, und der andere Theologe darauf verweist, daß er das alles ja schon früher, möglicherweise in anderer Form, gesagt habe. Besser wäre es, wenn alle umstrittenen und vergleichbaren Thesen vergessener oder ad acta gelegter Publikationen durch dieses Buch wiederbelebt würden. Die Theologie als wissenschaftliche Disziplin unterscheidet sich ja leider nicht von anderen Disziplinen, sie ist »systemimmanent«, ihr akademischer Charakter setzt den Abschuß unerfreulicher Thesen auf der Ebene akademischer Eitelkeit voraus. Die Kirchen in ihrer Amtlichkeit können sich auf dieses System verlassen: es funktioniert, und angesichts der Publizitätsindustrie funktioniert es immer besser. Die Sache, die Materie, die Substanz geht in diesem schwer definierbaren Mischmasch aus innertheologischer Auseinandersetzung, in die sich die Publizitätsindustrie um des Skandals willen einmischt, verloren. Die Kirchen in ihrer Amtlichkeit wissen inzwischen, wie sie sich verhalten müssen: abwarten, wie sich die »Sache« entwickelt. Gerät sie aufs Karussell der Eitelkeiten, zuschlagen, verdecken, zeigt sich aber öffentliches Interesse über das »Skandalöse« hinaus: Rückzug, Einlenken, Vertuschen; zeigt sich gar Solidarität: Vorsicht! Und vielleicht den Umweg über die Denunziation wählen, die »Glaubwürdigkeit«, die »persönliche Integrität« des Betreffenden und damit seine »Sache« anzweifeln. Nun sollte jeder, und natürlich auch jeder Theologe ein Recht auf seinen statistischen Anteil an Nicht-Integrität haben und beanspruchen. Jede Gesellschaft, ganz gleich welcher politischen Konzeption, produziert ja eine bestimmte Masse »Schmutz«, und es sollte jedes Glied dieser Gesellschaft einen Anspruch auf seinen statistischen Anteil erheben, und sollte er seinen Anteil nie beansprucht haben, dann gebührt ihm ein entsprechender Kredit. Es ist doch merkwürdig, daß die Kirchen, wenn man Schwächen an ihnen

entdeckt, sich immer auf das Menschlich-Allzumenschliche berufen, es aber nie denen zubilligen, die Schwächen an ihnen entdecken. Ich glaube nicht, daß Horst Herrmann diesen Kredit wird beanspruchen müssen – er sollte nur für ihn in Reserve stehen, er sollte nicht durch Denunziationen erpreßbar sein.
Herrmanns Buch mit dem provokanten Titel enthält nicht nur Polemik, Kritik, nicht nur die üblichen »Abrechnungen«, es enthält auch viele Angebote, und es wäre schade, wenn sie alle in Gekränktheiten, Ärgerlichkeiten verlorengingen oder in den Medien, die dem Milieu leider zur Verfügung stehen, etwa auf dem Niveau der *neuen bildpost* abgefertigt würden. Es wäre schade, aber die Hoffnung, daß es nicht so kommen möge, ist gering. Im Vorfeld dieser Publikation ist so einiges vorprogrammiert, unter anderem der personalpolitische Konflikt zwischen den Herren Tenhumberg, Herrmann und dem Wissenschaftsminister des Landes Nordrhein-Westfalen, Rau. Es wird sich ja zeigen, was es mit der Freiheit von Lehre und Forschung für Theologen auf sich hat, und es wird sich zeigen, ob der »Bund Freiheit der Wissenschaft« hier eingreifen wird. Merkwürdige, spannende Situation, auch gespannt. Herrmann hat wenig Solidarität oder Solidarisierung zu erwarten, er greift nicht nur die Kirche in ihrer Amtlichkeit an, auch seine eigene Disziplin, die Theologie und deren fast asoziale Privilegiertheit. Da wird es nicht mehr darum gehen, ob einer »links« oder »rechts« steht, im Getto der beamteten Theologie wird Angst ausbrechen. Die fast risikolose Erziehung, die wohlabgestufte Verwöhnung, dieses Auf- und Hineinwachsen des gesamten bundesrepublikanischen Klerus in eine geschmäcklerische und geschmackvolle Verwöhntheit, die bis in den einzelnen Gestus hinein ihre Peinlichkeit offenbart, sollte nicht Ärger, eher Mitleid erregen; und innerhalb dieser Verwöhntheit der »geistlichen *Herren*«, ihrer gesteigerten Deformiertheit, spielt die professoral ausgeübte Theologie ja eine besondere Rolle, bei der ihr auch noch Ruhm, Ruf und Last des Hochschullehrers zufällt und aufgebürdet wird.
Herrmann will – und keineswegs als erster – aus diesem Getto heraus, und es wäre schade, wenn alle die, die es vor ihm versucht haben und möglicherweise gescheitert sind, es bei Resignation oder Schadenfreude belassen würden. Wenn die Theologie wirklich beansprucht, Wissenschaft zu sein, kann es für ihre Erkenntnisse keine episkopalen oder papalen Grenzen geben. Strit-

tigkeiten, Zwistigkeiten, interne, innerliche und verinnerlichte theologische Auseinandersetzungen, antiklerikale Witzchen, Generalvikariatsanekdoten – das alles ist pubertär, pennälerhaft, bestenfalls hat es Kommerscharakter, Bierzeitungsdimension. Diese Konveniatsgemütlichkeit, bei Pfeifenrauch und Geplauder über Weinmarken – ein peinlicher Unernst, hat seine Zeit, vielleicht sogar seine Funktion gehabt. Doch diese Zeiten sind vorbei; es ist nicht mehr die Zeit, auf Privilegien auszuruhen, sie zu verteidigen, möglichst noch zu erweitern, während ringsum alles abstirbt. Auf der statistischen Masse von rk. oder ev. Kirchensteuerzahlern läßt sich gut ruhen. Die Sache ist nicht mehr witzig, nur noch peinlich, und es sind Theologen wie Herrmann – der viele, viele Vorgänger hat –, die sich dieser Peinlichkeit bewußt sind und aus ihr herauswollen. Das ist nicht mit ein paar miesen Artikeln in kirchentreuen Blättchen zu bereinigen.
Die Theologie muß sich klar darüber werden, ob sie noch teilen, ob sie noch mitteilen kann – oder zu einem Käfig wird, in dem es dann zahlreiche linke und rechte Glasperlenspiele gibt. Manche verlassen diesen Käfig »gerupft«, andere werden mit Sonderbröckchen abgespeist, viele verbittern, vertrocknen, resignieren. Was bringt es denn Herrn Tenhumberg ein, wenn sein Disziplinierungsversuch via Konkordat gelingt? Herrmann »entlarvt« ja nicht nur, »klagt nicht nur an« – es wäre ja auch sinnlos, nachdem es so viel Entlarvungen und Anklagen gegeben hat. Das einige Male im voraus zitierte »Tote Kirche, lebe wohl«, die Überschrift des Schlußkapitels, wird ja nicht von Herrmann an die Kirche gerichtet, es wird für andere gesagt, die nicht etwa am Glauben scheitern, sondern an der Unglaubwürdigkeit der Kirche. Diese provokant klingende Überschrift ist ja nicht an eine Leiche gerichtet, sie hat den Charakter eines Belebungsversuches an einer möglicherweise nur Scheintoten. Es ist schon peinlich, wenn auch nicht unwiderruflich, wenn der Münchner Kardinal Döpfner das Schicksal der Kirche mit dem Schicksal der freien Marktwirtschaft gleichsetzt. Wenn da Sozialisten – ich nehme an, es sind Sozialisten aller Schattierungen gemeint – die »freiheitliche Gesellschaft« bedrohen – wer hat da die Freiheit der Herren Küng, Vorgrimler, Rahner und anderer bedroht? Gibt es da etwa nur Freiheit innerhalb bestimmter Grenzen? Auch für Horst Herrmann? Und muß ein Wissenschaftsminister diese Grenzen respektieren? Freie Marktwirtschaft für Theologie gibt

es offenbar nicht. Die Kirche verliert ja nicht an Glaubwürdigkeit wegen ihres metaphysischen Anspruchs, sie verliert wegen ihrer physikalischen Verhaftung an und chemischen Symbiose mit einem Materialismus, wie es ihn krasser noch nicht gegeben hat.

Gegen die Titel *Die sieben Todsünden der Kirche* ließe sich höchstens einwenden, daß die Zahl sieben zu gering ist, die klassischen sieben Todsüden kaum noch greifbar, vielleicht nur noch in der paradoxen Gegenüberstellung, die Herrmann wählt, indem er von der Hoffart der *Unschuldigen,* der Trägheit der *Satten,* der Unkeuschheit der *Keuschen,* dem Zorn der *Klassenbewußten,* der Unmäßigkeit der *Besitzenden,* dem Neid der *Dienenden,* dem Geiz der *Opferwilligen* spricht. Aber auch neue Sünden deutet Herrmann an, die Sünden etwa des Zeitmangels, diese Krankheit, die uns alle befallen hat, diese schnöde Unbarmherzigkeit, die er in einem Zusammenhang zwischen Geld, Zeit und Angst sieht, der noch zu klären sei. Mag eine neue Theologie diesen Zusammenhang klären. Eine andere Sünde, die man Unbarmherzigkeit gegen die Natur und die Elemente nennen könnte, ein durch das Schlagwort »Umweltschutz« bisher lediglich säkular besetzter Begriff. Was Carl Amery »Das Ende der Vorsehung« genannt und theologisch interpretiert hat, müßte mit dem »Macht euch die Erde untertan« konfrontiert werden. Und beides, die Unterwerfung der Erde, die uns dazu zwingt, »keine Zeit zu haben«, dieses rastlose Dasein zwischen ein paar Schlagzeilen, wäre schon theologischer Sorgfalt wert. Es gibt Ansätze genug in Herrmanns Buch. Es wäre schade, wenn sie alle in dem wohleingeübten Mechanismus von Kränkungen und Gekränktheiten, wenn sie auf dem Jahrmarkt theologischer Eitelkeit verlorengingen.

Ein Fall für Herrn F., Herrn D. oder Herrn L.?

> Wenn man leben wollte, mußte man das Gesetz brechen, weil alle Gesetze einen zum Tode verurteilten
>
> Isaac Bashevis Singer
> »Feinde, die Geschichte einer Liebe«

Ob ich ein Fall für den Staatsanwalt bin, möchte ich lieber nicht herauszufinden versuchen; mir sind die Verjährungsfristen nicht so geläufig und so schweige ich über meine Nachkriegsverbrechen, spreche lieber über meine Kriegs- und Vorkriegsverbrechen; wenn ich Kriegsverbrechen sage, meine ich natürlich nicht die *wirklich* kriminelle Tatsache, daß ich bewaffnet mich in fremden Ländern herumtrieb, in Angriff und Rückzug, Besatzung oder gar als Angehöriger einer »befreundeten Macht« (Ungarn, Rumänien). Meine Kriegsverbrechen sind anderer Art, solche, die nicht im Sinne der Deutschen Wehrmacht, sondern gegen sie begangen wurden. Merkwürdigerweise habe ich erst fünfundzwanzig Jahre nach seinem Ende vom Krieg zu träumen begonnen (mögen die Psychologen herauszufinden versuchen, warum ich so spät erst davon zu träumen anfing, und warum ich das merkwürdig finde). Ich träume sehr selten von dem, was am Krieg kriegerisch ist: Maschinengewehre, Bomben, Panzer (die auf einen zu, an einem vorbei, über einen wegfahren) einfache Gewehre, Flammenwerfer, Granaten, Handgranaten. Nein, das Kriegerische am Krieg scheint mich auch im Traum nicht zu interessieren: ich brauche mir offenbar diesen Film nicht anzuschauen, in dem da müde und schmutzige Helden in irgendeinem Graben eine letzte, eine allerletzte Zigarette miteinander rauchen (teilen); man kennt das doch aus dem Kino: dieses schmerzlich sentimentale Glitzern in den Augen, das gierige (und doch kameradschaftlich begrenzte) Ziehen am glühenden Stäbchen, bevor die Granate einschlägt. Nein, ich träume nicht einmal von den Bombenangriffen auf Köln, deren ich einige saftige erlebte (und auch daran waren nicht so sehr die Bomben interessant wie ein paar Details, etwa das gemeinsame Absingen von Karnevalsschlagern – war's »Kornblumenblau«, »Heidewitzka« oder »Ja, das sind Sächelchen, dies Herz erfreuen«?) Ich weiß nicht mehr genau. Nein. Meine Träume gleichen eher dem

Erlebnis des Knaben in Goethes Gedicht, der den Sonntagsgottesdienst schwänzte und letzten Endes von der Glocke geschnappt wird. Dieses Gedicht, entsprechend eindrucksvoll illustriert (in einer Reihe, die, glaube ich *Der Deutsche Spielmann* hieß), hat mich als Kind schon beeindruckt und bedrückt (später kam mir seine erzieherisch-moralische – fast schon *moralistische* – Tendenz ganz ungoethisch vor. Wer wird denn derart deutlich den Zeigefinger erheben?) Kurz: ich träume davon, daß ich geschnappt werde, und die längst verjährten Vergehen, Gesetzesübertretungen, vielleicht Verbrechen kommen spät, aber sie kommen. Nicht, weil mein Gewissen mich bedrängt, sondern – wie mir scheint – weil das Risiko, damals geschnappt worden zu sein, geschnappt zu werden, so groß war, daß es sich im Traum in ein Geschnapptwerden verwandelt. Vielleicht könnte man sagen: Das Risiko, im mehr oder weniger jugendlichen Leichtsinn eingegangen, holt mich im Alter ein. Merkwürdigerweise – mögen die Psychologen aufmerken! – träume ich nie von den Vergehen, die mir *damals* schon peinlich waren, bei denen sich damals schon mein Gewissen regte, und das war immer dann, wenn ich »legal« etwas stahl, also jene Tätigkeit ausübte, für die das bürgerliche Gewissen, dem das Eigentum so heilig ist, das Idiotenwort »Organisieren« erfunden hat. Diese Form des Schmunzeldiebstahls, dem die Deutsche Wehrmacht so nachdrücklich gehuldigt hat, war mir immer widerwärtig, und doch bin ich auch ihrer schuldig: Hemden, Zigaretten, Wein, Sekt, Socken, Kartoffeln (lauter vergängliche Dinge, wie man sieht, für unvergängliche, für *dauernde* Werte, fehlte die Transportmöglichkeit: Lastwagen, Flugzeuge, Eisenbahnwaggons – ich war nun einmal bei der Infanterie und da schleppt man möglichst wenig mit). »Bleibende Werte« – das ist sowieso ein Witz: was bleibt schon? Nein, ich träume nicht von diesen Diebstählen, die wohl alle durch das Schmunzelidiotenwort »Organisieren« gedeckt wären. Mein Gewissen ist, was diese Übergriffe betrifft, verheilt, vielleicht vernarbt. Nein: nicht ganz. Ich denke manchmal noch an das Damenfahrrad, das ich in einem Dorf bei St. Omer vor einem Haus wegnahm, um rechtzeitig den Urlauberzug zu erwischen; ich *weiß* nicht, aber ich hoffe, daß seine Besitzerin es wiederbekommen hat; dieses Damenfahrrad hat mein Gewissen so schwer belastet, daß ich fünf Jahre später um eines anderen, nicht gestohlenen, sondern geliehenen Fahrrads willen, das ich unbedingt zurückbringen wollte, in Kriegsgefangenschaft geriet – was ich, wäre dieses Herrenfahrrad nicht gewesen – hätte vermeiden können; man sieht: ich habe gebüßt: sieben Monate Kriegsgefangenschaft um eines Fahrrads willen, das wahrscheinlich ohnehin irgendwo verrostet ist – aber ich bin nun einmal im Punkt Fahrräder empfindlich, und man muß natürlich wissen, daß Fahrräder in Kriegs- und Nachkriegszeiten kostbarer sind als Pferde (die ja fressen müssen) oder Autos, oder gar Flugzeuge.

Was ich legal, im Sinne von »Organisieren«, gestohlen habe: das habe ich abgebüßt, aber warum, warum, so frage ich mich, muß ich im Traum noch büßen für Vergehen, die mein Gewissen nie belastet haben, bei denen ich nicht geschnappt worden bin, bloß hätte geschnappt werden können? In welchen Tiefen spielt sich da *was* ab? Warum kommen diese Träume so spät, Träume in denen mir meine Gewissenlosigkeit vorgeworfen wird, natürlich auch die Vergehen oder Verbrechen als solche, aber mehr noch die Tatsache, daß sich »mein Gewissen nicht gerührt hat«?

Es wäre falsch, anzunehmen, daß der gestrenge Gerichtsvorsitzende, der da in meinen Träumen bedenklich sein Haupt schüttelt, Zeigefinger schwenkt, versucht, mein Gewissen *wachzurütteln*; dem es nicht genügt, mich, wie das Gesetz es befahl, zu bestrafen; der ebenso viel (wenn nicht mehr) Wert drauf legt, in meinem Gewissen und gar mit konfessionellen Argumenten, Leben zu erwecken; es wäre falsch zu sagen, daß dieser Herr Filbinger heißt, noch falscher zu sagen, daß es Filbinger *ist,* ebenso falsch, zu sagen, daß es *nicht* Filbinger ist oder er *nicht* Filbinger heißt. Verflucht, natürlich ist es nicht Herr Filbinger in seiner gesamten und imponierenden realistisch-naturalistisch landesherrlichen Wirklichkeit. Dieses unsinnige Gerede über Wirklichkeit. Er ist es und er ist es nicht. Das peinlichste an ihm ist, daß er *aufrichtig besorgt* um mich ist. Es will ihm nicht in den Kopf, daß meine einzige Sorge die war, geschnappt zu werden. Hatte ich sonst keine? War mir die Deutsche Wehrmacht *als solche* denn *so* gleichgültig? »Trifft es denn wirklich zu, Schütze (Oberschütze, Gefreiter, Obergefreiter) B., daß Ihnen Fahnenflucht *als solche* nicht als Vergehen erschien, daß nur die Angst vor der Strafe Sie daran hinderte, sie bloß zweimal zu begehen?«

Ich nicke und nicke, auch als er mir Entfernung von der Truppe, Urkundenfälschung, Diebstahl von Urkunden (Urlaubsscheine und Marschbefehle), Entwendung mehrerer Stempel, Verkauf von Wehrmachtseigentum, *Verschenken* von Wehrmachtseigentum an Untermenschen, versuchte Selbstverstümmelung, Urlaubsüberschreitung vorwirft. Ich nicke und nicke, ich bin geständig, und weil dieser ordentliche Mensch sich selbst mehr quält als mich, suche und kratze, kratze und suche ich, so etwas wie Reue oder wär's auch nur so etwas wie Bedauern in meiner verderbten Seele zu finden: ich finde es nicht. »Und (leise, fast flüsternd) trifft es zu, Obergefreiter B., daß Sie katholisch sind?« Ich nicke. Er schüttelt den Kopf. Verflucht, soll ich ihm etwa meinen Taufschein vorlegen? »Und es ist Ihnen nicht eingeprägt worden, daß man Befehle ausführt, Gehorsam nicht verweigert, Staatseigentum nicht verkauft, sich nicht unerlaubt von der Truppe entfernt, sich nicht urkundliches Material aneignet?« Es will ihm nicht in den Kopf und mir nicht ins Gewissen. Reumütig gebe ich zu, zwei Seidenhemden in einem Dorf nahe Amiens geklaut, ein Fahrrad entwendet zu haben – aber *das* interessiert ihn merkwürdigerweise nicht. Was *mich* interessiert, interessiert ihn nicht, und was ihn interessiert, interessiert mich nicht. Sprechen wir zwei verschiedene Sprachen, gehören wir zwei verschiedenen Konfessionen an? Verflucht, wußte er etwa nicht, daß *auch* deutsche, nicht nur italienische oder österreichische Katholiken hin und wieder klauen? Die unvermeidliche Frage kommt: »Sind Sie Rheinländer?« Ich nicke. Klauen Schwaben etwa nicht? Was soll das? Geht's hier um Konfessionen, Regionen oder geht's darum, daß wir beide nicht nur nicht einmal andeutungsweise kongruent sind, sondern einfach einander fremd sind? Soll er mich doch bestrafen, nachträglich, wenn's sein muß sogar posthum, aber muß er mich auch noch bekehren, muß er mich auch noch überzeugen? Vielleicht kann man sich vorstellen, wie quälend diese Art von Kriegsträumen sind. *Einsicht* wird von mir verlangt, aber ich kann einfach nicht einsehen. Es ist Herr F. und er ist es nicht. Um des Himmels willen, wann werden wir endlich begreifen, was es mit dieser verfluchten »Wirklichkeit« auf sich hat: wie kann der Herr Filbinger wirklich und wahrhaftig aus seiner Staatskanzlei in den Traum eines anarchistisch angehauchten Zeitgenossen herabsteigen? Das geht doch gar nicht, das gibt's doch gar nicht. Da vermischen sich in meinen Träumen Vergangenheit und Gegenwart, nicht nur auf eine sur-, sondern auf eine gänzlich unrealistische Weise, und er

pruckelt und puhlt und puhlt und pruckelt in mir rum, blättert in meinen »Papieren« murmelt »Rheinländer« (als wär's ein Verbrechen, ein angeborener Makel, aus dem Rheinland zu stammen, wo es doch die *Wacht am Rhein* gab und den Dombauverein). Oder – im Traum wird mir bang ums Herz, sehr sehr bang – ist es etwa Herr Dregger, mein potentieller Kompaniechef oder Bataillonskommandeur, dem meine regionale Herkunft so wenig gefällt wie meine Konfession, die auch seine ist. »Wenn Ihnen schon die Deutsche Wehrmacht völlig gleichgültig war (ist), hätten Sie dann nicht wenigstens deren Eigentum respektieren können?« Irgend jemand, den ich nicht erkennen kann, murmelt etwas von moralischem Schwachsinn, der fast unter § 51 fiele, aber ich plädiere gegen diese Stimme des Unbekannten, daß ich »moralischen Schwachsinn« (so gleichgültig mir diese Entlastung *an sich* wäre) nicht beanspruchen möchte, denn ich hätte zwar alles, oder genauer gesagt *fast* alles verscheuert, aber Waffen nie. Ehrlich: Waffen habe ich nie verscheuert. Es gab da eine Grenze: Waffen nie, und es war wiederum nicht mein Gewissen, auch nicht andeutungsweise meine Moral, die mich daran hinderte, sondern – Gott sei's geklagt! – mein Schönheitssinn, vielleicht sogar meine Phantasie. »Was Waffen anrichten« plädiere ich »ist einfach unschön. Eine Wehrmachtsdecke, ein Wehrmachtsmantel, sie mögen *zwei* magere oder *eine* dickere russische Oma gewärmt haben, ein paar Socken sind immer willkommen, Stiefel – wenn Sie die Schlammperioden auf dem russischen Lande bedenken, meine Herren, sind äußerst nützlich, auch Schuhe sind willkommen, ein Pelzkragen kann auf wunderbare Weise neuralgische Beschwerden heilen, aber Waffen, meine Herren, Waffen richten Unschönes an. Ich mag von moralischem Schwachsinn nicht weit entfernt sein, aber mein Schönheitssinn ist intakt. Ich bestehe darauf. Ein Wehrmachtsschal kann einem frierenden Säugling das Leben retten, ein Kopfschützer kann Wunder bewirken, aber Waffen: nie.«
Immer werde ich nur angeklagt, nie verurteilt, und immer bohrt man an jener (welcher?) Stelle meiner Seele herum, wo mein Gewissen sitzen müßte. Hin und wieder tritt so eine Art Beisitzer auf, der nicht nur Leber heißen, sondern sogar Leber *sein* könnte, auch er – verflucht nochmal – katholisch, und er tut etwas ganz Falsches, etwas, das die Sache, diese Fremdheit zwischen uns allen, noch verstärkt: er erinnert mich an meine Mutter, er

sagt ungefähr »Gefreiter B., aber denken Sie doch einmal an Ihre brave Mutter, was würde die denn sagen, wenn sie erführe, was ihr braver, gutkatholisch erzogener Sohn H. getan hat; was Sie getan haben? Haben Sie denn gar kein Gefühl in der Brust?« Von diesem Augenblick an, ist auch theoretisch keine Verständigung mehr möglich, die Fremdheit (keine Entfremdung, Fremdheit!) endgültig etabliert, denn der Alptraum wird zur Komödie, aus der ich erleichtert erwachen werde. Ich lache – im Traum. Denn die oben von Herrn L.(?) erwähnte Dame, meine Mutter, wäre wahrscheinlich nur enttäuscht gewesen über die Geringfügigkeit meiner Vergehen, sie war es nämlich, die mich im relativ zarten Alter – vierzehn, fünfzehn mag ich gewesen sein – gelegentlich bat, die Unterschrift meines Vaters oder meines älteren Bruders unter einem Wechsel zu fälschen. Nicht allzu oft, vielleicht sechs- bis siebenmal, und nicht zum eignen Vorteil, nicht einmal zum Nachteil derer, deren Unterschrift ich fälschte. Wir taten's einzig und allein, weil uns das fürchterliche Gebimmel der Gerichtsvollzieher auf die Nerven ging. Ja, es ging uns schrecklich auf die Nerven! (Zeugin dafür meine Schwester J.) Wir wußten natürlich, daß diese Leute nur ihre Pflicht taten, und sie waren meistens regelrecht nett (wirklich: die meisten Gerichtsvollzieher waren regelrecht nett), aber *sie* standen unter Zwang, *wir* standen unter Zwang, und wenn sie allzu lange und allzu heftig bimmelten, fiel das Nadelkissen herunter, das wir zwischen Glocke und Klöppel gesteckt hatten und dann ging's eben an die Nerven – Nerven inmitten der tiefsten Talsohle einer Weltwirtschaftskrise! Nun, dann öffneten wir eben die Etagentür, ließen den Herrn herein, und meine Mutter (die von Herrn L. soeben im Traum erwähnte Dame!) überredete ihn, mal wieder einen Wechsel zu nehmen (das war, glaube ich, gar nicht erlaubt, aber es war eben doch »mehr als nichts« und es gab einem – was die anstehende Summe betraf, nicht generell! – drei Monate Zeit, und da uns noch nie ein Wechsel »geplatzt« war, obwohl wir permanente Wechsel »ritten«, war so ein »Papierchen« vielleicht sogar mehr als nur »mehr als nichts«). Meine Mutter war in diesem Punkt vollkommen gewissenlos – wie ich. Mir machte das sogar Spaß (wer je wegen Gerichtsvollziehergebimmel ein Nadelkissen hat zwischen die Klingel klemmen müssen, wird Nachsicht mit mir haben). Beim erstenmal kopierte ich von einem eingelösten Wechsel mit Bleistift und Pauspapier sorgfältig die Unterschrift meines Vaters durch, zog sie dann sorgfältig mit dem Füllfederhalter nach. Eins möchte ich betonen: Unterschriften gefälscht habe ich bei der Deutschen Wehrmacht nie. Ich klaute Urlaubsscheine und Marschbefehle immer *mit* Unterschrift, fälschte dann nur das »Marschziel« oder die Urlaubsdauer. Vielleicht war das gar nicht Urkundenfälschung, sondern nur »strafbare Veränderung eines amtlichen Dokuments«.

Wir wollen hier nicht um die Begriffe feilschen: das alles ist verjährt, und doch offenbar nicht vergangen. »Unbewältigte« Gegenwart, wie sie aus den Physiognomien mancher Politiker erst seit sechs oder sieben Jahren, *verwandelt* natürlich, nicht *wirklich* in meinen Träumen auftaucht, in Form von Verhören, Belehrungsversuchen. Es werden nie Strafanträge gestellt, kaum Anklageplädoyers gehalten, man möchte mich nur so gern *verstehen,* aber man versteht mich nicht. Mir wär's lieber, sie bestraften mich – im Traum – dann wäre ich sie los, sie mich, aber diese (ich muß schon sagen) schleimig-schneidig gemischte Art, mein Gewissen *wachzurütteln,* das geht mir auf die Nerven wie Gerichtsvollzieherbimmeln. Über meine Nachkriegsverbrechen vielleicht später einmal, wenn ich mich der Verjährungsfristen vergewissert habe. Es gibt da nämlich so ein Druckwerk, das heißt *Deutschlandmagazin* (nein, politische Pornographie ist das *nicht*) und man weiß ja nie, wer da Anklage erhebt oder Klage einreicht, und was Gerichtsverhandlungen oder Prozesse sonst noch sein mögen: lästig sind sie immer. Aber da auch dieses Verbrechen längst verjährt ist, möchte ich es noch gestehen: *Zersetzung* der Wehrkraft (leider mit geringem Erfolg!).

Stimme aus dem Untergrund

Über Bommi Baumann, »Wie alles anfing«

Dieses Buch von Michael Baumann zu beschlagnahmen, zu unterdrücken, den Trikont-Verlag des Buches wegen so erheblich zu molestieren, ist der falscheste Weg, den man einschlagen kann. Man sollte zur Verbreitung des Buches beitragen, es nicht als Pflichtlektüre, sondern vorschlagsweise in Schulen lesen, mit Kommentar versteht sich. Und um das Idiotenwort von der Ausgewogenheit einmal so richtig voll anzuwenden, sollte man es kommentieren lassen: von einem Rechten, von einem Linken, von einem aus der Mitte, von einem aus der Mitte der Mitte, von einem Evangelischen, Katholischen, einem Christen und von je einem Vertreter aller, nicht nur der in den Parlamenten vertretenen Parteien.

Nehme ich ein paar (nicht viele) Veteranentöne, ein paar bramarbasierende (nicht viele) Töne weg und unterstelle, was ich nicht nachprüfen kann: daß es authentisch sei, so stelle ich fest, daß ich noch kaum etwas so Aufschlußreiches aus dem Untergrund gelesen habe. Hier schreibt und erklärt eines jener Wunderwesen, von denen die abstrakt (und gelegentlich arrogant) orientierte intellektuelle Linke so oft und ausgiebig geträumt hat, ein *Arbeiter.* Er schildert seinen Weg in den zunächst privaten, dann den organisierten Anarchismus. Bedrückende Wohn-, nicht sehr erfreuliche häusliche Verhältnisse, die plötzliche Erkenntnis der vierzig, fünfzig Jahre währenden Tretmühle, die vor einem jungen Arbeiter liegt. Weg in die Kommune, Erkenntnisse über diese: die unfaßbare Leichtfertigkeit, mit der das Bombenbasteln erst als Spiel, dann im Ernst betrieben wird.

Ich kann mir nicht vorstellen, daß ein Jugendlicher, der nicht *ohnehin* zu »Mollies« oder Bomben neigt, durch dieses Buch dazu verführt wird, nicht mehr jedenfalls als durch die harten Aus-der-Hüfte-Knaller, die er fast täglich im Fernsehen bewundern darf: diese raschen, harten Männer der »Tat«, die so manchem Vorbild sind. Der »Radikalenerlaß« oder »Extremistenbeschluß«, diese Schändlichkeiten, werden ja Hunderte, vielleicht Tausende von Jugendlichen, die nicht nur im »öffentlichen Dienst«, auch auf Grund kursierender schwarzer Listen in der Privatwirtschaft untragbar geworden sind, in den Untergrund treiben – und was sie dort ausbrüten, was sie möglicherweise anrichten werden, das mögen die Parteien verantworten, die solche Erlasse und Beschlüsse »tragen«. Da wird noch manches zu »tragen« sein, durch diese Beschlüsse und Erlasse werden Radikale, Extremisten, potentielle Terroristen eher ausgebrütet als verhindert. Es wird für Leitartikler und Kolumnisten der einschlägigen Presse Stoff genug geben. Vielleicht braucht man ihn, muß man Extremisten auf diese Weise züchten, um immer härtere Gesetze durchzubringen. Der *legal* in den Untergrund Verwiesene wird ganz andere Formen, Inhalte, ganz neue Frustrationen entwikkeln als die vielen, die – wie Michael Baumann – von vornherein die Illegalität gewählt haben. Ihnen kann er nicht Vorbild sein, sie wollten ja legal arbeiten, am gesellschaftlichen Leben teilnehmen. Mag sein, daß einige von ihnen sich eines Tages Dregger und Carstens als Vorbilder an die Wände hängen.

Michael Baumann *erklärt* vieles, auf seine Weise, von der ich bürgerlicher Stilist, der ich nun einmal bin, nicht feststellen kann, ob sie stellenweise künstlich schnoddrig ist. Er erklärt »wie alles anfing«; wie es aufhörte, erfährt man aus dem Buch selbst, wußte man schon aus dem *Spiegel*-Interview: »Bei Beelitz (einem Opfer von Baumanns Bomben) kam das Entsetzen. Bei Georg von Rauch noch einmal Haß.« Baumann ergänzt das *Spiegel*-Interview um einige Bemerkungen: »Die Linke hat aus ihm (von Rauch) einen christlichen Märtyrer gemacht, ein richtiger christlicher Humanitätstrip rollt da ab. Der Typ war er nicht, er war genau der Typ, der gesagt hat, klar, wir schießen.« Ob von Rauch wirklich als erster geschossen hat, wird aus Baumanns Zusätzen nicht klar. Und Baumann schreibt außerdem: »Urbach hatte uns früher schon einmal Waffen gegeben, damit hat der Verfassungsschutz die Waffen geliefert, mit denen Polizisten umgeschossen werden.«

Gewalttätig geworden, und das *bewußt*, ist auch Baumann erst nach der Erschießung Ohnesorgs, nach dem Attentat auf Dutschke. Und: Es muß immer wieder gesagt, kann nicht oft genug wiederholt werden: durch die Hetze der Springer-Presse, speziell in Berlin, wo sie den Markt beherrscht und den Markt, den sie nicht beherrscht, einschüchtert. Eines Tages wird wohl eine Forschungsgruppe diese Entwicklung von Schlagzeilengewalt und Gegengewalt Schritt für Schritt, Tag für Tag nachzeichnen. Man kann die Gewalt, an der Michael Baumann teilgehabt hat, nicht aus diesem Zusammenhang von Hetze, Denunziation, Aufheizung der öffentlichen Stimmung lösen. Mag Michael Baumann, wenn er gefaßt wird, zur Verantwortung gezogen werden, wie das geschriebene Gesetz es befiehlt. Die noch ungeschriebenen Gesetze gegen Volksverhetzung, permanente Provokation, für die gibt es noch keinen Richter.

»Wir«, schreibt Baumann, und er meint damit die Gruppenmitglieder proletarischer Herkunft, »wir haben mit der Gewalt von Kindsbeinen an gelebt, das hat eine materielle Wurzel. Wenn Zahltag ist, der Alte kommt besoffen nach Hause und verprügelt erst mal seine Alte, das sind doch die ganzen Geschichten. In der Schule, da keilst du dich, sich mit Fäusten durchsetzen, das ist für dich eine normale Sache, du keilst dich auf der Arbeitsstelle, du keilst dich in Kneipen, du hast dazu ein gesünderes Verhältnis. Für dich ist Gewalt eine ganz spontane Sache, die du ganz leicht abwickeln kannst. Da war auch immer der Sprung zwischen der RAF und uns, in der Entstehung der Gewalt, wo sie herkommt.«

Das Kapitel »Terror oder Liebe?« beginnt: »Daß du dich für den Terrorismus entscheidest, ist schon psychisch vorprogrammiert. Ich kann es heute bei mir sehen, das ist einfach Furcht vor der Liebe gewesen, bei mir selbst, aus der du dich flüchtest in eine absolute Gewalt. Hätte ich die Dimension Liebe für mich vorher richtig abgecheckt, hätte ich es nicht gemacht. Dann hätte ich es auf Umwegen richtig erkannt.« Das sind direkte, große, aufschlußreiche Worte und schon ihretwegen – es gäbe viele Zitate ähnlicher Art – sollte man das Buch verbreiten. Sexuelle Unterdrückung, oder: unterdrückte Sexualität (Baumann nennt es *Liebe,* mit Recht), wo findet man direktere, eindeutigere Auskunft über ihren Zusammenhang mit dem Terrorismus, und diese Auskünfte, von denen einige lyrische Qualität haben, sind nirgendwo, auch nicht für mein bürgerliches Empfinden, auch nur andeutungsweise »obszön«.

Es wird in Baumanns Bekenntnis wenig entschuldigt, einiges bereut, alles *erklärt,* nicht aus der Theorie, aus der Analyse und Erkenntnis von Praxis, Erfahrung, Herkunft, Werdegang. Das Buch ist Lehrern, Eltern, Politikern und Psychologen, Polizeibeamten und Pfarrern zur Erweiterung ihrer Erkenntnisse und Information zu empfehlen. Empfehlenswerte Lektüre auch für Jugendliche, die möglicherweise aus Langeweile – oder weil ih-

nen Dregger oder Carstens als Vorbilder partout nicht passen – mit Untergrund- und Anarchistengedanken *spielen.* Besonders empfehle ich einen intensiven Blick auf das Foto des adrett gekleideten, netten, ausgehfertig angezogenen Arbeiters Michael Baumann auf Seite 7, und ich wünsche ihm, daß er, wo immer er sein mag, eine Braut hat.
Es wäre nützlich, wenn in einer weiteren oder gar erweiterten Auflage die Zeitungsausschnitte, Fotos etc. mit Daten versehen würden.

Die Eiche und das Kalb

Über Alexander Solschenizyn, »Die Eiche und das Kalb«

Ich beginne mit einem Zitat von Seite 606 dieses Buches, über das man einige Stunden lang referieren und diskutieren müßte, wenn man ihm gerecht werden wollte; gerecht werden nicht nur dem Buch und seinem Autor, auch den beschriebenen und gedeuteten Vorgängen und Entwicklungen. Das Zitat lautet: »Nun stimmen Sie ab, hinter Ihnen steht die Mehrheit. Vergessen Sie nicht: Die Literaturgeschichte wird sich für unsere heutige Sitzung noch interessieren.« Das sagte Alexander Solschenizyn am 4. November 1969 auf jener Sitzung des Rjasaner Schriftstellerverbandes, die mit seinem Ausschluß endete. Ich möchte dieses Zitat nur durch eine kleine Variante verstärken. Diese historische, diese blamable Sitzung hat nicht nur Literaturgeschichte, sie hat Geschichte gemacht. In keinem Land der Welt ist die Geschichte so genau an der Literaturgeschichte abzulesen wie in der Sowjetunion und im zaristischen Rußland. So ist das Buch *Die Eiche und das Kalb* auch ein Beitrag zur Geschichte.

Es besteht aus sechs Teilen, ist mehr als eine Dokumentation, es ist der Roman einiger Romane, ein Roman der Zensur, des Geheimdienstes, der Roman zahlreicher Verflechtungen des Literaturbetriebs mit Zensur und Geheimdienst. Als handelnde Hauptpersonen sind drei zu erkennen: der Autor Alexander Solschenizyn, Alexander Twardowskij, sechzehn Jahre lang Chefredakteur der sowjetischen Zeitschrift Nŏvy Mir und gefeierter sowjetischer Dichter; die dritte handelnde Kraft ist nur zum Teil sichtbar, nur zum Teil artikuliert, es ist die breite, zum größten Teil unfaßbare Bürokratie, zu der man in diesem Fall nicht nur die Politbüros, nicht nur den Geheimdienst, auch die Autorenverbände, die Redaktionsstäbe in ihrer vielfachen Verflechtung mit den anderen Instanzen zählen muß.

Fünf Teile des Buches entsprechen fünf Entwicklungsstufen, die der Entwicklung des Autors Solschenizyn zum *Fall* Solschenizyn entsprechen. Der erste Teil ist zwischen dem 7. April und dem 7. Mai 1967 geschrieben, der zweite, als 1. Nachtrag bezeichnet, im November 1967, der dritte Teil im Februar 1971, ein weiterer Teil im Dezember 1973 und der letzte im Juni 1974, nach Solschenizyns Ausweisung aus der Sowjetunion. In einem

sechsten Teil, dem Nachtrag, sind die wichtigsten Briefe und Protokolle, auch Statements gesammelt, die die fünf Hauptteile ergänzen.
Nicht nur für Autoren, ob sie nun aus politischen oder kommerziellen Gründen zu Konzessionen gezwungen werden sollen oder sich zwingen lassen, für jeden Zeitgenossen ist dieses Buch eine nicht nur im oberflächlichen Sinn interessante und lehrreiche, auch, wie ich finde, eine spannende Lektüre. Es erklärt – und dabei ist die Datierung der einzelnen Teile über sieben Jahre hinweg wichtig; es belegt die Steigerung – die Entwicklung eines Menschen, in diesem Falle eines Autors, in jene weltpolitische Position hinein, die wir aus Solschenizyns Schicksal kennen. Nach der Lektüre dieses Buches, das die Genese und die Genesis aller Werke und Manuskripte von Solschenizyn enthält, wurde mir erst klar, daß er ja wirklich und wahrhaftig im Geist der Kooperation, mit dem leidenschaftlichen Wunsch, die zahlreichen Verfilzungen der sowjetischen Gesellschaft von *innen* heraus zu heilen, in die Literatur eintrat – und durch sie nach *außen* gedrängt wurde, wo er nie hinwollte. Man vergißt zu schnell, daß der heute siebenundfünfzigjährige Solschenizyn zwar schon als junger Mensch schrieb, daß er aber erst als dreiundvierzigjähriger, vor fünfzehn Jahren erst, einen ersten Publikationsversuch unternahm, und es war nicht er selbst, es war Lew Kopelew, sein Gefängnisfreund, wie er ihn nennt, der sein Manuskript in die Redaktion des Nŏvy Mir brachte. Und noch vor zehn Jahren, im Frühjahr 1966, nach einer schon langjährigen Erfahrung mit den Intrigen des Literaturgeschäfts, Erfahrungen mit Drohungen und Verleumdungen, mit Tapferkeit und Feigheit, mit Eitelkeiten aller Art, noch im Frühjahr 1966 verfährt er nicht mit jener absoluten, puristischen Moral, sondern strategisch. Ich zitiere: »Als ich im Frühjahr 1966 begriffen hatte, daß mir ein längerer Aufschub gewährt worden war, erkannte ich, daß ich nun ein *offizielles* (die Betonung stammt von Solschenizyn selbst), allen zugängliches Werk schreiben mußte, um zunächst einmal zu beweisen, daß ich lebte und arbeitete und um im Bewußtsein der Gesellschaft jenen Raum zu füllen, in den die konfiszierten Werke nicht eindringen konnten. Die *Krebsstation*, die ich vor drei Jahren angefangen hatte, eignete sich sehr gut dafür. Jetzt wollte ich sie fortsetzen.« Er schrieb die *Krebsstation* zu Ende, und ausgerechnet an ihr, um sie herum, die er selbst, politisch

betrachtet, ein harmloses Buch nennt, sollte sich sein Schicksal innerhalb der sowjetischen Literatur mit entscheiden. Allein das Hin und Her um diesen Roman, die Besprechungen in der Redaktion, die Diskussion im Schriftstellerverband, seine Publikation im westlichen Ausland, gegen die Solschenizyn protestierte; die Mäkeleien an dieser oder jener Figur im Roman, über Pessimismus, Optimismus, das Hinundherschieben und -schicken des Manuskripts von einer Behörde zur anderen und wieder zurück an die Redaktion – allein das wäre der Roman eines Romans, in dem man die Befangenheit, die Empfindlichkeit und die Beschränktheit sowjetischer Kulturfunktionäre herauslesen könnte, aber nicht nur diese: auch ihre Intelligenz, ihre Schläue, ihre analytische Erfahrung, ihr gesamtes Instrumentarium.
Erst in der Auseinandersetzung mit allen diesen Instanzen, mit diesen sowohl überzeugten wie erheuchelten Argumenten und Einwänden, wird Alexander Solschenizyn zu dem, wozu er angelegt war, durch Begabung, seinen unbeugsamen Willen, seine Ausdruckskraft. Er wird zum Einzelkämpfer historischen Formats, der wohl erkennt, daß es hier nicht um Literatur oder Politik, daß es um beides geht, und es zeigt sich, daß er zu all seinen Begabungen eine weitere hat, die man bei einem Autor nicht vermuten würde: eine strategische: Er erkennt seine Position, er weiß, welche Waffen er hat, er weiß, worum es geht, er erkennt seine internationalen Verbündeten, erkennt die Schwächen seiner Gegner, und in diesem Labyrinth von Feinden und Freunden, von halben Feinden und halben Freunden, wo ihm wohl Hunderte von Ratschlägen erteilt worden sind, Ratschläge, was er wie und wo da und dort tun sollte, oder hätte tun sollen, entscheidet er allein, was getan werden muß: keinen Millimeter zurückweichen, ohne Angst, wenn auch vielleicht nicht ohne Furcht um die Seinen und seine Freunde, hält er durch bis zur Verhaftung und Ausweisung im Februar 1974.
Erregend ist das Buch nicht nur durch die Dramatik der äußeren, mehr noch durch die Dramatik der inneren Vorgänge in der Sowjetunion, in der es eine Zeitlang – nach der Veröffentlichung des *Iwan Denissowitsch* – eben so aussah, als würden die Schleusen geöffnet. Der Angel- und Brennpunkt dieser erwartungsvollen Situation, mit ihren vielen Hintergründen, war und wurde eben Alexander Solschenizyn, der nur eine Waffe hatte: sein Werk, später eine weitere, die er bewußt ansetzte: seinen Ruhm.

Sein Sieg freilich wurde teuer bezahlt, mit der Ausweisung aus einem Land, in dessen Innerstes er gehört.
Die Schäbigkeit seiner Feinde in der Sowjetunion ist im Anhang ausreichend dokumentiert. Seiner Größe werden auch die gelegentlich schäbigen Kommentare hier nichts antun, sowenig wie die Krokodilstränen heuchlerischer Freunde. Zum Schluß noch ein Zitat aus seinem Nachruf auf Alexander Twardowskij, den mutigen Förderer, den letzten Endes gebrochenen Freund: »Es gibt viele Arten einen Dichter umzubringen. Bei Twardowskij beschloß man: nehmt ihm sein Kind, seine Passion, also seine Zeitschrift. Es war noch zu wenig, daß man diesen Menschen sechzehn Jahre lang Erniedrigungen aussetzte, die er geduldig ertrug – nur damit die Zeitschrift durchgebracht wurde, nur damit die Literatur nicht abriß, nur damit Menschen gedruckt wurden und Menschen lasen. Zu wenig! – man fügte das zehrende Feuer der Auflösung, der Zerschlagung, der Ungerechtigkeit hinzu.«

Aufbewahren für alle Zeit

Nachwort zu Lew Kopelew, »Aufbewahren für alle Zeit«

Während der Lektüre dieses Buches, das Züge eines »Simplicissimus« hat, sollte man keinen Augenblick lang das Motto vergessen: *Aufbewahren für alle Zeit.* Das war der Standardvermerk auf allen Gerichtsakten für Vergehen nach Paragraph 58, dem Paragraphen der Staatsverbrechen. Und hinter diesem Motto der persönliche Vermerk des Autors: »Dies ist die Geschichte *eines* Falles und zugleich der Versuch eines Bekenntnisses.« Das Buch beginnt dann auch mit dem Titel »Die ersten Tage der Ewigkeit«, und sein Schlußkapitel heißt »Die Ewigkeit dauert an«.
Liegen schon die Begriffe »ewig« und »Ewigkeit«, wie Lew Kopelew die diesseitig bürokratische Anweisung »für alle Zeit« versteht, außerhalb aller marxistischen Kategorien und deuten sie eine überraschende Wende ins fast Metaphysische an, so bietet das Buch selbst weit mehr Überraschungen. Es enthält zwischen diesen beiden Überschriften ein umfassendes Kompendium und Bestiarium, es werden verschiedene Prozesse ineinander und übereinander geschildert, Prozesse im doppelten Sinne des Wortes: im Sinne von Gerichtsverhandlung und im Sinne von Entwicklungsprozeß, und auch dies wieder jeweils doppelt zu verstehen: ein Prozeß der Behörden der Sowjetunion gegen den Autor, ein Prozeß des Autors gegen die Sowjetunion; die Entwicklung der Sowjetunion, die Entwicklung des Autors und die Entwicklung der Gesellschaft und des Bewußtseins auf den verschiedensten, auf fast allen Stufen der sowjetischen Gesellschaft, von Dirnen und Dieben bis zu Generälen und Staatsanwälten.
Man sollte auch während der Lektüre nicht vergessen, womit es angefangen hat bei diesem Major Kopelew, einem überzeugten Kommunisten, der Überzeugung und Dogmatismus nie miteinander verwechselt, schon gar nicht miteinander identifiziert – und darüber stolpert, daß er angeklagt wird, kein Partei-Rückgrat zu haben. Es fängt an im Jahre 1945 bei der Eroberung und Besetzung der ersten deutschen Provinz, Ostpreußens, durch die Armee, der Kopelew angehört. Er wird Augen- und Ohrenzeuge von Vorgängen, die nicht nur seinem *sozialistischen* Gewissen und Instinkt widersprechen, für die es auch in keiner marxistischen Theorie eine Rechtfertigung gibt. Er protestiert

dagegen und wird schließlich denunziert, »Deutsche und ihre Habe gerettet und Mitleid mit den Deutschen gepredigt zu haben«. Bevor ich eine entscheidende Passage aus dem ersten Teil des Buches, das von diesem Konflikt bestimmt wird, zitiere, möchte ich darauf aufmerksam machen, daß dieses Problem nicht nur ein deutsch-russisches ist, nicht nur ein nationales, wenn es sich auch auf beiden Seiten in nationale Empfindlichkeit verwandelt hat. Immerhin spielen die Bundesrepublik Deutschland und die Deutsche Demokratische Republik innerhalb der internationalen Politik eine gewisse Rolle, und es ist wichtig, zu wissen, daß sich manche deutsch-russische Annäherung über die Deutsche Demokratische Republik hinweg und an ihr vorbei entwickelt hat. Man kann die Entwicklung und Entstehung, man kann die Politik dieser beiden deutschen Staaten nicht verstehen, wenn man nicht weiß, daß der eine, die DDR, die Vorgänge, die zum Prozeß gegen Kopelew führten, einfach geleugnet oder übergangen hat, während der andere, die Bundesrepublik Deutschland, fast immer die Vorgeschichte, den Krieg gegen die Sowjetunion mit seinen unbeschreiblichen Verheerungen (zwanzig Millionen Tote allein) übergeht und immer erst mit den Vorgängen, die bei der Besetzung Deutschlands stattfanden, zu denken und zu reagieren anfängt. Betrachtet man immer wieder den Wortlaut der Anklage gegen Kopelew, die Entstehung der Denunziation, die Verhandlungen gegen ihn, die sich durch das ganze Buch ziehen, dann wird man verstehen, wie *international* wichtig das Problem ist: denn anläßlich dieser Vorgänge in Ostdeutschland im Jahre 1945 hat in manchem sowjetischen Intellektuellen ein Umdenkprozeß begonnen, der für die innere Entwicklung in der Sowjetunion und damit für die ganze Welt wichtig, interessant und schmerzlich ist – und man versteht auch, warum dieser Umdenkprozeß systematisch unterdrückt oder besser: die Auseinandersetzung mit ihm verdrängt wird. Ein ähnlicher Prozeß findet in allen sozialistischen Ländern statt oder wird in ihnen unterdrückt: nicht nur die Behandlung der Deutschen nach 45, auch die Behandlung der verschiedensten Arten von Verrätern und »Verrätern«.

Der Zweite Weltkrieg hat in den meisten Ländern, die in ihn verwickelt waren, Entwicklungen verlangsamt oder gar gestoppt, die schon im Gange waren, als er ausbrach, und es gab dann allenthalben jene notwendige »Einigkeit«, die darin bestand, erst einmal den äußeren Feind zu besiegen, dann sich den inneren Problemen zuzuwenden. Es war für den größten Teil der Welt eine Überraschung, fast ein Schock, als man Churchill kurz nach Kriegsende abwählte; und mir scheint, daß eine innere Umwandlung der Sowjetunion lange fällig war, bevor man mit Begriffen wie Stalinismus oder Entstalinisierung das Problem personifizierte. In Diktaturen enden Epochen eben nur mit dem Tod oder Sturz des Diktators; in den parlamentarischen Demokratien enden Perioden durch Abwahl. Es kommt, was Rußland und die Sowjetunion betrifft, etwas hinzu: Fremdenfurcht und Angst vor der Verachtung durch die Fremden. Bis auf den heutigen Tag, dreißig Jahre nach Kriegsende, leben die sowjetischen Truppen, etwa in der DDR, fast völlig isoliert von der Bevölkerung. Durchlässigkeit herrscht nur in der Internationale der Intellektuellen. Es läßt sich an der russischen wie der westlichen Literatur ab-, es läßt sich aus ihr herauslesen, was es da alles an gegenseitiger Bewunderung, an Einflüssen, auch an Mißtrauen, Haß und Furcht gegeben hat – ein gegenseitiges Gefälle von Ablehnung, Arroganz und Bewunderung, und ich halte es für eine der wichtigsten Erkenntnisse aus Kopelews Bekenntnis, daß er ein wahrer Internationalist ist, den die Liebe und Bewunderung zu Rußland, zur Sowjetunion, seine Kenntnis der großen russischen Kultur keinen Augenblick lang veranlassen kann, andere Völker und ihre Kultur pauschal zu sehen, in überlieferten oder gar von irgendeiner Propaganda gelieferten Klischees. Schließlich ist er als Germanist, als Kenner der deutschen Sprache, Literatur und Kultur, als Aufklärer an den deutsch-sowjetischen Fronten im Kampf gegen den Faschismus tätig gewesen. Es gehört zu den – und nicht nur für einen Deutschen – erstaunlichsten Szenen, als er im Kapitel 14 den deutschen Kriegsgefangenen ihre eigene Kultur, von der sie wenig wissen, nahezubringen versucht; er lehrt die Deutschen, was Deutschland außer Hitler war, ist, sein könnte, er spricht zu ihnen über Gutenberg, Dürer, Cranach, Holbein, über Hölderlin, Heine und Luther, Kant, Leibniz, Hegel; und diese Vorlesung vor den Kriegsgefangenen wird später als »Glorifizierung der bürgerlichen deutschen Kultur« einer der Anklagepunkte gegen ihn. Daß er auch Brecht, Weill, Weinert, Seghers und Thälmann einbezogen hatte, wird dann nicht mehr erwähnt.

Kopelew wußte genau, unter welchen Bedingungen, mit wel-

chen Erfahrungen konfrontiert die Rote Armee nach Deutschland einmarschierte. »In unserer Armee kämpfen 20 Millionen Mann. Klar, daß in dieser Riesenarmee auch Schweinehunde dabei sind. Und viele unserer Leute sind sehr verbittert. Wir kamen hierher aus Moskau, aus Leningrad, aus Stalingrad, von der verbrannten Erde, aus Ruinen, rauchenden Trümmer- und Brandstätten. In jeder Familie gab es Tote.«
Dagegen die Position des Vorgesetzten und Hauptfeindes Sabaschtanskij in einem Gespräch mit Kopelew: ». . . der Soldat muß den Feind hassen wie die Pest, muß ihn mit Stumpf und Stiel vernichten wollen. Und damit er seinen Kampfwillen nicht verliert, damit er weiß, wofür er aus dem Graben springt, dem Feuer entgegen in die Minenfelder kriecht, muß er wissen: Er kommt nach Deutschland und alles gehört ihm – die Klamotten, die Weiber, alles! Mach, was du willst! Schlag drein, daß noch ihre Enkel und Urenkel zittern!« Kopelew: »Heißt das also, er darf Frauen und Kinder umbringen?« Sabaschtanskij: »Was kommst du mit Kindern, Idiot. So was gibt's doch nur in Ausnahmefällen. Längst nicht jeder wird Kinder totschlagen. Wir beide jedenfalls nicht. Aber wenn du schon davon anfängst: Laß, die, die es in blinder, wilder Aufwallung tun, auch kleine Fritzen töten, bis es ihnen selbst über ist . . . Das ist Krieg, Bruder, keine Theorie und keine Literatur. In Büchern, natürlich, da muß es das alles geben: Moral, Humanität, Internationalismus. Das ist alles schön und gut und theoretisch richtig. Aber jetzt lassen wir erstmal Deutschland in Rauch und Flammen aufgehen, danach kann man dann wieder richtige und schöne Bücher schreiben über die Humanität und den Internationalismus. Jetzt kommt es darauf an, im Soldaten den Kampfwillen zu stärken. Das ist der Kern der Sache!«
Nach diesem Teil *eines* von vielen Dialogen zwischen Kopelew und seinem Vorgesetzten ist festzustellen: Die Veränderung des Menschen in einen sozialistischen Menschen hat noch nicht stattgefunden; der Mensch, der Rache und Nationalität nicht kennt, ist nicht entstanden. Ein Mensch, der nicht etwa »verzeiht«, sondern marxistischen Maximen gemäß »historisch denken« und sich sagen würde: diese Menschen, mögen auch viele von ihnen Faschisten sein, mögen sie dumm sein, haben noch viel zu lernen; aber sie waren ihrem eigenen historischen Prozeß unterworfen, und wir müssen ihnen zeigen, daß der Sozialismus Rache nicht kennt.

Kopelew schildert dann erschütternde Einzelfälle, die leider einer Gesamttendenz entsprechen, und er zitiert auch den Tagesbefehl des Oberkommandierenden in diesem Frontabschnitt, des Marschalls Rokossowskij: »Für Plündern, Vergewaltigung, Raub, Mord von Zivilpersonen das Kriegsgericht; wo notwendig – auf der Stelle erschießen.« Und es gibt auch Fälle, wo diese Vergehen bestraft werden; aber das ändert wenig an der Politik gegenüber den Deutschen. Es ist nur logisch innerhalb der Absurditäten der Besetzung, daß auch der erste und einzige wahre Genosse, ein Mitglied der illegalen KPD, den Kopelew in Ostpreußen trifft, nicht anders behandelt wird als der übrige Teil der Bevölkerung; und hier sehe ich wieder einen Ansatz für die nicht nur nationale, sondern auch internationale Wichtigkeit des Buches. Hat man sich je überlegt, ist man sich je klar darüber geworden innerhalb der westlichen Kommunistischen Parteien, innerhalb der gesamten »linken« internationalen Szene, warum Deutschland, das einst die stärkste KP hatte, auf die man viele Hoffnungen setzte, nach 1945 die schwächste kommunistische Bewegung gehabt hat – *trotz* aller Einsicht in den Wahnsinn des Faschismus? Ob für die überlebenden und heimkehrenden Kommunisten dieser Anschauungsunterricht nicht weitaus abschreckender war als aller gepredigter Antikommunismus – und wie viele ehemalige Kommunisten haben in ihn eingestimmt? Ob das ohne Verrenkungen, ohne Krämpfe ausgeht in einem Land, das nicht nur Fachleute im Sinne von informierten Leuten, das profunde Kenner der ausländischen Kultur und Literatur hat? Es gab ja nicht nur den einen Major Kopelew, es gab viele Germanisten, und es gibt viele sowjetische Intellektuelle, die besser über Geschichte und Kulturgeschichte des Landes informiert sind als mancher Intellektuelle, der aus dieser Kultur nach Moskau kommt und sich – meist ziemlich verlegen – mit Zitaten, Analysen, genauen Kenntnissen seiner eigenen Kultur konfrontiert sieht. Das Bewußtsein und Wissen der eigenen großen Literatur und Kultur macht die sowjetischen Fachleute so souverän, über fremde Kulturen informiert zu sein, und es macht die sowjetischen Leser zu so erstaunlichen Büchernarren. Diese Kenntnis, dieses Wissen und diese Einsicht vergrößern die Scham und auch die Empfindlichkeit.

Es besteht wenig Ursache für einen Deutschen, den Sowjetbürgern, was die Konfrontation und die mögliche Verarbeitung unerfreulicher geschichtlicher Vorgänge betrifft, Vorwürfe zu machen. Als Volk, als Ganzes pochen wir noch zu sehr auf das, was uns *nach* 1945 angetan worden ist, und vergessen zu leicht, was wir vor 1945 anderen angetan haben; und wenn wir Kopelews Bekenntnis akzeptieren oder es gar propagandistisch auswerten oder ausnutzen wollen, so mißverstehen wir Kopelew auf eine Weise, die der der sowjetischen Behörden vergleichbar ist. Der *ganze* Zusammenhang muß hergestellt, gemeinsam erörtert und analysiert werden; und dazu ist Kopelews Buch besser geeignet als manche andere Publikation. Sein Einstieg ist *nicht* die Auseinandersetzung mit den inneren Vorgängen in der Sowjetunion, seine Reflexion, der eine ganze Abwicklung von anderen Reflexionen folgt, setzt in dem *historisch* wichtigen Augenblick ein, in dem die Rote Armee zum ersten Mal ein fremdes Land besetzt und beweisen muß, wie oder ob sie überhaupt sozialistisch ist oder nicht. Was sich bei der Besetzung Polens im Jahre 1939 nach dem Stalin-Hitler-Pakt im Bewußtsein der Offiziere und Soldaten der Roten Armee abgespielt hat, wie dieser absolut »unsozialistische«, rein imperiale Akt verarbeitet worden ist, wäre gesondert zu analysieren, als psychologische Vorbereitung. Wie die Polen diese von Marxisten und Faschisten gemeinsam betriebene vierte Teilung Polens (eine fünfte folgte dann nach 1945) empfunden haben, welche Folgen sie gehabt hat, wie sie das traditionell schlechte polnisch-russische Verhältnis bis auf den heutigen Tag bestimmt, daran ändern auch brüderliche Umarmungen und Küßchen auf Flugplätzen und an Bahnhöfen wenig.

Kopelew macht der Sowjetarmee und der Sowjetunion diesen Prozeß, aus dem sein Bericht besteht: Es ist der Bericht eines Angeklagten, der zum Ankläger wird, weil man ihm etwas menschlich und allen sozialistischen Theorien gemäß Selbstverständliches vorwirft: sich gegen Haß, Rache, Vergewaltigung, Plünderung ausgesprochen zu haben. Erst nachdem er selbst zum Häftling geworden ist, führt dieser Prozeß ihn zur Erkenntnis der Problematik sowjetischer Anklage- und Strafpraktiken, und aus dieser Optik heraus beschäftigt er sich auf seine Weise mit dem, was wir aus anderen Publikationen kennen, die sich mit der stalinistischen Ära befassen. Er ist Russe, aber nicht russozentrisch: er bleibt nicht in der innersowjetischen Problematik: er wird von außen nach innen auf sie gestoßen und sieht sie im internationalen Zusammenhang und das macht sein Bekenntnis international so wichtig.

Die ganze unermeßliche Skala absurder »Vergehen« und Anklagen, die sowjetische Gesellschaft »umgestülpt« in Zellen und Lagern, wo die Opfer eines wahnwitzigen Mißtrauens auf ihre Prozesse warten oder ihre Strafe absitzen: vom General oder Staatsanwalt bis hinunter zum einfachen Soldaten oder der Kuhmagd, wird die »Klassenlosigkeit« des Wahnsinns sichtbar gemacht. Hier wird die sowjetische Prominenz, werden alle Privilegierten, zu denen man auch Kopelew selbst zählen kann, mit sich selbst und den unfaßbaren Schicksalen ihrer weniger begünstigten Landsleute konfrontiert, und man beginnt zu begreifen, welche Furcht da geherrscht haben muß: in den Lagern und Zellen – und draußen. Da trifft man Walja, die sieben Jahre Haft bekommen hat, weil sie zwei Rollen Garn unterschlagen hat; ein anderer hat fünf Jahre bekommen, weil er »die Technik des Feindes gelobt« hat. Man trifft den Staatsanwalt, der – wie so viele, denen er es nicht geglaubt hat – seine Unschuld beteuert. Jede Variation politischer Häftlinge: weiße, rote, rot-weiße. Jugoslawen, Deutsche, Polen, jede Variation von Wlassow-Männern, alle Variationen von Verrätern und Spitzeln und »Spitzeln« und »Verrätern«, von Kriminellen, die man wieder in »echte« einteilt, die keine Spitzeldienste tun, und »unechte«, die beides zugleich sind: echte Kriminelle und echte Spitzel. Ein Dschungel, in dem keiner weiß, wer nun – nach welchen Gesichtspunkten immer – »echt« ist. »An der Front«, sagt einer, »weiß ein Soldat wenigstens, wo der Feind steht, und wo die eigenen Leute sind. Aber hier ist ringsum und überall Gesindel, kannst überhaupt nicht erraten, von wo du was zu erwarten hast.« Ist nun der Lagerkommandant »echt« – im Sinne von: ein überzeugter Sozialist, von dem man ungefähr wissen kann, wie er sich in einer Situation verhalten wird – oder ist der zum Spitzel degenerierte Dieb »echt«? Es gibt Kämpfe, ja Kriege zwischen Kriminellen, Halbkriminellen, von kriminellen Gruppen gegen politische und alle Möglichkeiten der »Koalition«. Kaum abzusehen, wieviel Möglichkeiten von Verwicklungen und Verstrickungen.

Indem Kopelew seinen Weg von der Verhaftung durch verschiedene Gefängnisse, Zellen, Lager schildert – mit einem Blick für Menschen und Schicksale, die ihm alle gegenwärtig bleiben, ausgestattet mit seiner unersättlichen Neugierde und einer unglaublichen Portion Leichtsinn, Opfer nicht nur von Denunziationen, auch von Eifersüchteleien (man müßte da an verschiedenen Stellen an den Rand schreiben: cherchez les femmes!), rutscht er von Unglück in noch mehr Unglück, wieder zurück in etwas mehr Glück oder weniger Unglück, wieder weiter in etwas weniger Glück oder mehr Unglück – man darf nicht vergessen, daß es die Deutschen sind, die sein Unglück verursacht haben, nachdem sie erst sein Land ins Unglück stürzten – rutscht er weiter auf dieser schiefen Ebene der Paradoxie, wie sie nur einem hartnäckigen und uneinsichtigen Intellektuellen blühen kann, und es gibt da keine moralische Pose außer der des Sozialisten und Marxisten, der seine Schwächen, seine geringe Disziplin, seine lebensgefährliche Spontaneität, seine Naivität und seinen Leichtsinn nicht verbirgt. Er schildert seine Verstrickungen mit – und weiß gleichzeitig als »Materialist«, daß sie dazugehören. So leidet und erleidet Kopelew sehr viel, und doch ist sein Bekenntnis keine Leidensgeschichte. Er selbst ist gar nicht der Mittelpunkt seiner Geschichte – und doch tritt er in jedem Satz heraus und hervor.

Man vergesse nicht: Hier schreibt einer, der gegen seinen Parteiausschluß protestiert; der die absurd verlogene »Korrektheit« mehrerer Gerichtsverfahren erlebt, mit umfangreichen Akten, zahlreichen Zeugenaussagen, bei denen scheinbar gute Freunde sich als Denunzianten erweisen und andere, die er unterschätzt hat, als zuverlässig. Diesem Dickicht von verlogenem Formalismus stellt Kopelew mit seinem Buch seine Anklageschrift entgegen; und doch – das ist die Überraschung –: Er ist kein Don Quichote und ebenfalls kein Sancho Pansa. Er ist beides zu seiner Zeit; in ihm, auch im Menschen Kopelew, wie ich ihn persönlich aus zahlreichen Gesprächen und Begegnungen kenne, ist die klassische Spaltung aufgehoben, und ich denke mir, das macht ihn so »gefährlich«, weil er – jeweils zu seiner Zeit – beides ist. Und in diesem Sinne ist er auch kein »Intellektueller«, was bedeutet: natürlich ist er einer und doch versteht er das »Volk«, zählt sich zu ihm, gehört zu ihm, versteht seine Sprache und seine Probleme – und wahrscheinlich macht auch das ihn so gefährlich. Ideologisch – als Theoretiker – ist er uneingeschränkt Don Quichote: Er diskutiert und argumentiert nach seiner Vorstellung von Internationalismus, läßt nichts, gar nichts durchgehen, und er tut das unerschrocken, unermüdlich und logisch gegen diese übermächtigen, langweiligen Windmühlen, den grausam phantasielosen Funktionären ins Gesicht. »Privat« ist er eingestandenermaßen menschlichen Schwächen erlegen; in seinem fast schon metaphysischen Materialismus weiß er, was eine Zigarette, und wären es nur ein paar Züge aus einer Kippe, für jemanden bedeutet, der lange nichts zu rauchen gehabt hat, und er weiß immer noch und immer wieder, was Wasser für den Durstigen und Brot für den Hungrigen bedeutet; seine Dulcineen – es gibt deren einige – sind keine platonischen Phantasiegebilde, sondern, was er keineswegs verachtet, aus Fleisch und Blut. Er läßt alle seine Schwächen nicht aus, er bekennt sie (gelegentlich bereut er sie sogar!) – und doch bleibt und ist sein Bekenntnis keine Verteidigungsschrift, sie ist und bleibt eine Anklageschrift, alle Probleme der sowjetischen Rechtsprechung und des Strafvollzugs werden aufgewickelt an Lebensläufen, Prozeßakten, und sie werden gleichzeitig international, marxistisch als Internationalismus analysiert; und nicht nur »humanistisch«, sondern, das ist eine weitere Dimension der Gefährlichkeit Kopelews – human! Daß sich das alles nach 1945 abspielt, nach einem glorreich gewonnenen Krieg, beweist den Umfang des Mißtrauens.

Der Prozeß gegen Lew Kopelew hat viele Vorstufen: Verhöre, Einzelhaft, Transporte – lange bevor die erste offizielle Verhandlung gegen ihn stattfindet, und es wird im Verlauf seiner Bekenntnisse sichtbar, worin wahrhaft der »neue Mensch« besteht: Es ist der wie geölt arbeitende, funktionierende Funktionär, das Muster des Apparatschiks, der inzwischen international auch im Bereich anderer Ideologien etabliert ist, eines Formalisten ganz besonderer und besonders liebenswürdiger Art, der den Angeklagten sofort als Formalisten beschimpft, sobald er sich auf seine Rechte beruft, gleichzeitig aber einen Funktionärsformalismus gegen ihn anwendet. Ob die Kulturpäpste deshalb so schrecklich zornig auf »Formalisten« sind? Was Kopelew letzten Endes sowohl zum Verhängnis wird wie ihn in der Haftzeit rettet: seine ungebrochene Naivität, sein Humor und seine unersättliche Neugierde für alle Formen und Erscheinungsweisen des menschlichen Lebens, bis hinab zu den proletarischen und sogar kriminellen und allen Formen und Mischformen der Prostitution. Außerdem eine Eigenschaft, die osteuropäischer Provenienz zu sein scheint, vielleicht auch speziell sich in Lagern entwickelt: ein verblüffendes Gedächtnis.

Manche Kapitel sind Charakterstudien besonderer Art; in anderen erfährt der Leser, wie ökonomisch sinnlos, wie verschwenderisch, wie absurd die Sklavenarbeit in den Lagern ist: das wird exakt nachgewiesen; und den zahlreichen absurden Dimensionen wird damit eine weitere hinzugefügt: daß nicht einmal vom ökonomischen Standpunkt dieser gigantische Apparat des Mißtrauens etwas eingebracht hat; und dann schildert der »freundliche und gesellige Fedja«, ein Dieb, seelenruhig einen Fall von Kannibalismus. Daß es trotz der offiziellen Prüderie in den Kriegs- und Nachkriegsjahren in der Sowjetunion, auch in ihren Lagern jede Art von camp-love gegeben hat, Ansätze einer permissive society, ist eine weitere Überraschung, und daß die (wieder eine Überraschung) Räume, die in den Lagern für vierundzwanzigstündige Besuche von Ehegatten zur Verfügung standen, nicht nur *ehelichen* Besuchen dienten, wird offensichtlich. Eine Dimension der verhängnisvollen Entwicklung zur Funktionärsherrschaft wird ebenfalls sichtbar: daß die Funktionäre es sind, die die Intellektuellen vom Volk trennen; die Sensibilität, mit der sie eben Don Quichote und Sancho Pansa, also Klerus und Volk, zugleich sind, macht sie wahrscheinlich so gefährlich.
Doch Kopelews Bekenntnis hat noch eine Dimension, von der ich nur zögernd spreche, weil ihre Bezeichnung so mißverständlich, eine der mißverständlichsten überhaupt ist: eine religiöse. Nimmt man das Wort Religion beim Schopf, so bedeutet es immer noch Bindung; und in diesem Bekenntnis Kopelews wird eine Bindung an den Menschen, ans Menschliche und auch Allzumenschliche sichtbar – und noch mehr: eine, ich möchte fast sagen, neue Sakramentallehre der elementaren Bindungen des Menschen, die vielleicht nur möglich war nach der Erfahrung des Materialismus, der eine Erkenntnis jenes Materials, aus dem das Menschliche besteht, nicht ausschließt. Die »Heiligkeit« einiger Züge an einer Zigarette, die er an sich selbst erfährt, die ihm aber aus dem Mund des kriegsgefangenen deutschen Hauptmanns König zu einer hymnisch intonierten Litanei wird, weil Rauchen für ihn mehr ist als Tabak für den Süchtigen: es ist Brüderlichkeit, Barmherzigkeit, Liebe in ihrer Verkörperung. Dieser kriegsgefangene deutsche Hauptmann, dem es an nichts gefehlt hat, dessen Leben – nach seinen Kategorien und denen seiner Umwelt – das eines »Glückspilzes« gewesen ist, wird durch ein

paar Züge an einer Zigarette fast franziskanisch. Es gibt andere Situationen ähnlich sakramentaler Art, die Verteilung von Brot und Wasser im Gefängnis von Brest etwa, die unter Kopelews Leitung und Aufsicht stattfindet: Er wird zum Priester, fast Hohenpriester des Brotes und des Wassers. Wer je in einem Lager oder in einer Zelle saß, wird sich erinnern, welche von absolutem, fast geheiligtem Vertrauen getragene Bedeutung der Brotverteiler hatte (wer gegen dieses Vertrauen verstößt, begeht wirklich ein Sakrileg). Kopelew wird zum Joseph des Alten Testaments – und vielleicht ist die Qualität des Verteilten in solchen Augenblicken wichtiger als die Quantität: das wäre eine neue Interpretation der wunderbaren Brotvermehrung (weil eben Brüderlichkeit und Barmherzigkeit *mit*gegeben werden, die ja auch den Begriff der Sättigung relativ, zumindest dehnbar machen). In dieser Nacht im Gefängnis von Brest geschieht noch mehr: Es gibt da einige »Augenblicke«, die fast eine halbe Stunde lang dauern, wo Wärter und Gefangene eins werden. »Und in diesem Augenblick wurde sichtbar, daß sie, die Wärter selbst, Bauernsöhne waren, daß sie Ehrfurcht vor dem Brot haben, ja, es verehren, daß sie wissen, was Hunger ist, und sie haben gesehen, was Durst ist (– es gibt da ein gewisses Neues Testament, wo gesagt wird, man soll die Hungernden sättigen und den Dürstenden zu trinken geben). Brot und Wasser waren die einfachsten, die ältesten Quellen der Lebenskraft. Brot und Wasser, danach begehrte man jetzt mehr und brauchte sie mehr als ›Schätze‹.« Und es gibt da, in späteren Partien, einen merkwürdigen, bemerkenswerten Gottesdienst völlig unkirchlicher Art, den Tante Dunja und Onkel Ssenja abhalten, wo die Frage, ob einer gläubig *war* oder ist, ob er Atheist war oder *ist,* wo der Übergang von einem ins andere sich in einer neuen, einer brüderlich barmherzigen Menschlichkeit darstellt – und bei diesem Abendmahl ist natürlich der Verräter (der in diesem Fall Stepan heißt) ebenfalls anwesend. Zu dieser neuen Art der Religiosität und der Sakramentalität zählen wohl auch die verschiedenen Formen des »Beilagers«, des legitimen und illegitimen, wie Kopelew eins, das voller Zärtlichkeiten ist, schildert. Aus dem scheinbar so nackten Materialismus wird mehr, weitaus mehr als aus einer abstrakten, total entsinnlichten Sakramentallehre, wenn man Brüderlichkeit und Barmherzigkeit *mit*empfängt, außerhalb der Rechtlichkeit, denn es handelt sich immer um »unrechtmäßige Situationen«.

Kopelews Religiosität ist nicht angenommen oder aufgesetzt, sie ist erfahren – nicht wie ein deus ex machina, der alles regelt und auf seiner »Rechtmäßigkeit« besteht. In diese neue Kategorie der Religiosität zähle ich auch die Rebellion der Frauen und einiger Kriegskrüppel auf einer Bahnstation, die *gegen* den Befehl der Wachsoldaten und Funktionäre, diese sogar beschimpfend: »Ihr habt Euch vollgefressen, während sie an der Front waren«, an die Häftlinge Lebensmittel verteilen.
Kopelews Bekenntnis gibt Auskunft über viele Unmenschlichkeiten und erbringt dennoch den Nachweis einer tiefen, alten Reserve an Menschlichkeit, die sich gerade an dieser Szene auf dem Bahnhof erweist.

Es zittern die jungen Lehrer

Zu Alfred Anderschs Gedicht »Artikel 3 (3)« in der F.A.Z. vom 29. Januar: Gerade weil es keine KZ hier gibt, gerade weil das jedermann weiß, muß man Alfred Andersch das Kunstmittel der Übertreibung als poetisches Instrument zubilligen. Er weiß ja aus Erfahrung, wie es in einem KZ zugeht, und aus seinem Gedicht sprechen: Angst, Warnung, Zorn. Es gehört wenig Phantasie dazu, sich vorzustellen, was 500 000 Prüfungsverfahren für Anwärter im öffentlichen Dienst bedeuten: sie bedeuten das Mehrfache oder Vielfache an Ermittlungsvorgängen, Vernehmungen, vielleicht Verhöre, Befragungen von Nachbarn, Vermietern, Auswertung von Informationen über politische Aktivitäten. Schließlich muß jedes einzelne dieser Dossiers zusammengetragen und geprüft werden.

Wenn man sich dieses fast unübersehbare Dickicht als »Stacheldraht« vorstellt, hat man schon ein Recht auf Angst, Zorn und hat die Pflicht, zu warnen. Bedenkt man außerdem die unvorstellbare Blindheit der SPD, die mitverantwortlich dafür ist, daß diese ungeheure »Stacheldrahtproduktion« gegen ihre eigenen Mitglieder verwendet werden kann, so kann man die Bundesrepublik nur beglückwünschen zu einer neuen Generation von Heuchlern, Kriechern, Eingeschüchterten, Opportunisten und Angsthasen, die möglicherweise braver sein werden als die Hitlerjugend, zumal man sie durch Arbeitslosigkeit, Numerus clausus noch mehr verängstigen kann. Nein, es gibt keine KZ, aber »Stacheldraht« genug, auch »Wächter«, zu denen ich die uniformierten Polizeibeamten am wenigsten zähle. Hierzulande muß sich ja die Polizei immer wieder gegen Waffen wehren, die ihnen manche Politiker so gern aufdrängen möchten. Nimmt man das neuerlich in Mode gekommene Gerede von der »Volksfront« hinzu, so muß man schon fast von Verblödung sprechen, denn wer – wer? – sollte hier mit wem eine »Volksfront« bilden können? Wer mit wem? Es wird einem schon arg viel zugemutet, und man könnte auf die Idee kommen, in Erinnerung an die zitternden morschen Knochen, ein Lied zu verfassen, das anfangen könnte: »Es zittern die jungen Lehrer ...«

Völlig außer acht gelassen wird in den meisten Medien eine weitere Gefahr dieser Einschüchterungspolitik: die außenpolitischen, die kulturpolitischen Folgen: die Bundesrepublik isoliert sich, wird sich weiter isolieren – und es wird der Tag kommen, wo wir mit Neid auf das kulturelle und politische Leben in Spanien blicken, dessen republikanische und demokratische Reserven auch nach 40 Jahren Franco stärker und lebhafter sind als unsere. Wir sind dabei, unsere letzten Reserven zu verspielen. Wohl bekomm's.

Jahrgang 1922

Zum Tode Paul Schallücks

Moralist zu sein, gilt hierzulande immer noch als ein wenig peinlich. Es ist nicht das geringste von Paul Schallücks Verdiensten, gemeinsam mit einer ganzen Generation von Autoren an die humanistische, moralistische Tradition wieder angeknüpft, sie nach 1945 neu gegründet zu haben. Es war ein schwieriges und auch ein schweres Beginnen, gegen die Verkommenheit und Verlogenheit der deutschen Sprache in ihrem Zustand nach 1945 anzuschreiben. Paul Schallück hat daran teilgehabt und teilgenommen. Und es ist kein Zufall, daß sein erster Roman den Titel trug *Wenn man aufhören könnte, zu lügen.* Dieser Roman hat bekenntnishafte Züge, war eine Bilanz und ein Programm, das sich in zahlreichen Aufsätzen, Zeitungs- und Rundfunkkommentaren bis zu seinem Tode fortsetzte.

Man kann Paul Schallücks erzählerisches Werk nicht von seinem essayistischen trennen, kann auch das eine nicht gegen das andere ausspielen. Oft war das eine der Anlaß zum anderen oder das andere der Übergang zum einen.

Paul Schallücks Biographie ist mit seinem Geburtsjahr bezeichnet: 1922. Das bedeutet, 1933 elf, 1945 23 Jahre alt. Geburtsjahr 1922, das bedeutet zum am meisten geschundenen aller Jahrgänge dieses Jahrhunderts in Deutschland gehört zu haben, nicht freigesprochen von Schuld, nicht unbefangen, sondern gequält von der Teilhabe an der Zeit und dem, was während dieser Zeit geschah. Und so war Paul Schallück denn auch ein leidenschaftlicher *Zeitgenosse.* Er war wachsam, empfindlich, aufmerksam. Er war unerbittlich gegen nationalistische oder gar faschistische Töne. Er war ein Humanist. Das klingt heute im Zeitalter etablierter Häme schon fast anachronistisch.

Schallück hat über sich selbst geschrieben. »Er war ein Verwundeter von Anfang an«, und das bezog sich nicht nur auf seine Kriegsverwundung. Es bezog sich auch auf die Verletzlichkeit seiner Existenz. Er war verletzt von der Geschichte, wie sie über den Elfjährigen hereinbrach und den 23jährigen brutal entließ.

Er war Demokrat, was ebensowenig wie Moralist und Humanist zu sein ein leichtes Leben in Deutschland verspricht. Mag er als Elfjähriger die Anpassung der Deutschen nicht so präzis haben

wahrnehmen können, die ebenso rasche, auf ihre Weise ebenso gespenstische Anpassung nach 1945 machte ihn mißtrauisch und erhielt ihn wachsam.
Und es war diese Wachsamkeit, dieses Mißtrauen, das ihn nicht nur verletzlich hielt, ihn auch aufrieb. Sein Werk ist umfangreicher und vielseitiger, als der Markt bisher wahrgenommen hat. Doch er war nicht nur Autor; oder auch als Autor war er Freund, Gesprächspartner, gesellig, und es blieb ihm über Krankheiten und Rückschläge hinaus erhalten eine stets sich erneuernde, nie ermüdende Kindlichkeit, die ihm immer wieder Annäherung an Menschen und Probleme ermöglichte.
In seinem Werk enthalten ist eine große Zuneigung zu Köln, dieser, andeutungsweise sei es gesagt, dieser merkwürdigen Stadt, in die sich Paul Schallück immer wieder vertiefte als Zeitgenosse, Erzähler, Essayist, in Hörbildern, in Gesprächen und Diskussionen. Vielleicht ist Köln gar nicht so tief, wie Paul Schallück manchmal dachte. Köln ist ohne Zweifel alt, und Alter täuscht manchmal Tiefe vor. Vielleicht. Eines ist sicher: die Stadt Köln ist Paul Schallück einiges schuldig.

»Ich hab gut reden«

Voraussetzung ist: *Ich hab gut reden,* und das, obwohl ich weder Flick- noch Sachs-Erbe bin, auch nicht Steuerausländer, nicht nur Deutscher also, sondern *Steuer-Deutscher.* Und wenn ich sage, daß meine Einstellung zum Geld, seitdem ich welches habe, unverändert aus der Zeit übernommen ist, in der ich keins hatte, so ist das mit jener Vorsicht zu genießen, die ich selbst bei dieser Formulierung spüre. Wenn ältere Herrschaften über Notzeiten sprechen, die sie überstanden haben, sollte man – wie in der griechischen Tragödie – permanent einen zwischenrufenden Chor einschalten, der da brüllt: *Vorsicht, Nostalgie*! Besser noch: *Achtung, Selbstschüsse!* – und so soll's mich denn treffen, möglichst nicht gerade mitten ins Herz, aber ein Denkzettel sollte fällig sein.

Voraussetzung also: *Ich hab gut reden.* Im Augenblick jedenfalls. Mir wird immer bange, wenn die Fachleute, Bankiers, Wirtschafts- und Finanzminister, Volkswirte, Sachverständige, von Geld als von einer rationalen Materie sprechen; wenn sie alles so genau berechnen, planen, wissen und sagen: Wir werden das schon *machen.* Nähme man die Macher beim Wort, so müßte sich herausstellen, daß sie die wahren Poeten sind; das griechische Wort poiein, von dem die Poeten abstammen, bedeutet ja auch *machen.* Da sitzen also die wahren Poeten in den Bankzentralen, an den Börsen, in den Ministerien. Welch eine Überraschung: Wir werden von Poeten regiert! Und wenn diese Poeten da »am Geld 'rummachen« – mal gibt's viel, mal wenig, mal mehr oder weniger –, dann hoffe ich, daß sie – wahre und reine Poeten, die sie sind – so viel Angst dabei haben wie ich habe, wenn ich bedenke, daß ich innerhalb von dreizehn Jahren bei gleichbleibender Währung für eine Zigarette zwischen 1 Pfennig (für eine geschmuggelte, holländische *Aktive* im Jahr 1932) und 120 Mark (für eine *Gedrehte* in einem amerikanischen Gefangenenlager 1945) bezahlt habe. Wenn ich den (erheblichen!) Unterschied zwischen einer gedrehten und einer aktiven Zigarette nicht berücksichtige, so komme ich auf eine »Preissteigerung« von 1 199 900 Prozent innerhalb von dreizehn Jahren für ein und denselben Artikel bei gleichbleibender Währung. Das nenn' ich mir Preisgefälle! Ich weiß sehr wohl: Das ist ein ex-

tremes Beispiel, aber es ist eins, und es ist – wie nennt man das doch? – ach ja, realistisch; es ist nicht gemacht, nicht erfunden, es ist reine Poesie, und außerdem – ach ja – *erlebte* Währungsgeschichte, *erlebte* Marktwirtschaft.
Was wäre, wenn die tabak- und kaffeeproduzierenden Länder auf ähnliche Ideen kämen wie die ölproduzierenden? Wenn diese Länder sich nicht nur ihrer Macht über die Nerven der Menschheit bewußt würden, sie auch anwenden könnten? Wenn Beamte, Arbeiter, Angestellte (und natürlich auch Schriftsteller) auf ihren Kaffee und ihre Zigaretten verzichten müßten? Wie sähe es dann mit unserer Produktion aus? Was weiß ich, was morgen auf welchem Markt wieviel kosten wird; wer sagt mir, was eine Ware wirklich wert ist, wer den Preis für was bestimmt? Wer setzt die *Spannen* fest?
Ein Autor verdient sein Honorar offen, fast öffentlich. Jedes Schulkind im sechsten oder siebten Schuljahr kann ausrechnen, wieviel Honorar dieses oder jenes Buch einbringt. Man braucht sich nur einen normalen Verlagsvertrag zu besorgen (den möglicherweise der regionale Autorenverband zur Verfügung stellt und in dem auch die Bedingungen für Nebenrechte – Taschenbuch, Buchclub, Ausland etc. – vermerkt sind), und das Schulkind braucht sich nur beim Verlag über die Höhe der Auflage zu informieren (Verlage geben da gern, meistens »abgerundete« Auskunft) und braucht dann für seine Ausrechnung nicht einmal einen Taschenrechner, nur einen Bleistift und den Rand einer Zeitung, um zu dem Ergebnis zu kommen, daß ich – im Augenblick jedenfalls und *obwohl* weder Flick- noch Sachs-Erbe – sogar als normaler *Voll-Steuerdeutscher,* wenn ich über Geld spreche, voraussetze: *Ich hab gut reden.*
Ich möchte an den Selbstschüssen mich vorbeimanövrieren und *nicht* von den Zeiten sprechen, in denen wir wenig, manchmal gar kein Geld hatten. Immerhin weiß ich noch, was Geld für die bedeutet, die keins haben, und nun muß ich wohl doch mitten ins verminte Gelände: *ich erinnere mich,* nein, nicht nur an die einemillioneinhundertneunundneunzigtausendneunhundertfache Erhöhung des Zigarettenpreises innerhalb von dreizehn Jahren, ich erinnere mich auch: daß wir zu Hause jahrelang in ständiger Angst vor Räumungsklage, Gerichtsvollziehern, Zwangsversteigerung des allerletzten kleinen Familienbesitzes lebten, Angst vor jener legal verankerten *Vertreibung,* wie sie die

Grausamkeit des Geldes mit sich bringt, die *Grausamkeit* des Geldes, das da wachsen, über sich hinauswachsen, möglichst in den Himmel wachsen will.

Man stelle sich das einmal konkret vor, wie so ein Zehnmarkschein, so ein nüchtern bedrucktes Stück Papier, zu einem Zwanzigmarkschein heranwächst, wie er dann zum Fünfzig-, der letztere zum Hundertmarkschein heranwächst – und welche Prozesse, nicht nur Arbeitsprozesse, welche internationalen und nationalen Manipulationen, legale, illegale, diesen Scheinen zu diesem *Wachstum* verhelfen, dann komme mir noch einer und sage mir, das sei (oder wäre – mögen Mammon und seine Satelliten bestimmen, welcher Ausdruck hier angebracht ist) ein rationaler Vorgang: Ich werde ihn zum Hofpoeten ernennen, zum Hofpoeten seiner Majestät des Geldes. Ihre Majestät wird sehr erheitert sein, sie wußte noch gar nicht, daß sie poetische Qualitäten hat, sie denkt doch immer nur daran, sich selber *einzumachen,* und da sie von sich selbst natürlich immer genug hat (im doppelten Sinn: Denn manchmal kotzt sie sich selber an, wenn sie feststellt, daß sie nun wirklich und wahrhaftig nicht *alles* mit und für sich selber kaufen kann, und da käme dann so etwas wie die Bitterkeit unserer grausamen Majestät zutage) – da sie also von sich selbst immer genug hat, kommt sie nie auf die Idee, daß das »Eingemachte« ja dazu da ist, in Notzeiten verzehrt zu werden, und da sie ja nur für sich selber immer nur sich selber kaufen kann, hat unsere Majestät keinen Sinn für die Poesie des »Eingemachten«.

Meine Mutter war, was das »Eingemachte« betraf, von einem so sträflichen wie wunderbaren Leichtsinn. Sie lebte etwa in der 48. Zuteilungsperiode immer schon auf den Kredit der 52. Zuteilungsperiode: Es war nur logisch, damit zu rechnen, daß eines Tages die Rationierung aufgehoben würde (der Krieg dauerte zwar eine Ewigkeit, aber ewig würde er nicht dauern) – und dann war's gleichgültig, ob man in der 902. Zuteilungsperiode schon von der 906. gelebt hatte. Zugegeben, die Macher, die wahren Poeten, die für die gesamte Volkswirtschaft eines Staates verantwortlich sind, können so nicht wirtschaften. Vielleicht aber könnten sie hin und wieder darüber nachdenken, welch ein grausames Phänomen das »wachsende Geld« ist. Ein Zehnmarkschein, der zum Zwanzigmarkschein heranwächst, ist eine beängstigende Vorstellung. Zehn Milliarden Mark, die zu zwanzig

Milliarden Mark heranwachsen, das ist ein apokalyptischer Vorgang – und wir leben mitten in solchen Vorgängen, nehmen daran teil.
So notgedrungen wie notwendigerweise nehme und habe auch ich teil an diesem grausamen Wachstum, seitdem mir klargeworden ist, daß mein Geld nur zum Teil mein Geld ist; seitdem mir eindringlich eingeschärft worden ist, daß ich einen Teil, manchmal den größeren Teil nur für jene notwendige Behörde verwalte, die man Finanzamt nennt, und diese Feststellung erhärtet meine Voraussetzung: *Ich hab gut reden.* Jedenfalls im Augenblick.
Da ich – wie alle meine Kollegen –, obwohl ich keiner bin, fiskalisch wie ein Unternehmer behandelt werde, möchte ich zum Schluß direkt, konkret, vulgär, vielleicht sogar proletarisch werden: Für einen, der was unternimmt (etwa ein Buch oder einen Artikel schreibt), gibt es, auch wenn er durch seine Arbeit noch nicht zum Unternehmer wird, natürlich Unkosten und so etwas, das man »anteilige Betriebskosten« nennen kann.
Wenn das Schulkind also ausgerechnet hat, was so ein Buch möglicherweise einbringt, ziehe es den Mittelwert von 30 Prozent für Unkosten ab, besorge sich dann eine Einkommensteuertabelle für *nicht*-Flick- oder -Sachs-Erben, für gewöhnliche *Steuerdeutsche,* dann weiß es ungefähr, was da so übrigbleibt.

Die Ängste des Chefs

Über Horst-Eberhard Richter, »Flüchten oder Standhalten«

Vorweg sei gesagt: Hier ist ein Systemveränderer am Werk, keiner, dem man unterstellen könnte, was üblicherweise als erstes unterstellt wird, daß einer »da unten« grollt, von Neid oder gar Brotneid erfüllt. Hier ist einer selbst Chef und äußert – unter anderem – seine Zweifel am Chefsystem, nicht nur gegen, mehr im Interesse der Chefs und der »Sache«, die sie jeweils betreiben. Isoliert sind laut Richter nicht nur die Unterprivilegierten, auch die Chefs, und nicht nur die medizinischen, und möglicherweise sind die Ängste beziehungsweise Isolationsängste, von oben nach unten gereicht, von unten nach oben zurückgegeben, sogar der Herd aller Ängste. Nicht nur medizinische, auch kirchliche Chefs, Wirtschaftsmanager, Chefliteraten und -redakteure sollten wenigstens über die vielsagende Überschrift eines Kapitels meditieren »Die Karriere vollendet oft die psychische Selbstaufgabe in Raten«. Besser noch: Sie würden es lesen, dieses Kapitel und einiges mehr. Vielleicht wächst ja dem einen und anderen Chef Macht zu, der er nicht gewachsen ist und die er gern teilen möchte. Horst-Eberhard Richter hat offenbar die Fähigkeit: zu teilen, und was für einen Autor ebenso wichtig ist: mitzuteilen.

Richter ist sich des Dilemmas bewußt: Sozialer Fortschritt, der darin besteht, in Recht zu verwandeln, was früher Gnade war, ist ohne Bürokratie nicht denkbar und doch durch Bürokratie allein nicht zu verwirklichen; sie bedarf der Ergänzung, vielleicht sogar der Ermutigung, der Spontaneität und Phantasie der Außenseiter, und das betrifft nicht nur die Sozial- und Krankenverwaltung, es mag die Verwaltung des Rechts (und der Kunst und Literatur) ebenso betreffen.

Und gerade der Wissenschaftler Richter warnt ausdrücklich vor unkritischer Wissenschaftsgläubigkeit: »In der Tat fließt der Wissenschaft im Augenblick viel von der Gläubigkeit zu, die zuvor anders gebunden war.« Und: »In Wirklichkeit gedeihen in den Institutionen der Wissenschaft die gleichen Ängste, Rivalitäten und Manipulationen wie auch sonst im menschlichen Zusammenleben.« (Als Literat erlaube ich mir, eine Warnung vor Literaturgläubigkeit einzuflechten, und Rechtsgelehrte möchten vielleicht vor der Rechtsgläubigkeit warnen.)

Richters Buch ist voll, reich und gefüllt, zu sehr, nicht für den Leser, doch für den Rezensenten, der nicht über alle Probleme, Details, Analysen, Erkenntnisse, Diagnosen und Therapien ausführlich referieren kann; viel Stoff, viele Erfahrungen und Reflexionen, Kritik und Selbstkritik. Es wird über den Patienten als Individuum reflektiert und über den »Patienten Gesellschaft«, der da produziert und produziert, ohne zu ahnen, wieviel Angst und Krankheit und wieviel da an menschlichem »Abfall« mitproduziert wird. In einer Welt, die fast nur noch auf den Markt schielt, drohen der Patient als Individuum und der Patient Gesellschaft zur nur noch verwalteten Einheit zu werden; sie werden nur noch als Verwaltungs- oder statistische Erfolgs- beziehungsweise Mißerfolgsdaten registriert. Weder Macht als solche noch Bürokratie als solche kritisiert Richter, er macht nur auf die Gefahren aufmerksam, wenn beide in Selbstzweck und Erfolgsselbstgefälligkeit revolvieren. Warum auch sollte Fortschritt so »emotionale« Instanzen wie Sympathie, Gnade, Erbarmen oder Barmherzigkeit ausschließen? Und warum sollten sie abstrakter oder karitativer Selbstzweck sein, warum sollten nicht auch, die sie ausüben, mitgeheilt werden können?

Flüchten oder Standhalten, das bedeutet natürlich: Standhalten, denn wohin sollte man vor der Angst, der Isolation noch fliehen: in mehr Angst, noch mehr Isolation, zur Flasche oder Droge hin? Standhalten, das klingt heroisch; gewiß ist nicht mehr oder nicht nur der »Einzelkämpfer« gemeint, der ja auch eine Art »Chef« ist; eher die Gruppe, vielleicht die Gruppe als »Held«? So muß man dieses Buch als Fortsetzung verstehen und lesen, von *Patient Familie, Die Gruppe* und *Lernziel Solidarität*; vielleicht hätte Flüchten oder Standhalten den Untertitel haben können: »Patient Gesellschaft und Patient Hierarchie«.

Das bedeutet nicht oberflächlich propagierte Demokratisierung, die oft genug scheitert, es schließt den Hinweis auf eben jenen Richterschen Grundbegriff, den der Gruppe, ein. Als Gruppe Probleme angehen, nicht gegen Bürokratie und Verwaltung, mit ihnen, die man beleben und wiederbeleben muß. Staatlich oder kommunal basierte Gruppen gemeinsam mit Initiativgruppen. Richter führt Beispiele dafür an, ein besonders eindrucksvolles auf Seite 258. Es wäre auf manches Kapitel besonders hinzuweisen, etwa »Menschen vor dem Sterben«; eine Fußnote zu diesem Kapitel bedarf der besonderen Erwähnung, in der Richter Hil-

degard Knefs *Das Urteil* gegen die Reduzierung auf bloße Kritik an der Ärzteschaft verteidigt, es als eine Darstellung der »psychischen Einsamkeit des Schwerkranken in Institutionen der Medizin« verteidigt.
Die sterile, phantasielose Ausstattung der Krankenhäuser, die Angst des Beförderten vor der mit ihm beförderten Angst, die Angst des Angepaßten in dem Augenblick, wo er erkennt, daß die Tarnung zu seiner neuen Haut geworden ist. Richters Warnung an die Politiker, im Umgang mit Wissenschaftlern nicht zu ängstlich zu sein, wenn sie sich fürchten, für »dumm« gehalten zu werden. Er belegt die Fehlbarkeit der Wissenschaften mit dem Hinweis auf ein Untersuchungsergebnis an einer technisch hochentwickelten Universitätsklinik, wo in nur 40 Prozent der Fälle die Todesursache der Diagnose entsprach, bei 60 Prozent der Patienten die Ärzte nicht wußten, woran sie gestorben waren. Ich nehme an, diese Irrtumsproportion läßt sich auf andere Wissenschaften übertragen, Theologie und Literaturwissenschaft inbegriffen.
Nur scheinbar widersprüchlich ist der bei Richter an einigen Beispielen nachgewiesene Zusammenhang zwischen Anpassung und Isolation. Als unbedarfter Laie sollte man doch meinen (hätte ich gemeint), Anpassung durchbreche wenigstens die Isolation; das Gegenteil scheint zuzutreffen: Angepaßt – etwa an den »Chef« – paßt man sich auch seiner Angst, seiner Isolation an, tritt nicht aus seiner Angst heraus, nur in deren Zirkulation ein bis zur Selbstaufgabe. Altmodisch ausgedrückt »verkauft da einer seine Seele«, und was Seelenlosigkeit oder gar Entseeltheit bedeutet, bedarf wohl keiner Erläuterung.
Im Zusammenhang mit Anpassung und Funktionieren ist wichtig, was Richter bei der Auswertung der berühmt-berüchtigten Milgram-Experimente fragt: »Wo überall reagieren wir bereits so wie Milgrams Versuchspersonen? Und wer sind die Autoritäten, die uns unter Umständen schon seit längerem ähnlich suggestiv steuern wie jener Versuchsleiter?« In diesen Problemkreis gehört die in fast allen Institutionen mitgegebene Warnung: Nicht zu nahe an den Schüler, an den Patienten, an den Klienten heran, ihn nicht zu nahe kommen lassen, schon gar nicht sich mit ihm identifizieren. Die Chef-Angst (die nicht die Angst *vor* dem Chef, sondern die Angst *des* Chefs ist) wird zur Berührungsangst. Zur Illustration dieses Problems zitiert Richter den Bericht eines Referendars.

Fast nirgendwo wird Richter »direkt« politisch; wie hochpolitisch die Probleme sind, ergibt sich von selbst. Radikalenerlaß, Numerus clausus, Arbeitslosigkeit, eine finanziell bedingte, nostalgisch gestimmte Reformmüdigkeit (»Ach, wie schön war Opas Schule«), all das signalisiert eine innere Bedrohung, die rasch zur äußeren werden kann: Was wird, wenn die jetzt 18- bis 25jährigen Angepaßten uns in 10 bis 20 Jahren regieren, sie, die gezwungen werden, auf den Markt zu schielen, ihren eigenen Marktwert, ihre Marktchancen immer zu bedenken; die man vor »Emotionen« wie vor einer ansteckenden Krankheit warnt; denen man Sexualität und Eros wie eine Ware anpreist, als wären sie so beliebig reproduzierbar wie Kugelschreiber?
Es wird schon fast Mode, Moralisten und »Moralisten« zu belächeln, meistens tun's die, die zugleich auf die Autorität von Staat und Kirche pochen. Da wäre zu fragen: Wer setzt denn moralische Maßstäbe, wer macht die Gesetze, die sittliche Normen bilden sollen? Es sind die Staaten in ihren Legislativen und die Kirchen in ihren diversen Gremien. Nicht die Moralisten machen die Gesetze und Gebote. Sie messen nur die durch Legislativen gesetzten Normen an ihrer Verwirklichung durch die Exekutiven.
Trotz aller wenig erfreulichen Analysen, Erkenntnisse und Feststellungen ist Richter keineswegs entmutigt. Das beweist nicht nur sein Hinweis auf verschiedene erfolgreiche Aktivitäten, auch die Schilderung des skandalösen Falles der Frau M., die, obwohl auf Grund ihrer Herkunft kaum mit Schulbildung gesegnet, nicht floh, sondern standhielt, in einer Situation hoffnungsloser »Asozialität«. Sozialarbeiterin und später Richter ermutigten sie, halfen ihr. Doch Frau M. hatte mehr Glück als die meisten vergleichbaren Fälle: Das ZDF brachte ihren Fall in die Öffentlichkeit, und die zuständigen Behörden, die sie in diesem Fall peinlich entblößten, reagierten erst, als die »Blamage« drohte.
Wer hat schon das Glück, durch Fernsehen der zuständigen Behörde auf die verantwortliche »Seele« gebunden zu werden? So viele Sender und so viel Sendezeit gibt es gar nicht, wie da notwendig wäre. Konsequent warnt Richter dann auch vor »Modellen«, die ja dann wohl wie »Chefs« isoliert da stehen bleiben. Er lehnt Modelle nicht ab, warnt nur vor ihrer Vorzeigefunktion: ». . . und die Politiker haben den Vorsatz vergessen, daß sie hier ursprünglich nur Probierwerkstätten für allgemeine anwendbare Neuerungen einrichten wollen.«

Deutscher Schneid in Europa

Über Alfred Dregger

Sein Aufstieg begann vor ungefähr fünf Jahren auf einem CDU-Parteitag in Düsseldorf, wo sich die nordrhein-westfälische CDU in ihrem ureigenen Land von ihm abkanzeln und ihren sozialpolitischen Schneid schneidig abkaufen ließ. Seitdem ist er unaufhaltsam, der Eroberer Hessens, er bringt Stimmen und Stimmung, Alfred Dregger. Er ist ein Sieger, nicht angekränkelt von der Scham oder gar Schamhaftigkeit, die jedem Sieger wohl anstünde. Mag sein, daß ein politischer Sieger, der sich von Scham ankränkeln ließe, undenkbar ist, aber es wäre ja vorstellbar, daß da irgendwo so etwas wie der »Charme christlicher Tristesse« sichtbar würde, ein Anhauch von Gebrochenheit am ehemaligen Amtssitz des heiligen Bonifatius. Nein, ungebrochen, nicht angekränkelt, und immer feste druff!

Ein Innenminister Alfred Dregger, das wäre *unsere* Sorge. Warten wir ab: noch ist er's nicht, noch rasselt der Säbel des ungebrochenen Siegers nicht über den Häuptern der Radikalen. Dregger ist so etwas wie das Gegenteil von Erhard Eppler, der zwar den Sieg im Ländle nicht fürchten muß und ihn doch fürchtet oder fürchten würde. Warten wir den Innenminister Dregger ab. Er wird unsere Sorge sein.

Nun erlaube ich mir aber, mir den potentiellen Innenminister Dregger auf europäischen Konferenzen vorzustellen: gewiß, ein Herr mit Manieren, auch zu klug, um etwa in Brüssel, Oslo, Amsterdam oder Rom den blanken Säbel zu zücken. (Es ist ja doch bemerkenswert, daß etwa Herr von Hassel für die Zulassung der KP in Spanien ist – die spanische KP wird's ihm danken, ich nehme an, man wird vor der nächsten Madonna Kerzen für ihn aufstellen, möglicherweise mit einer Votivtafel: »Dank der deutschen CDU für die Rettung der spanischen KP. Heilige Maria Mutter Gottes – bitte für sie!«)

Wenn ich voraussetzen darf, daß ein Innenminister Dregger sich noch einmal und immer wieder *unserer* Radikalen annehmen wird, was wird er mit den europäischen Radikalen anfangen? Mit einem möglicherweise kommunistischen Kollegen in Italien und einem möglicherweise Volksfrontinnenminister in Frankreich? Es ist doch eine merkwürdige Sache, daß die CDU/CSU und die ihr nahestehenden Blätter immer wieder die Wahlergebnisse etwa in Italien und Frankreich beklagen, Ergebnisse *freier* Wahlen; und es ist eine ebenso merkwürdige Sache, daß die CDU/CSU mit ihrem Plan, so etwas wie eine europäische Christdemokratenunion zu gründen, gar nicht vorankommt, daß sie weder in Holland, Belgien noch Frankreich oder Italien, nicht einmal in Spanien auf Gegenliebe stößt.

Wird da keiner nachdenklich? Nachdenklich genug, um sich zu überlegen, ob der »Profilierte«, der Sieger (der, obwohl er's nicht ist, genau so aussieht, wie man sich im romanischen Teil Europas einen deutschen Protestanten vorstellt) im europäischen Konzert vielleicht fehl am Platz sein könnte? Nein, nicht weil er Nazi wäre oder gewesen wäre, nein, kein Faschist oder »Faschist«, nur: bei dieser Art Schneidigkeit zuckt man immer noch in West-Europa zusammen. Es ist nicht einmal der Charakter, es ist der Habitus, dessen »Weltäufigkeit« nur eine scheinbare ist.

Es ist etwas Kasinohaftes, das für einen Verteidigungsminister möglicherweise angehen könnte, der Charme nicht nur des Herren, auch des Herrenmenschen, wie er auch aus so manchem Leitartikel, mancher Kolumne der unersetzlichen FAZ spricht; ein Herrencharme, den man irrtümlicherweise für »weltläufig« hält, der aber schon an der Grenze der Londoner City zu wahrer Provinzialität zusammenschrumpft.

Vielleicht wäre es doch besser, auch für uns, wenn Herr Dregger Verteidigungsminister würde. *Das* könnte den Europäern halbwegs einleuchten. Paraden abnehmend, jovial an Manövern teilnehmend, in Tarnjacke und mit Käppi europäische Armeesuppen kostend: das könnte angehen. Nun ist es (um Gottes willen!) nicht meine Sache, Herrn Wörner um ein Ministeramt zu schreiben oder auch nur um eine Kandidatur! Am besten wäre natürlich, wenn Herr Dregger weder das eine noch andere würde. Ein Innenminister Filbinger, wie er uns 1972 gelegentlich avisiert wurde, ist uns ja erspart geblieben. Ein Innenminister Dregger? Ich fürchte, nicht einmal die Spanier wären davon sehr begeistert, und für die Osteuropäer wär's geradezu ein Fressen. Anläßlich des Radikalenerlasses ist die deutsche Innenpolitik wieder internationales Gesprächsthema geworden, zum Glück gibt es ja wieder »Einmischung«, wie wir sie ja auch allenthalben (und legitimerweise) betreiben.

Es ist also nicht nebensächlich, wer da mit schon vorhandenen und noch zu erwartenden Einmischungen konfrontiert sein wird. Europa erwartet viel (und immer mehr) von der Bundesrepublik: Schneid erwartet es nicht.

Die Angst der Deutschen und die Angst vor ihnen

Wenn Amerikaner und Deutsche oder Engländer und Deutsche über Inflation sprechen, ich weiß nicht, ob sie dann dasselbe meinen. Wenn Brot, Butter, Kaffee und Zigaretten plötzlich das Doppelte kosten würden, würde es mich noch nicht an die beiden *totalen* Inflationen erinnern, die ich erlebt habe.

Als ich drei – vier Jahre alt war, begleitete ich morgens immer meinen Vater nach dem Frühstück die Treppe hinunter bis vor die Haustür; von dort fuhr er per Fahrrad in seine Werkstatt, und bevor er aufs Rad stieg – er war ein altmodischer Radfahrer und stieg von einem Pinn, der am Hinterrad angebracht war, von hinten auf den Sattel (fast wie ein Reiter aufs Pferd) – steckte er mir manchmal einen Geldschein zu, für den ich mir im gegenüberliegenden Laden eine Handvoll Bonbons oder eine Zuckerstange kaufen durfte. Ich erinnere mich an ziemlich viel Nullen auf dem Geldschein, erfuhr später, daß es sich um eine Milliarde oder gar eine Billion gehandelt hatte; der Gegenwert, den ich für diesen nullenreichen Schein bekam, mag fünf Pfennige betragen haben. Das war in den Jahren 1921–22, wo ich morgens für ein bis zwei Minuten Milliardär oder Billionär war. Es war keineswegs so, daß die Einkommen in entsprechend vielen Milliarden bestanden hätten; später erfuhr ich von meinen Lehrern, daß sie für ihr Monatsgehalt sich eine Vase oder, wenn sie Glück hatten, einen Regenschirm hatten kaufen können. Eine Milliarde, das war 10 Jahre vorher, etwa 1912, selbst für Krupp wahrscheinlich eine respektable Summe – nun gab es dafür eine Handvoll Bonbons. Sobald das deutsche Geld wieder stabil wurde, gab es weniger davon. Es gab in den Jahren 1928 bis 1932 für *eine* Mark etwa zwanzigmal soviel Süßigkeiten wie sechs Jahre vorher für eine Milliarde. Es gab für eine Mark 40 Zigaretten der billigsten Sorte, 100 geschmuggelte holländische, man konnte für eine Mark zweimal ins Kino gehen, bekam dafür zwei volle Spielfilme und einige Extras zu sehen, und in manchen Kinos gab es noch ein Glas Bier dazu; man konnte für eine Mark zweimal ein Mädchen ins Café einladen und ihr sogar einmal ein Stück Kuchen spendieren (also: vier Tassen Kaffee und ein Stück Kuchen für eine Mark). Die Mark war stabil und knapp.

In den Jahren 1936 bis 1939 fing die Mark wieder an, reichlicher zu fließen – und an Wert zu verlieren. In der Zeit der ersten Rationierungen (die schon vor Kriegsausbruch begannen, man erinnere sich an Meier-Görings Ausspruch: »Kanonen statt Butter« – man sollte sich überhaupt öfter an Meier-Göring erinnern), bildeten sich – trotz hoher Strafen – die ersten Schwarzmärkte. Sobald die Zigaretten rationiert wurden – ich weiß nicht mehr genau, wann das geschah – kosteten sie statt 2 ½ oder 3 ⅓ Pfennige auf Karten, auf dem Schwarzmarkt 20 Pfennige, also ungefähr das Sechs- bis Achtfache. An Milliarden gewöhnt, fanden wir diese Preise zwar hart, aber tragbar; es erinnerte uns noch nicht an das Schreckenswort »Inflation«. Das kam später, als – etwa 1944 – der Zigarettenpreis »floatete«; er hing von der jeweiligen Nachschublage ab. Als die deutsche Wehrmacht Frankreich – ziemlich schnell, wie mir heute scheint – räumte und ihre Beute umsetzen mußte, sank der Zigarettenpreis vorübergehend auf 3–4 Mark, und sobald diese Nachschubquelle versiegte, so ungefähr um die Zeit, als die amerikanische Armee zum ersten Mal die deutsche Grenze überquerte, stieg er auf bis zu 12 Mark, sank dann erst wieder, als der Krieg zu Ende war, und sich die Camel-Lucky-Strike-Chesterfield-Währung etablierte. Kurz vor der Währungsreform im Jahre 1948 stieg er auf 7 bis 9 Mark, blieb aber doch im großen und ganzen von 1945 bis 1948 zwischen 5 und 6 Mark stabil. Man darf nicht vergessen, daß die Einkommen keineswegs entsprechend gestiegen waren. Ein Hilfsarbeiter verdiente damals 1 Mark die Stunde (die ihm durch zusätzliche Lebensmittelkarten verzuckert wurde), aber eine Realschullehrerin (die keinerlei Zusatzkarten bekam) verdiente zwischen 300 und 350 Mark im *Monat.* In einer Zeit, in der kein Mensch von den Rationen leben konnte, kostete ein Brot auf dem Schwarzmarkt 25 bis 40 Mark, ein Pfund Kaffee 600, Butter ungefähr ebensoviel. Woher nahmen die Deutschen das Geld, um zu überleben? Es gab nicht nur den Schwarzmarkt, auch den Tauschhandel, es gab, wenn man kein Tauschobjekt mehr besaß, den demütigenden Weg des Hamsterns bei Bauern, der eine verkappte Art des Bettelns war. Jedenfalls verscheuerte man, was nicht niet- und nagelfest war, und hin und wieder (und das auch von *sehr* anständigen Leuten) wurde natürlich auch *gestohlen*: Kohlen und Kartoffeln, Ziegelsteine und einiges mehr. Es war die zweite totale Inflation, in der so manches Deutschen wenn nicht Ehre, so doch Ehrenhaftigkeit einen Knacks bekam.

(Und für viele war's der zweite Knacks!) Und wieder geschah ein Wunder: es gab wieder einmal eine stabile, eine eisenharte Deutsche Mark – und sie war knapp, sehr knapp. Und wer da nach der Währungsreform noch erspartes Geld übrig hatte, bekam es mit 7 % aufgewertet.

Aktien wurden zu 100 % aufgewertet, und noch etwas hatte nach diesen beiden Inflationen, diesen Totalrasuren, seinen Wert behalten: Grundbesitz. Er wurde zwar durch Zwangshypotheken im Zusammenhang mit dem Lastenausgleich belastet. (Der Lastenausgleich diente dazu, Leute zu entschädigen, die in den östlichen Teilen des Deutschen Reiches oder durch Bombenschäden ihren Besitz verloren hatten – aber die, die keinen Besitz zu verlieren gehabt hatten, bekamen natürlich nicht viel Lastenausgleich!)

Es ist also eine ziemliche Frechheit, wenn da von Chancengleichheit gesprochen wird. Da Geld und Bildung, Bildung und berufliche Chancen immer noch einen nachweisbaren Zusammenhang haben, wird das Wort Chancengleichheit geradezu zur Frivolität. Man muß wenigstens diese einfachen Fakten wissen, wenn man die Deutschen verstehen will (falls überhaupt irgendein Volk ein anderes oder irgendein Volk sich selbst verstehen kann!).

Grundbesitz, Hausbesitz – das haben die Deutschen gelernt – sind die einzig stabilen Faktoren geblieben, und eine Währung, eine Mark, die jetzt schon achtundzwanzig Jahre alt geworden ist (nachdem innerhalb von 25 Jahren zwei Marken dahingestorben waren), ist ebenfalls zum stabilen Faktor geworden, und wer an einem dieser Faktoren, und sei es nur scheinbar, rüttelt, hat wenig Chancen auf Wählerstimmen. Es gehört zu den erfolgreichen Absurditäten reaktionärer Propaganda, daß sie immer wieder die Angst schüren können bei denen, die sehr wenig von dieser Erde besitzen (etwa auch bei den Kleinbauern in Portugal), um den Besitz derer zu schützen, die sehr viel von dieser Erde besitzen. Ein großer Teil des Grundbesitzes ist immer noch in den Händen des deutschen Adels, der in den meisten Fällen – absurderweise – immer noch die Interessen der deutschen Bauern vertritt. Da wird das »Bauernsterben« beklagt (obwohl es ein intereuropäisches Phänomen ist), aber mir ist nicht bekannt geworden (bisher nicht), ob irgendein Großgrundbesitzer den Besitz eines sterbenden Kleinbauern arrondiert habe, um ihm das

Überleben zu ermöglichen (durch ein *Geschenk*). Wenn man im Adelsalphabet nur bis G zählt, nur die Namen Arco, Arenberg, Aretin, Baden (Markgraf von), Bayern (Herzöge von und in), Bentheim, Bismarck, Castell, Faber-Castell, Finck, Fürstenberg, Fugger, Guttenberg aufzählt, und addierte deren Anteil an deutschem Boden, so käme man wahrscheinlich auf das Territorium eines mittelgroßen Bundeslandes, und das Alphabet geht ja bis Z – also noch dreieinhalbmal so weit. Nach zwei totalen Inflationen, die zwei total verlorenen Kriegen folgten, nach *keiner* Revolution – und rechnet man das Potential der Großindustrie und deren vielfältige Verflechtung mit dem Adel hinzu, und bedenkt man außerdem, daß dieser Grundbesitz seit Jahrhunderten seine Besitzer nicht gewechselt hat (wahrscheinlich gehörte er schon den gleichen Familien, lange bevor der erste Fuß eines Weißen – sieht man von ein paar versprengten Iren oder Wikingern ab – eines der beiden Amerika betrat) –, so muß es auf makabre Weise komisch wirken, wenn von der Bundesrepublik Deutschland von einem »sozialistischen Staat« oder von der »klassenlosen Gesellschaft« hier gesprochen wird. Zwei totale Inflationen haben die Arbeit ganzer Generationen von Arbeitern, kleinen und mittleren Gewerbetreibenden und Geschäftsleuten annulliert. Diese Erfahrung hat den Fleiß der Deutschen nicht entmutigt, sondern merkwürdigerweise angespornt – so ist das Wirtschaftswunder nach der Zerstörung Deutschlands und zig Millionen besitzloser Flüchtlinge zu erklären. Der Grundbesitz, der zum größeren Teil nicht erworben ist, was die Begründung: Tüchtigkeit, zuließe, ist nicht nur völlig unangetastet geblieben, er hat eine Wertsteigerung erlebt, die sich in einem Land wie der Bundesrepublik einfach von selbst ergibt. Man darf nicht vergessen, daß die Bundesrepublik nur ungefähr $^1/_{30}$ der Fläche der USA umfaßt bei knapp $^1/_4$ von deren Einwohnern. Und in einem Land, das auf wirtschaftliches »Wachstum« setzt, auf Ausdehnung seiner Kapazitäten, werden notwendigerweise eines Tages auch die stilleren Ecken, die bisher noch nicht an dieser Wertsteigerung profitiert haben, daran teilhaben.

Immerhin gibt es in unserem Grundgesetz einen Artikel, der da lautet: »Eigentum verpflichtet. Sein Gebrauch soll zugleich dem Wohl der Allgemeinheit dienen.« Worte wie »Verstaatlichung«, »Vergesellschaftung«, sogar »Enteignung« bekommen angesichts dieser Besitzverhältnisse einen anderen Klang – und sind keinesfalls verfassungswidrig. Man muß auch den Radikalenerlaß, der sich hauptsächlich gegen Systemveränderer richtet, also solche jungen Leute, die von einem verfassungsmäßig verbürgten Recht Gebrauch machen, im Zusammenhang mit diesen Besitzverhältnissen sehen. Man mag über die Brutalität moderner Landnahmen streiten, ob es nun die Konquistadoren, Kolonisatoren waren oder die nordamerikanischen Siedler, der größere Teil des Grundbesitzes in der *Bundesrepublik* ist weder erworben noch erkämpft. Er ist seit Jahrhunderten unangetastet und selbstverständlich, und diese unglaubliche Selbstverständlichkeit wird von dem Untertanen wortlos hingenommen. Er wird nicht nur nicht angezweifelt, er dient zusätzlich noch als Angstvehikel, um diejenigen in Schrecken zu versetzen, die vielleicht 300 qm besitzen, auf denen sie sich ein Häuschen und eine Garage gebaut haben. Es ist ein großer, ein entscheidender Fehler aller Sozialisten und auch der Sozialdemokraten (auch in anderen Ländern), daß sie das magische Wort »Enteignung« (das lt. Grundgesetz der Bundesrepublik legal ist) nie quantitativ definiert haben, und so kommt es zu geradezu unnatürlichen Emotionskoalitionen, zwischen denen, die sich da bis zum Herzinfarkt (und manchmal über ihn hinaus) auf ihren 300, 400 Quadratmetern ihr Häuschen gebaut haben, und denen, die seit Luthers Zeiten halbe und ganze Provinzen besitzen. Dieser uralte Grundbesitz ist stabiler, massiver, er ist lautlos, fast unsichtbar – und politisch mindestens so einflußreich wie die Großindustrie, die ja immerhin Risiken unterliegt; sie muß ja immerhin entwikkeln, investieren, riskieren, während der Landbesitz »in sich ruht«, und diese unheimliche Ruhe ist ein politischer Faktor in der Bundesrepublik, von dem man zu wenig weiß. Man kann einen kleinen und mittleren Bauern durch das Wort »Enteignung« leicht in Panik versetzen, und nach den Erfahrungen, die Landwirte in den sozialistischen Ländern gemacht haben, ist diese Panik verständlich – in einem Land aber wie der Bundesrepublik stützt man durch diese Panikmache den alten, uralten, nie angetasteten Besitz. Die Sozialdemokraten in der Bundesrepublik haben bis auf den heutigen Tag weder den Mut noch die Definitionskraft gefunden, klarzumachen, daß es – sollte überhaupt so etwas wie »Enteignung« erwogen werden – um den Besitz von möglicherweise bis zu 350 Familien geht, nicht um den Besitz von 62 Millionen.

Zwei ergänzende Bemerkungen sind hier notwendig: nicht jeder, der einen adeligen Namen trägt, ist Großgrundbesitzer oder auch nur wohlhabend, und außerdem: dem großgrundbesitzenden deutschen Adel ist kein Vorwurf zu machen: kaum jemals in der Geschichte ist Besitz (und so erheblicher) freiwillig geteilt oder aufgegeben worden, und warum sollte da eine Gruppe von Besitzenden den Grundgesetzspruch: »Eigentum verpflichtet« – ernster nehmen als andere? Die Frage wäre, ob eine Gruppe, eine Klasse, die nichts weiter tut, als ihren Besitzstand zu halten und zu mehren, noch Anspruch darauf erheben kann, zur Elite oder gar zur kulturellen Elite gezählt zu werden. Noch immer nicht, und wahrscheinlich für eine Weile nicht, sind Besitz und Kultur identisch, und so spielt der großgrundbesitzende Adel in seiner Mehrheit (nicht in seiner Gesamtheit) nur eine dekorative, illustrative, manchmal auch nur eine Illustrierten-Rolle. Eine peinliche Art von heimlich (und manchmal unheimlich) bewunderter Sub- oder Superkultur Die kulturell *produktiven* Kräfte der Bundesrepublik Deutschland stammen immer noch und immer wieder aus dem Kleinbürgertum, dem Bürgertum und der Arbeiterschaft. In ihrer Mehrheit. Ich frage mich, ob diesen Familien, die »das Land besitzen«, das im Evangelium den Sanftmütigen versprochen ist, nicht manchmal unheimlich wird. *Nicht,* weil irgendwelche Revolutionäre ihnen ernsthaft gefährlich werden könnten (Systemveränderer haben wenig Chancen hier – und der Radikalenerlaß hat sogar die Reformer, nicht nur die Revolutionäre entmutigt und entwaffnet) – sondern weil sie in einer unwirklichen totalen Sicherheit ruhen, die im Gegensatz zu ihrer Umwelt steht, in einem Elfenbeinturm besonderer Art, den sich nicht einmal hochbezahlte, sehr beschäftigte, nervöse Manager leisten können. Die Landbesitzer geraten selten, fast nie in Panik und haben auch keinerlei Grund dazu – die wortlose Hinnahme ihrer Privilegien ist Garantie genug.

Wenn man versuchen will, die Deutschen, ihr Verhältnis zum Geld, zum Besitz, wenn man versuchen will, ihre Angst und ihre Ängste zu verstehen – und die Angst und die Ängste von mehr als sechzig Millionen da mitten in Europa sind ein politischer Faktor hohen Grades –, dann muß man wenigstens andeutungsweise etwas von diesen beiden totalen Inflationen wissen, die fast alle Klassen getroffen haben, nur den grundbesitzenden Adel nicht (der ja in den meisten Fällen auch noch international abgesichert

ist), und lange bevor man über Faschismus spricht und nicht nur über den potentiellen, auch den historischen, muß man wissen, daß Angst eine der Ursachen des Faschismus ist. Man muß wissen, daß Zeitungen und Stimmungen immer noch von den Besitzenden gemacht werden – und man braucht dann nur diesen armen Schluckern, die sich ihre 350–600 Quadratmeter deutschen Bodens mit ihrem Häuschen drauf mühsam erschuftet haben, *ihnen* (und wären es gutverdienende, aber schwer arbeitende Ärzte) muß man einhämmern, daß mit Enteignung *sie* gemeint sind, dann hat man die Angst zu einem Wahlhelfer gemacht, der kaum Argumente braucht und wenig Geld kostet. Man erinnere sich an die obskuren Wahlhilfefonds der CDU/CSU aus dem dramatischen Wahljahr 1972; man denke an die Anzeigenkampagnen gegen Brandt und alle Formen des Sozialismus, an diese düsteren Maschenschaften, deren sich die Verantwortlichen möglicherweise heute schämen. Das war klassischer *Klassenkampf*, von oben, nicht von unten.
Es ist zu befürchten, daß auch in diesem Wahlkampfjahr die Angst und die Ängste mobilisiert werden. Die düsteren Kampagnen von 1972 haben letzten Endes nicht den Sieg gebracht, möglicherweise hat man auch damals die Wähler unter- oder falsch eingeschätzt: es hat nichts eingebracht, potentiellen Wählern eine Katastrophe auszumalen, deren *wirkliche* Sorge – damals – darin bestand, über die Verkehrslage auf den Autobahnen bei der Rückkehr aus dem Urlaub informiert zu sein.
In diesem Wahljahr Argumente zu finden, dürfte schwer sein. Eine angesichts der hohen Arbeitslosigkeit – bisher jedenfalls – erstaunlich geringe Angst. Sinkender Einfluß der katholischen Kirche auf die Wahlen. Völlige Aussichtslosigkeit, der Regierung Schmidt vorzuwerfen, sie ermutige Terroristen. Ob man in einer Republik, in der in keinem einzigen Landesparlament, auch nur *ein* Radikaler aufzutreiben wäre, immer noch mit Radikalen Angst machen kann? Versucht wird es. Es ist verantwortungslos, einem Volk Angst zu machen, das oft genug in den vergangenen 60 Jahren *Grund* zur Angst gehabt – und auch oft genug anderen Angst eingeflößt hat – auf diesem Terrain mit Angst zu spielen, ist klassische Demagogie. Im streikbravsten Land der Welt mit den bravsten aller Gewerkschaften. In einem Land, in dem der Schah und andere Ölpotentaten Milliarden investieren, mit der Angst vor dem Sozialismus zu drohen, dürfte ziemlich

weit hergeholt sein (was kein Trost ist: man kann ja weit ausholen!). Woher die Angst also nehmen, ohne zu stehlen? Werden es wieder einmal die Jusos sein? Die Angst vor dem »Sozialstaat« dürfte den vielen Rentnern nicht mehr sehr einleuchten. Die Ostverträge, die doch ganz schön Geschäfte gebracht haben? Es könnte sein, daß sich die Großindustrie in diesem Wahljahr nicht zu obskuren Wahlfonds, nicht zu übelriechenden Anzeigen entschließt. Schließlich hat die SPD/FDP-Regierung, diese 1972 als Untergangskoalition avisierte, der Industrie keinen Schaden zugefügt. SPD-freundliche Großgrundbesitzer wird man kaum auftreiben können: der Klassenkampf (und die Klassenangst) von oben wird da in Kränzchen und Kreisen, in teilweise kirchlich (katholischen) untermauerten Stimmungscliquen eifrig betrieben – oder ob die Großindustrie mitmachen wird?
Und es gibt da nicht nur die alte »Nobilty«, nicht nur alte und neu-alte Großindustrie, es gibt da noch die fast ganz und gar neuen Herzöge. Könige, Kardinäle und Königsmacher, deren Herrschaft über ihre Provinz in den meisten Fällen auf einem Stück Papier, der modernen Art des Lehens, einer Zeitungslizenz von einer der Besatzungsmächte beruht: die Zeitungs-, Illustrierten-, Magazin- und Zeitschriften-Könige, dieser neue Adel, der natürlich »seine Schwierigkeiten« hat, diese »Konzentrierten und Konzentrierer« – was werden sie tun? Hoffen wir, daß sie gut gelaunt, daß sie gnädig sind. Ihre Leser, Zuhörer, Zuschauer, diese 62 Millionen Deutschen, sind brave Leute, kein Grund, Angst vor ihnen zu haben, wenn man ihnen nicht allzuviel Angst macht. Herr Kissinger braucht keine Angst zu haben: auch die Sozialdemokraten sind brave Leute, man könnte sogar auf die kränkende Idee kommen, daß ihre Gesetze von der CDU gemacht werden. Wozu braucht die dann noch regieren?

Dieser Aufsatz entstand in dem Augenblick, als die konservative Opposition in der Bundesrepublik im Wahljahr 1976 mit dem Schreckgespenst der »Volksfront« zu drohen begann; als man Willy Brandt vorwarf, er bereite eine Volksfront vor. Ich fragte mich, als die New York Times mich um diesen Artikel bat: wer sollte wohl mit in der Bundesrepublik eine Volksfront bilden? Diese Angst vor der Volksfront ist lächerlich, aber es sieht so aus, als wäre keine Angst lächerlich genug, als daß man sie nicht schüren könnte. Beim Nachdenken über Herrschaftsverhältnisse in der Bundesrepublik kam ich zu Überlegungen, die ich in diesem Aufsatz auszudrücken versuche: Wem gehört die Bundesrepublik Deutschland, wer beherrscht sie? Es mag sein, daß manche Bitterkeit in diesem Aufsatz zu sehr ironisch verbrämt ist; daß manche Einzelheit mehr Einblick in die bundesdeutschen Verhältnisse voraussetzt, als ich vermitteln kann. Ich kann nicht gleichzeitig mit diesem Essay die Voraussetzungen für ihn schaffen: es gehörte das Studium ganzer Bibliotheken deutscher Geschichte und deren Vermittlung in wenigen Sätzen dazu – das ist unmöglich. Dieser Aufsatz ist ein *Versuch,* sich einem komplizierten Problem *anzunähern.* Wie kläglich die konservative Opposition Politik zu machen versucht, hat sie erst kürzlich bei der Behandlung der Polenverträge bewiesen, die nicht nur für Polen und die Bundesrepublik, auch für Europa und die Welt wichtig sind. Noch kläglicher sind jetzt ihre Rückzugsgefechte in dieser Frage. Würde ich gefragt, was ich bei einem Wahlsieg der Opposition empfinden würde, ich würde sagen: Angst, Angst vor Isolation. Würde ich gefragt, von wo die Bundesrepublik bedroht ist: ob von rechts oder von links, ich würde sagen: *von rechts.*

Verse gegen die Trostlosigkeit

Wolfgang Bächlers Gedichte aus 30 Jahren
Über Wolfgang Bächler, »Ausbrechen«

Dieser Band, nicht sehr umfangreich, sollte der Aufmerksamkeit derer gewiß sein, die Lyrik, Literatur, so gern auf ihren »Marktwert« reduzieren möchten. Gedichte aus dreiunddreißig Jahren legt der eben fünfzigjährige Wolfgang Bächler vor, und es gehört zu den Merkwürdigkeiten unserer Verschleißübungen, daß hier ein Lyriker wiederentdeckt werden muß, der längst entdeckt war. Zwischen den ersten, noch gereimten Gedichten des kindlichen Bächler: »Als ich Soldat war, sprach ich kein Gebet. Die ersten, schrillen Kugeln trafen Gott« (1943) und den beiden letzten Zeilen des Bandes »Ausbrechen – in die Freiheit des Schweigens«, läßt sich nicht nur die Entwicklung Bächlers als Lyriker ablesen, auch die fortschreitende, über so manches hinwegschreitende Zeit. Die Bächlersche Schwermut, mitgegeben die Sensibilität des in ihr Versunkenen, persönlich, nie privat, registriert nicht nur das innere, auch das äußere Erlebnis. Da gibt es Kriegsängste, Todesträume, die Drohungen der Pflicht (»An der Straßenecke wartet der Vater, wartet der Lehrer, der Schutzmann, der Hauptmann, der Führer, der Chef, und hinter dem Vorhang aus Insekten – die rosenköpfige Frau in Schwarz«). Das steht am Ende der großen *Ballade von den schlaflosen Nächten,* in der sich eine Biographie von Angst und Schwermut verbirgt. Da wird auch in *Rattenpfiffe und Möwenschreie,* Paris, 1956, auf dem Höhepunkt des Algerienkrieges wahrgenommen und, ebenfalls 1956, Budapest, eine Hommage in Trauer auf die Stadt, ihre Poeten und Georg Lukacs.

Daß Bächler in die Geschichte der Nachkriegslyrik gehört, ist selbstverständlich, muß aber wohl wiederholt werden, und etwas ebenso Selbstverständliches außerdem: daß ein schmales (was nicht bedeutet: kleines) Werk, nicht nur Gewicht behält, möglicherweise an Gewicht zunimmt. Was damals, während die neue nationale Emsigkeit sich gerade zu rühren begann, als Provokation empfunden worden sein mag, klingt heute fast wie eine Prophetie, die eingetroffen ist: »Bürger, nehmt euch in acht vor dem Fremden mit leichtem Gepäck« (worunter man den Tod, die ausländischen Arbeiter, wohl auch den rasch daherkommen-

den Herzinfarkt verstehen kann) – und zum Schluß die Warnung: »Steigert die Umsätze, Männer, erhöht die Absätze, Frauen, setzt eure Männer mit um, setzt eure Frauen und Kinder mit ab, sichert euch Nachlaß, sichert euch Ablaß, sichert euch und versichert euch, und zahlt die Reststeuer pünktlicher.« Natürlich kann man ein plakatives Gedicht gegen Rüstung und Aufrüstung schreiben, doch man kann's auch so sagen wie Bächler eben: »Wenn du die neue Brücke betrittst, wirf die Zigarette nicht weg, und stolpere nicht, gib acht – auf die Zündschnur unter dem Staub.« Ist das zu lyrisch, zu poetisch – »und nicht engagiert«? Bächler hebt – und nicht nur in diesem Gedicht – die törichte (fast schon dumme) uralte Alternative auf und wird sogar »deutlich«: »Bilbao ist eine besetzte Stadt, so groß ist ihr Wille zur Freiheit.«
Da sind alle Kategorien vertreten: Naturlyrik, an der Normandie, am Elsaß (»Vor gehen die Uhren, die Jahre nach«), am Süden Frankreichs empfunden, und da ist »Rachel, die nicht getröstet sein will«, die aus der Bibel und jene andere da in Arles, der Vincent van Gogh sein Ohr schenkte.
Nicht nur Unheil, Todesahnung, Drohung, Schwermut, Warnung – auch der Traum, nein, nicht von der »heilen Welt«, doch vom möglichen, vom immerhin versprochenen Heil der Welt, in *Zwischen Mond und Milchstraße* und im *Kindheitstraum von der Arche,* wo zu lesen ist: »Erwählt zu sein, erkannt und verstanden, von Noah, dem besseren Vater, wissend, gütig, gerecht, zu Hause zu sein und zugleich unterwegs, durch die Welt, vorwärts getragen vom Wind, gelöst und erlöst vom vergangenen Schicksal« – dann aber, in *Der verlorene Sohn,* die Feststellung: »Doch da ist kein Vater, der ihn erwartet, kein Tor, das sich öffnet.« Mythisches, Religiöses, Politisches, Ironisches, Aphorismen und die immerwährende Klage des Untröstlichen, der, indem er die Untröstlichkeit ausdrückt, gegen die Trostlosigkeit angeht und beides bewirkt: Bewegung und Ruhe.
Es ist dem Fischer Verlag hoch anzurechnen, daß er diese Wiederbegegnung mit Wolfgang Bächler ermöglicht: eine lyrische Biographie und ein Einblick in die verstrichene Zeit.

Dürfen Russen lachen?

Dürfen Russen lachen? Würde man Radio Eriwan diese Frage stellen, ich bin sicher, die Antwort würde lauten: »Im Prinzip nein. Ausnahmen sind gestattet.«
Ich möchte diese Frage nicht Radio Eriwan stellen, sondern einer ebenso fiktiven Instanz: der Menschenbild-Kommission der CDU/CSU. Ich bin mir der Antwort nicht sicher, fürchte aber, sie würde ungefähr so lauten wie die fiktive Antwort von Radio Eriwan. Im Prinzip, fürchte ich, kann – oder besser gesagt *darf* – niemand glücklich sein, der nicht der Segnungen der Freien Marktwirtschaft teilhaftig wird. Ich hoffe, daß ich den Grafen Franz Ludwig Schenk von Stauffenberg nicht allzusehr mißinterpretiere, wenn ich seine Äußerung am 29. Januar 1976 im Bundestag über ein Zitat von Heidemarie Wieczorek-Zeul nicht direkt *so,* aber in dieser Richtung verstehe. Das Zitat selbst ist dabei unwichtig.
Frau Wieczorek-Zeul *sollte* gesagt haben, die Menschen dort (in der Sowjetunion!) seien fröhlich und entspannt, der Sozialismus mache Freude, sogar Spaß. Inzwischen hat Heidemarie Wieczorek-Zeul dieses Zitat glaubwürdig dementiert. Unwichtig ist auch, aus welch obskuren Ecken die eine Partei polemisches Material gegen die andere zusammenkratzt. Geschenkt. Merkwürdig bleibt, daß für einen Bundestagsabgeordneten der CSU *Nowosti* plötzlich zu einer glaubwürdigen, im Bundestag zitierbaren Quelle wird. Aber auch das: geschenkt.
Mich interessiert – ich bitte nach links, nach rechts und in die Mitte hin tausendmal um Verzeihung – der metaphysische Ansatz einer solchen Polemik. Sind Russen, Sozialisten, Kommunisten und alle möglichen Mischungen, ohnehin, was die Ewigkeit betrifft, in die Hölle verwiesen, sollen sie auch auf dieser Erde zur totalen Freudlosigkeit verdammt sein? Ich finde das nicht nur unchristlich, auch ungerecht. Ich würde gern das links unterschätzte, rechts mißbrauchte Genie der Sachlichkeit, Thomas von Aquin diesen beharrlich und leidenschaftlich nach Wirklichkeiten suchenden »stummen Ochsen« (nein, nicht Marx und Marcuse, sondern diesen für die CDU/CSU ja eigentlich zuständigen »stummen Ochsen«) gelegentlich mal fragen, ob eine solch doppelte Verdammung der metaphysischen Wirklichkeit entspricht.

Die Menschen in der Sowjetunion haben natürlich ihren Kummer (sogar manchmal so etwas Unmarxistisches wie Liebeskummer), sie haben ihre Sorgen, ihre Nöte, ihre Ängste, materielle und (ja!) nicht materielle. Sie leben – wie wir! – in diesem irdischen Jammertal, und es bedarf keiner marxistischen, auch keiner antimarxistischen Argumente, es bedarf nur des äußerst reaktionären Hinweises auf die auch in der Sowjetunion noch nicht so sehr veränderte Natur des Menschen, um festzustellen, daß man auch in den jämmerlichsten Versionen des Jammertals nicht permanent jammert. Unter den jämmerlichsten Versionen des irdischen Jammertals verstehe ich *nicht* die Sowjetunion, sondern extreme Situationen wie Lager, Gefängnisse, auch die Stationen des *Archipels Gulag*.

Im *Ersten Kreis der Hölle* zum Beispiel herrschen Terror, Bürokratie, bürokratischer Terror, und doch erlauben sich die Häftlinge luxurios-ausgiebige Gespräche, Referate ideologischer Art, wie sie etwa zwischen Rubin und seinen Mithäftlingen stattfinden, die nicht nur, aber auch clowneske Züge haben. Und es gibt da kleine und größere Flirts zwischen Häftlingen und »freien« Mitarbeiterinnen, Neckereien, die jemand, der nie gefangen war, vielleicht neckisch vorkommen. Kleine Freuden werden zu großen. Es ist noch lange nicht erwiesen, daß Menschen, die in Freiheit und Luxus leben, permanent fröhlich und entspannt sind. Und wer nicht das nötige Kleingeld hat, um alle Angebote der Freien Marktwirtschaft anzunehmen, der mag weitaus weniger fröhlich sein als der, dem die Verführungen dieses Marktes gar nicht erst zur Hand sind.

Ich mag den linkischen Seitenhieb des Grafen Stauffenberg nicht überstrapazieren (besonders nicht, seitdem als erwiesen gelten darf, daß CSU-Mitglieder und Jusos *wirklich* hilflose Kinder *nicht* beißen!)

Ich warne nur vor der Illusion, das Leben in der Sowjetunion wäre freudlos. Meine Lieblingsbeschäftigungen, wenn ich dort bin: mit Freunden zusammensein oder spazierengehen, und letzteres wird weder von Funktionären verstanden, die – völlig unberechtigterweise! – Unheil wittern, Konspiration ahnen, noch wird es immer von meinen Freunden verstanden, die das manchmal »banal« finden. Aber ich sehe nun einmal gern die Gesichter von Menschen und in die Gesichter von Menschen und denke mir das meine dabei: unpolitisch, unliterarisch, ein bummelnder Zeitgenosse, der beobachtet, wie man *dort* mit Kindern umgeht: energisch und zärtlich zugleich, besorgt, und ich erinnere mich eines Taxifahrers, mit dem ich ziemlich lange fuhr: Er hatte (illegalerweise, nehme ich an!) sein dreijähriges Töchterchen bei sich, solange seine Frau einkaufen war.

Auch *dort* gehen oder kommen die Menschen vom Einkaufen, gehen zur Arbeit oder kommen von ihr, eilen zu Rendezvous (legitimen und illegitimen), sie gehen ins Kino, ins Theater, zum Konzert, zum Tanz, treffen sich mit Freunden. Möglicherweise muß der eine oder andere in eine Parteiversammlung, und ich will nicht einmal behaupten, daß es gerade die sind, die mürrisch wirken.

Ja, ich weiß, diese Völkerscharen, die sich durch Moskaus Straßen bewegen, haben nicht ihr Auto um die Ecke stehen, die meisten wohnen zu eng, viele von ihnen hätten gern westliche Schuhe, einen westlichen Hut oder eine westliche Bluse, aber ich bin mir nicht sicher, ob sie – plötzlich in den Westen versetzt – fröhlicher oder entspannter wären. Nur wenige Emigranten sind hier so glücklich, wie wir sie gern hätten. Es fehlt ihnen etwas – nein, nicht die sowjetischen Hüte, Schuhe, Blusen: es fehlt ihnen – mag man die gesamte russische Literatur in einen Computer füttern, um endlich herauszufinden, was das ist – es fehlt ihnen Rußland. Ich nehme an, es fehlt ihnen, um fröhlich zu sein, und es fehlt ihnen, um richtig traurig zu sein, und es fehlt ihnen möglicherweise sogar, was ihnen *dort* fehlte. Ich werde mir nicht anmaßen, die russische Seele zu ergründen, ich möchte nur feststellen: Es gibt sie.

Die Feststellung, *dort* wären die Menschen fröhlich und entspannt, wäre zu generell, um gültig zu sein. Aber es wäre die Gegenfrage zu stellen: Wo sind die Menschen denn fröhlich und entspannt? In New York, in Paris, in Rom oder etwa in Bonn? Mir sind immer die Menschen in London als die entspanntesten erschienen – und bedenkt man die nationalökonomische Lage Englands, den ständigen, überall und jederzeit zu erwartenden politischen Terrorismus und den Tiefstand des englischen Pfundes, so wäre das schon überraschend genug; englische Freunde haben mich vor diesem Eindruck oft genug gewarnt und darauf hingewiesen, daß unter dieser (wie sie sagen) Maske der Entspanntheit sämtliche Krämpfe des Puritanismus lauern (was ich nicht glaube). Ebenso entspannt erschienen mir die Menschen in

Dublin und Kopenhagen, und auch dort gab es entsprechende Warnungen. Ob die Chinesen so entspannt und fröhlich sind, wie sie wirken?

Und wir? Wie entspannt und fröhlich sind wir denn, die wir so gern unser »Menschenbild« preisen. Ich riskiere die banale Frage, wie entspannt und fröhlich ist er denn, *der Mensch*? Man sollte nicht nur Thomas von Aquin fragen, auch Marx und Marcuse – noch besser wäre es, die gesamte Weltliteratur zu Rate zu ziehen. Ich habe die Empörung des Grafen Stauffenberg nur zitiert, weil sie mir typisch für ein bestimmtes Denkdogma und eine gestiefelte Art von Humorlosigkeit erscheint.

Natürlich gibt es in der Sowjetunion unzählige Menschen, die unter dem gegenwärtigen System leiden und gelitten haben, materiell und (noch einmal: ja) nicht materiell. Das russische Volk ist älter als das sowjetische System, und wir, die Deutschen, sind älter, viel älter als unsere schüchternen Versuche zur Demokratie, die insgesamt weniger lange dauern (und gedauert haben) als das sowjetische System alt ist. Wir sollten uns nicht zu viel einbilden. Wenn sich die Menschenbild-Kommission der CDU/CSU wirklich bildet, sollte sie oft nach Moskau fahren und dort spazierengehen, nicht als Delegation, sondern privat – wenn man sie läßt.

Statt oder statt oder statt statt oder?

Diese scheinbare sinnlose Komposition aus zwei Bindewörtern ergibt durchaus einen Sinn, wenn man, um die Intonation zu erleichtern (hilfsweise oder vorübergehend) so formuliert: anstelle von oder statt oder anstelle von statt oder? Oder eine andere Version: an oders statt statt oder an statts statt oder? Weiterer Vorschlag: oder oder statt oder statt statt oder?
Das klingt wie gekonntes Stottern, wie ein Duo für zwei gedämpfte Pistolen oder wie ein partiell verstopftes Maschinengewehr. Das Spiel läßt sich fortsetzen als eine Variante auf das berühmte »In Ulm, um Ulm und um Ulm herum«; als Leckerbissen für ausländische Germanisten, die das Wesen der deutschen Sprache ergründen möchten; als Übung auf dem mühsamen Weg zur Zungenfertigkeit; da würde die deutsche Sprache in ihrem unerforschlichen Tiefsinn endlich einmal als Spielmaterial benutzt, endlich einmal könnte man ihr rhythmische Reverenz erweisen. Vertont zu werden braucht keine der Varianten, sie intonieren sich selbst. Sie sind alles in einem: konkrete Poesie, Musik und Grafik der Gegenwart, man kann darauf (oder danach) tanzen, und ich fordere Joseph Beuys auf, daraus eine Plastik zu machen. Verbindender Titel: Variationen auf zwei Bindewörter.
Nun aber Schluß mit diesem frivolen, höchst verwerflichen *Formalismus*, kommen wir endlich zum *Inhalt*: nun müssen die Wähler sich endlich klar darüber werden, wie unfrei sie geworden sind, wie sozialistisch die Bundesrepublik in den vergangenen sieben Jahren geworden ist. Natürlich gibt es da ein paar Leute, die sich durch den Radikalenerlaß erheblich in ihrer Freiheit eingeschränkt sehen, andere sehen sich durch Radikale in ihrer Freiheit behindert. Gleichzeitig aber steigen sowohl die Spareinlagen wie die Buchungen für Urlaubsreisen, es muß also die Unfreiheit des Bürgers, der mit Radikalen – so oder so – nicht zusammenkommt, tief, sehr tief versteckt sein.
Wo? Der *Neid* auf die Bundesrepublik wird im Ausland immer größer. Wird also der Wähler ein beneidetes Land in ein weniger beneidetes Land verwandeln wollen? Oder werden wir, wenn die CDU/CSU regiert, noch mehr beneidet werden? Da wird auf einem so schlanken Wörtchen wie statt und einem so lieben

Wörtchen wie oder wahre Gewichtheberei betrieben, Vorsicht, die beiden Wörtchen könnten daran zerbrechen, das hält kein oder aus und ein statt schon gar nicht, und die deutsche Sprache würde noch ärmer; wie wär's, wenn man das gebräuchlichste aller Bindewörter, das da heißet UND, wieder zu Ehren brächte, und wär's auch nur, um die Vokale vollständig zu haben: statt statt und und statt oder und (zur Erleichterung: anstelle von statt und und anstelle von oder und).
Konkrete Poeten, Musiker, Maler, Bildhauer sind eingeladen, das verachtete UND in ihre Kompositionen einzubeziehen (möglicherweise auch noch das aber, aber mit *vier* Bällen jonglieren – ich weiß nicht: Freiheit *und* Sozialismus, Freiheit *aber* Sozialismus); je länger ich darüber nachdenke, gefällt mir das *aber* am besten, aber ich will nun endlich aufhören mit diesen (verfluchten) formalistischen Spielereien, und ich möchte nicht auch noch jenes umstrittene Hauptwort ins Spiel bringen, das da heißt: Kapitalismus. Nein, den gibt es doch gar nicht, und wenn es ihn gäbe, wäre er keine Gefahr.
Zurück zum *Inhalt.* Seitdem ich die CDU/CSU-Slogans kenne, frage ich mich, wie tief welche Überlegungen die Wähler über die Unfreiheit anstellen und was sie sich unter Sozialismus vorstellen könnten? Natürlich möchte der Halbzeitbauer da im bayrischen Wald, der sein Arbeitslosengeld bekommt, es lieber vom Apfelbaum pflücken, anstatt es von einem Geldbriefträger (so einem verfluchten Bürokraten!) zugestellt zu bekommen oder es bei irgendeinem Amt (wieder bei so einem verfluchten Bürokraten!) abzuholen. Die Frage wäre, ob die CDU/CSU geldtragende Apfelbäume (oder Johannisbeersträucher) in Reserve hält. Wenn die Wähler also über ihre Unfreiheit, über die fürchterliche Versklavung durch Bürokraten nachzudenken beginnen – das könnte danebengehen. Hoffen wir's. Das erinnert alles an die »Sorge um Deutschland«, die 1972 umging, da sah man (ich möchte fast sagen) haufenweise umwölkte Stirnen, Grabesstimmen erklangen, keine der düsteren Prognosen ist eingetroffen: von Arbeitslosigkeit sprach damals niemand, aber die kam dann wirklich. Es ist wirklich schon ziemlich viel mehr als komisch, Helmut Schmidt in düsterem Schattenspiel als den Linkesten aller Linken an die Wand zu werfen, als trojanisches Pferd des drohenden Sozialismus. Ich weiß nicht, ob das alles wirklich und wo »ankommt«. Hoffen wir, an der falschen Adresse, wie so

mancher Bumerang, der nicht das gejagte Wild, sondern des Jägers Stirn trifft. Noch etwas macht mich besorgt um die CDU/CSU: wieder einmal, wie schon 1972, schlägt sie zu früh und zu heftig los, und wieder einmal, wie schon 1972, spürt man zu deutlich: so total, so ganz und gar überzeugt von ihren Kandidaten sind sie nicht. Helmut Kohl ist nun einmal kein guter »Brüller«, was ich keineswegs unsympathisch finde, man sieht, spürt, hört, daß er zu intensiv auf »die Tube drücken muß«, wenn er loswettert. Er hat – finde ich – nun einmal keine »Schnauze«. Warum ihm da eine vorhängen? Überhaupt, wie wär's mal ausnahmsweise mit einem *leisen* Wahlkampf? Kohl piano, Strauß freundlich säuselnd, Schmidt ganz sanft, Wehner mit Honigmund, Carstens gezuckert, Genscher ein bißchen weniger besorgt, nicht immer so ernst. Natürlich wissen wir alle: Europa braucht Deutschland, Deutschland ist tüchtig – aber sind die Tüchtigen immer beliebt? Deutschland ist fleißig, es ist sparsam – aber wo bleibt seine Liebenswürdigkeit, wo bleibt sein Charme? Da hilft kein statt und kein oder, kein und und kein aber. Mit Bindewörtern ist nicht viel Staat zu machen (höchstens als Material für konkrete Poesie).

Edvard Kocbek

Wie ärmlich, erbärmlich, wenn nicht gar dümmlich müssen die wahren Motive für die Verfolgung von Kocbeks Freunden in Slowenien wirklich sein, wenn man ausgerechnet ihn des »Klerikalismus« verdächtigt. Ein solches Argument kann man nur einer Leserschaft anbieten, der man gleichzeitig Kocbeks Herkunft, seinen Werdegang, seine Gedankenwelt und seinen Charakter vorenthält. Es ist zu hoffen, daß alle Slowenen, die sich noch zu erinnern vermögen, die Lächerlichkeit dieses Vorwurfs erkennen, und es wird sich wohl bald herausstellen, daß man Kocbeks Freunden Klavics und Blazic nichts wird nachweisen können. Bei dieser Gelegenheit möchte ich darauf hinweisen, daß ich nicht mehr Präsident des Internationalen PEN war, als ich mich für Kocbek verwandte. Ich habe dies als langjähriger Freund von Edvard Kocbek getan. Nicht einmal dieses Detail stimmt: Im Frühjahr 1974 wurde in Jugoslawien Victor Pritchett zu meinem Nachfolger gewählt.

Posaunensolo, gedämpft

Über Rainer Barzel, »Es ist noch nicht zu spät«

Der Titel *Es ist noch nicht zu spät* lädt zur Meditation ein: »Noch nicht zu spät für Strauß«, »Zu früh für Dregger«, »Noch nicht zu spät, den Kommunismus aufzuhalten«. Und am Ende solcher Spielereien mit dem Titel fällt einem der alte Uhrenspruch ein: »Es ist später, als du denkst!« Die »Späteren« wären dann eben doch Filbinger, Dregger, Strauß: *Sie* geben den Ton an; und was schlimmer und in Wahlkampfzeiten überzeugender ist: *Sie* haben die Wahlerfolge, scheinen also den Ton zu treffen, der begehrt ist.

Rainer Barzels Tonlage ist spürbar gedämpft, denkt man an die Zeiten des unseligen Komitees »Rettet die Freiheit«; immer noch kämpferisch, doch ohne den fatalen Geruch der Denunziation, der dem Komitee anhaftete. Das überzeugendste an diesem Buch sind denn auch für mich seine Widersprüche. Da wird beklagt: »Ich habe die Sorge, daß die Lautstarken eher zur Befriedigung ihrer Ansprüche kommen als Schwache zu ihrem Recht« – und gleichzeitig wird gesagt, unsere freiheitliche Ordnung sei keine »Heimstatt für Fußkranke«. Da heißt es: »Militärische Vorsorge und antikommunistische Haltung genügen auf die Dauer immer weniger« – und doch ist Antikommunismus, Angst vor dem Kommunismus das Grundthema des Buches.

Natürlich ist es Barzels Recht, antikommunistisch zu sein. Doch wenn das nicht genügt, wie er selbst sagt – worin besteht dann seine Offerte? Da wird einige Male von »geistigen Werten«, »geistiger Führung« gesprochen, dann aber kommt ein merkwürdiger Satz: »Demokratische Wirklichkeit und soziale Gerechtigkeit auch durch ein – vordergründig ›nur‹ – ökonomisches System!«

Dieses »nur« ist auf eine fast liebenswürdige Weise verräterisch, im Zusammenhang mit »vordergründig« ist es fast Gold wert: Die beiden Wörtchen dämpfen doch ziemlich die Posaune der freien oder sozialen Marktwirtschaft. Und es muß sich doch einer fragen, was denn im Hintergrund angeboten wird, wenn im Vordergrund eben »nur« ein ökonomisches System geboten wird. »Nur« ökonomische Systeme bieten Kommunisten und Sozialisten, Maoisten aller Schattierungen im Vordergrund ja

auch; im Hintergrund ihrer Theorien haben sie immerhin die Utopie von Solidarität, Gleichheit, Brüderlichkeit, die noch nirgendwo verwirklicht worden ist, als Utopie aber bleibt.
»Der Christ«, schreibt Barzel, »weiß um Erlösung und ist deshalb gegen *diesseitige* (Betonung von mir) Utopien; er weigert sich, alles auf ein irdisches Ziel ›vorzuprogrammieren‹, und für dieses Ziel dann alles ohne Rücksicht und mit allen Mitteln einzusetzen.«
Nun, manche Christen, etwa in Portugal, Spanien, Italien, Chile und anderswo, haben nicht viel Rücksicht gezeigt; es gibt haarsträubende Formen christlicher Rücksichtslosigkeit, man braucht da nicht bis zu den Kriegen in den Niederlanden zurückzugehen. Es fragt sich auch, welche *jenseitigen* Ziele die freie oder soziale Marktwirtschaft denn zu bieten hat. Es leuchtet auch nicht sehr ein, daß die Christen, die da »um Erlösung« wissen und diesseitige Utopien verabscheuen, so beharrlich an diesseitigem Besitz hängen. Sie tun's, und es wird ihnen auch von Barzel empfohlen. Wo werden denn die Schwachen (zu denen ich als Ex-Infanterist gern die Fußkranken hinzuzählen möchte) getrampelt? Nicht auf dem Markt? Und wenn man erst sein Privateigentum hat, dann hat man gut »diesseitige Utopien« verachten.
Es liegt mir nicht daran, Barzel hier eine Beweislast zur Lösung eines Problems anzuhängen, das ziemlich alt ist. Es gab da einmal ein Ehepaar, Ananias und Saphira, die lebten in einer Gemeinschaft, die »ein Herz und eine Seele« war – nicht utopisch, sondern wirklich, wie überliefert ist; sie fielen tot um, weil sie der Gemeinschaft Privateigentum vorenthalten hatten. Ja, es ist lange her, weit weg, und würde Privateigentum heutzutage so grausam bestraft, Europa wäre ein Leichenfeld. Immerhin, denke ich, darf bezweifelt werden, ob Eigentum ein christlicher Wert ist; ein irdischer: ja; ein heidnischer: ja. Aber warum hängen die »Erlösten« so schrecklich daran? Da Barzels Buch streckenweise wie ein Posaunensolo für die soziale Marktwirtschaft klingt, gleichzeitig aber geistige Werte, geistige Führung, christliche Erlöstheit anführt, muß ich mir erlauben, an *vormarxistische* Formen des Kommunismus wie eben jene Gemeinschaft zu erinnern. Offenbar haben die »Erlösten« im Laufe der Geschichte wenig überzeugt; in Südamerika, in Afrika, im Süden Europas. Portugal hatte viel Zeit, Angola und Moçambique zu

»erlösen«. Die »Erlösung« der Bundesrepublik beruht nicht auf geistigen, sondern auf materiellen Erfolgen. Vielleicht sollte man einfach das Wort »christlich« aus der Politik streichen, und es wüßte einer, woran er ist.

Da Barzel selber zugibt, daß Antikommunismus auf die Dauer nicht genügt, brauche ich darüber kein Wort zu verlieren. Es kommt da aber das magische Wort »Wiedervereinigung« vor, und mir scheint, man muß den (ein bißchen zu modisch gewordenen) Spieß von den »häßlichen Deutschen« einmal von West nach Ost drehen. Überraschenderweise gelten ja die Westdeutschen in Osteuropa (außer in der Propaganda, versteht sich) als gar nicht so »häßlich«, während es (außer in der Propaganda) kaum jemand gibt, der die Ost-Berliner Besserwisser »hübsch« findet. Schlimm ist (und das trifft auf West- wie Ostdeutsche zu), daß die Deutschen nicht nur zur Besserwisserei neigen: Daß sie (beide) auch Erfolge vorweisen können, das ist ein tatsächlich beunruhigendes Faktum.

Nun frage ich mich, ob der Sowjetunion daran gelegen sein könnte, nicht nur 17 Millionen erfolgreiche Besserwisser, sondern deren gleich 80 Millionen (und wären sie auch alle Kommunisten) an ihrer Seite zu wissen? Daß den anderen, kleineren, sozialistischen Staaten wenig an einem wiedervereinigten (wenn auch sozialistischen) Deutschland gelegen sein kann, setze ich voraus – wie ich voraussetze, daß keiner der Westmächte an einem wiedervereinigten kapitalistischen Deutschland gelegen sein kann.

Man sollte doch die Küßchen, das Lächeln und zärtliche Winken an den Gangways nicht überschätzen. Die Wiedervereinigung ist eine einsame deutsche Utopie (eine irdische, versteht sich), so erlaubt wie jede andere. Nein, es ist schon so, wie Barzel schreibt: »Ich glaube nicht, daß die Bundesrepublik geeignet ist, aggressive Spitze einer antisowjetischen Politik zu sein.« Nein, besser nicht. Die Opfer des Krieges sind nicht vergessen in der Sowjetunion, und dazu bedarf es keiner Propaganda: Jede Familie ist betroffen.

Wie könnte man nur aus einer »Marktführung« eine geistige Führung machen? Wenn Barzel sagt, Adenauer habe gewußt, daß der Pragmatismus in der Politik nicht ausreiche, muß ich feststellen: Davon hat man wenig gemerkt. Überhaupt weiß ich nicht, ob diese Fixierung auf die »Väter« der CDU so gut bekommt, wie sie immer noch zu glauben scheint (die CSU hat's mal wieder besser: Sie hat einen Vater, der zugleich Bruder, Vetter, Kumpel ist – und Hinterland genug besitzt!). Adenauer, der ja doch im Alter boshaft, wohl manchmal sogar zerstörerisch wirkte, ist doch immer noch die Ursache von Führungskrisen. Wem hilft schon diese Hagiographie? Ich weiß auch nicht, ob Barzels Ekel (an dessen Aufrichtigkeit ich nicht zweifle) über seine Teilnahme an den Praktiken des Gefangenen-Freikaufs nicht einem unpolitischen Anankasmus entspringt. Schließlich ist Gefangenen-Freikauf oder -Tausch uralter, auch abendländischer Brauch, längst nicht so schmutzig wie das schändliche »Abwasserabgabengesetz«, das gegen alle Expertengutachten durchgebracht wurde. Wenn die »Wacht am Rhein« nun zur »Wacht an der Kloake« wird – wovon sollen wir dann noch singen! Ich will dieses Gesetz nicht Herrn Barzel anlasten, nur darauf aufmerksam machen, welche Probleme mir wichtiger erscheinen.

Da Barzel einige Male Sacharow zitiert, erlaube ich mir, daran zu erinnern, daß Sacharows *erster* Aufruf der internationalen ökologischen Planung galt. Sollte man ein paar Flaschen Rheinwasser nach Moskau schicken, als Beweis für die Freiheit des Rheins, als Beweis für den selbstmörderischen Wahnsinn, der uns eines Tages zwingen könnte, Wasser zu importieren?

»Wir sollten nicht davor zurückschrecken, der Säkularisierung des Fortschritts allein auf das Materielle den Kampf anzusagen«, schreibt Barzel. »Unser Wasser, unsere Luft, unser Lärm beweisen, daß das not tut.« Richtig. Die Frage ist nur, gegen wen wäre da zu kämpfen? Ist die soziale Marktwirtschaft vielleicht doch ein wenig zu frei geworden? Man hat uns immer gesagt, das Gegenteil von Planwirtschaft sei »freie Wirtschaft«. Könnte es sein, daß das Gegenteil von Planung doch Planlosigkeit ist – unser Wasser, unsere Luft, unseren Lärm betreffend?

Es wird in jenem merkwürdigen Text, aus dem ich ein bißchen (die Story von Ananias und Saphira) referierte, oft von lebendigem Wasser gesprochen, Wasser, das mehr ist als Wasser – *unser* Wasser, jedenfalls das des Rheins, ist nicht nur tot, es ist schon begraben, im »Abwasserabgabengesetz«. Diesem Grab wird kein »geistiger Wert«, keine »geistige Führung« entsteigen. Man könnte fast meinen, der Rhein wäre *auch* jenem überaus christlichen Wert zum Opfer gefallen, der da heißt: Privatbesitz. Wem gehört der Rhein?

Gelegentlich würde ich gern noch erklärt bekommen, was ich nicht verstanden habe in Rainer Barzels Buch: Was ist ein »*entschiedener* (Betonung von mir) Leutnant der Seeflieger«?

Nachruf auf einen unbedeutenden Menschen

Langsam erst, beim Stöbern in unserer Korrespondenz, beim Sichten der Zettel mit seinen Bücherwünschen, beginne ich zu begreifen, daß Kostja – so nannten wir Freunde *Konstantin Bogatyrjew* – tot ist. Er gehörte zu unseren besten Freunden in Moskau, und es will mir, solange der Täter nicht gefunden und sein Motiv nicht geklärt ist, nicht gelingen, an einen Fall von Zufallskriminalität zu glauben. Fall oder Zufall also? Sie – wer, wer? – haben ihn also erschlagen. Es müßte einer nicht nur ein zum Mord entschlossener Räuber, es müßte einer schon ein völlig »unprofessioneller« Räuber gewesen sein, der bei Kostja Reichtümer hätte vermuten können. Sein einziger Reichtum waren seine Bücher, und die hatte er gewiß nicht mit: es ist eine umfangreiche, sorgsam behütete, pfleglich behandelte Riesenbibliothek, um die ich ihn manchmal beneidet habe. Natürlich: wir wissen, daß jede Gesellschaft ihre eigene Kriminalität gebiert, aber dann möchte ich doch wissen, was sind das für Leute, die da einfach auf jemand an seiner Wohnungstür lauern und ihn erschlagen? Kostja erschlagen.

Kostja sprach immer offen, er war auf eine völlig unvorsichtige Weise freimütig. Er hatte fürchterliche Jahre der Haft, auch der Einzelhaft hinter sich, schwerste physische und psychische Schädigungen erlitten. Oft genug, noch am Flughafen, an der aller-allerletzten Sperre, wo Sowjetbürger gerade noch hindürfen, hat er sich freimütig geäußert, nicht nur übers System, nicht nur über den Schriftsteller-Verband, auch über den leidenschaftlichen Wunsch, einmal den Westen Europas zu sehen. Kostja war der geborene Dissident, einer der ersten, die ich kennenlernte; er war es von Natur, aus Instinkt, aus Erfahrung, lange bevor die Dissidenten als Bewegung Ruhm erlangten und international Ränge verteilt wurden. Es lagen Einladungen für ihn vor, auch von mir, der Verband, die Behörden haben sie alle ignoriert, nicht einmal darauf reagiert. Kostjas Reden, Gespräche, Tischreden, waren die eines hochsensiblen Übersetzers, Philologen, Zeitgenossen, eines Kenners und Büchernarren, eines Tiefverletzten, dessen Mundwinkel immer noch, noch nach langer Zeit, von den erlittenen Demütigungen und Grausamkeiten zuckten. Ja, auch er war ein Offizier der Roten Armee, einer der am wenigsten militärischen Menschen, die ich je kennengelernt habe, er war nicht nur anti-, er war amilitaristisch, und auf den Fotos, die ihn als jungen Leutnant zeigen, sieht er aus, wie man sich Rilkes Cornet vorstellen könnte. Wenn die Bezeichnung »Opfer des Stalinismus« auf einen Menschen zutraf, dann auf ihn. Ich frage mich, welcher Art oder Abart des »Stalinismus« er letzten Endes zum Opfer gefallen ist. Wir wissen alle, daß es überall Kriminelle gibt, Rowdies, Räuber, Rabauken, aber was waren das für Räuber, die da auf Kostja vor seiner Wohnungstür gewartet haben! Wie ist der Stand der Ermittlungen? Ich denke mir, manch einer in Moskau fragt sich jetzt: wann bin ich an der Reihe? Keine Geringere als Anna Achmatowa hat Kostja als Mitglied für den Schriftstellerverband empfohlen, und wenn er auch nur »irgendein Mitglied« war, so sollte dieser mörderische Überfall nicht *einfach* als unerledigt zu den Akten gelegt werden. Es bleibt Mißtrauen, *und* es bleibt die Frage, wie berechtigt es sein könnte. Kostja war es, der – gemeinsam mit anderen – die Übersetzungsfehler in *Gruppenbild mit Dame* bis in die allerletzte Kleinigkeit hinein recherchierte; nur er brachte die philologische Akribie und Leidenschaft zu solch einer undankbaren und unbezahlten Arbeit auf (Übrigens: auch das wäre eine Aufgabe für den sowjetischen Autorenverband, der ja Mittel genug dazu hätte: Übersetzungen kontrollieren zu lassen). Kostja war ein »verrückter« Philologe, er war der Übersetzer von Erich Kästner und Rainer Maria Rilke.

Er verehrte Annemarie, meine Frau, als Kollegin, als Freundin, vielleicht auch als »halbe Landsmännin«, er war in Prag, sie ist in Pilsen geboren. Wir beide, Annemarie und ich, können nicht glauben, daß er *nicht* mehr am Bahnhof oder am Flughafen stehen wird. Städte sind ja nicht nur sie selbst, sind nicht nur das, was sie vor- oder darstellen möchten, sie *sind* auch die Menschen, die man in ihnen kennt (Manche Stadt wird erst durch sie, die Menschen, die man dort kennt, wirklich!), und so wird Moskau für uns nicht mehr das alte sein, Kostja wird uns nicht nur bei Ankunft und Abfahrt fehlen, die Stadt ist einfach eine andere ohne ihn, freundlicher wird sie nicht durch seinen Tod und die Art seines Todes. Wir werden seinen Freimut missen, seine Gastfreundschaft, die Gespräche mit ihm über Übersetzungsprobleme, seine Leidenschaft für Nachschlagwerke und das Gespräch über diese. Er war ein Narr, ein Büchernarr und ein Dissident von Geblüt, der nie Rang, Ruhm oder Namen in dieser Disziplin erlangte. Er hätte so gern einmal den Westen Europas kenngelernt, Sprache, Lebensart, Gerüche und Geräusche zwischen Stockholm und Neapel, und natürlich auch dieses merkwürdige, immer noch und trotz allem gerade für Russen so faszinierende, so bekannte und unbekannte Land, das da Deutschland heißt. Er hat es nur kennengelernt als sehr junger Offizier der Roten Armee, in einer Mission, die so unglücklich für ihn endete. Welche »Gefahr« hätte es bedeutet, ihn einmal ausreisen zu lassen? Er war ein völlig ungefährlicher, weil vollkommen offener Mensch. Freilich hatte er in der Autoren-Hierarchie dort, wo er lebte, keinen »Rang«. Keiner der hohen Herren wird mich noch einmal fragen, warum ich Kostja, diesen »unbedeutenden« Menschen, der so gar keinen Rang hatte, so oft besuchte, manchmal – dem Himmel und der Hölle sei's geklagt – dreimal, wenn ich nur eine Woche da war. Bedeutende Menschen – um Gottes willen, lieber Kostja, zähle ich etwa dazu? – besuchen eben nur bedeutende Menschen. Und nur bedeutenden Menschen ist es erlaubt, Westeuropa zu sehen. Die Frage nach dem Stand der Ermittlungen im Falle der Ermordung des Konstantin Bogatyrjew bleibt offen, und es bleibt für viele unbedeutende Dissidenten die bange Frage: wann bin ich an der Reihe? Nachdem – sie – wer, wer? – Kostja erschlagen haben, zittern unbedeutende Menschen mehr als bedeutende.

Anwälte der Freiheit

Der Ausdruck »Anwalt der Freiheit«, der CDU als Wahl-Leibbinde verpaßt, kommt in Biedenkopfs programmatischer Rede auf dem Hannoverschen Parteitag mindestens sechsmal vor (ich habe danach aufgehört zu zählen; (Abdruck der Rede in der *Frankfurter Rundschau* vom 4. 6. 1976). Fast ebensooft kommt das Wort »ordnungspolitisch« vor.

Nun weiß ich natürlich, daß Ordnungspolitik und Freiheit nicht unbedingt einander ausschließen, und ein Wahlslogan »In Ordnung und Freiheit« könnte einen schon nachdenklich machen, weil sich einer überlegen müßte, wo die Ordnungspolitik gewisse Freiheiten oder gar Überfreiheiten einschränken müßte. Nicht nur die Freiheit der »Radikalen«, die man hierzulande auf eine schändliche Weise in einen Topf wirft mit Terroristen, Anarchisten, es ist ja nicht jeder »Radikale« ein Anarchist, es ist nicht jeder Anarchist ein Terrorist, und am wenigsten anarchistisch oder terroristisch sind zum Beispiel die Mitglieder oder Anhänger der DKP. Welch ein Durcheinander von Begriffen, welch eine Verwirrung, wieviel Tausende von Möglichkeiten des Mißverständnisses, der Verleumdung. Die »Anwälte der Freiheit« sollten sich einmal Gedanken darüber machen, was da alles angerichtet wird und worden ist.

Natürlich kann man mit »Differenzierungen« innerhalb dieser Springer-Terminologie keine Wähler gewinnen, und so ist denn auch in Biedenkopfs Rede nicht ein einziges Wort des – sagen wir – »Verständnisses« für einige Erscheinungsformen der Radikalität zu entdecken. Die Rede ist, was man »gut gebaut« nennt, das ist beste akademische Tradition, in Aufbau, Thematik, Ausführung, und doch fand ich sie auf eine enttäuschende Weise nichtssagend: Man würde doch gern einmal wissen, was die »Anwälte der Freiheit« mit diesen jungen Leuten vorhaben; ob sie sie mit etwas mehr als opportunistischen Argumenten und mit etwas mehr als Anpassungsmotiven aus ihrer Isolation herausholen wollen.

Die statistische Dimension – 462 von rund 480 000 abgelehnt – ist ja nur *eine,* und es wäre durchaus eines Politikers würdig, sich auch einmal Gedanken darüber zu machen, was aus diesen 462 einschließlich ihrer Angehörigen denn wird. Die zweite Dimension – Diffamierung innerhalb etwa des Wohnbezirks, Nachbarnhäme, ökonomische Folgen – wird ja kaum sichtbar, und sie betrifft weit mehr als 462. Das Argument, es brauche ja nicht jeder Beamter zu werden, ist geradezu Hohn: In der Bundesrepublik kann man nun einmal nicht Lehrer werden, ohne Beamter zu sein, und daß es schwarze Listen gibt, die den Betroffenen auch in der sogenannten freien Wirtschaft die Türen verschließen, dem wird ja nicht widersprochen. Die Anzahl der unmittelbar Betroffenen verdeckt die Anzahl der mittelbar Betroffenen, die noch keiner kennt.

Viel Arbeit für die Anwälte der Freiheit, die keinerlei Signal dafür geben, daß sie für so etwas wie »Amnestie« plädieren oder gar »Gnade vor Recht« erwirken wollen. Kein Signal dafür, daß sie diese Schande auslöschen wollen. Im Gegenteil: der Tonangeber in Baden-Württemberg, der außerdem noch einen hohen Wahlsieg aufweisen kann, weicht keinen Millimeter zurück; in seinem – des Tonangebers – Land gefährden 15 oder 17 chilenische Flüchtlinge (noch keinem einzigen chilenischen Flüchtling in der Bundesrepublik ist irgend etwas politisch »Radikales« nachgewiesen worden) die Freiheit, deren Anwalt die CDU sein will.

Eine weitere Folge des Radikalenerlasses: Einschüchterung. Nicht nur Studenten, auch schon Mitglieder der Lehrkörper (nicht linke, sondern brave Liberale) unterdrücken Gedanken, die möglicherweise als »radikal« verstanden werden könnten. Die lähmende Wirkung ist schon sichtbar. Da sitzt ja wohl irgendeiner, der nicht nur mithört, auch mitschreibt (nein, kein Beauftragter des Verfassungsschutzes, dessen braucht es gar nicht: Irgendeiner wittert eine »radikale« Äußerung möglicherweise über das Bodenrecht oder – um Himmels willen – Kritik an der sozialen Marktwirtschaft – und überall gibt es ja freiwillige »ordnungspolitische« Helfer, die so etwas gern zu Papier bringen und weiterleiten). Welch ein Gezücht wird da ausgebrütet! Oh, ihr Anwälte der Freiheit, wollt ihr wirklich so etwas wie eine Karnickelgesellschaft, ihr die ihr gleichzeitig nach geistiger Erneuerung ruft und euch auf christliche Werte beruft?

Man braucht kein Linker, und schon gar kein linker Intellektueller zu sein, um Biedenkopfs so vielbejubelte Programmrede nichtssagend zu finden. Viele große Worte, ein bißchen Angst vor dem Sozialismus (was ist das eigentlich?) geschürt – und aus. Nicht ein Funken »geistige Erneuerung«, und wenn das christliche Werte waren (die Biedenkopf diesmal nicht beschworen hat), dann müssen die christlichen Werte recht fad sein.

Was wird da geboten? Nichts und noch einmal nichts. Eine Passage in Biedenkopfs Rede läßt vielleicht doch die Ausnahme von »nichts« zu: »Es ist unsere Aufgabe als politische Partei, als Anwalt der Freiheit, diesem Prozeß (der Schritt für Schritt vorgenommenen Einschränkung der persönlichen Freiheit) entgegenzutreten, und zwar auch dann, meine Freunde, wenn bei einzelnen Schritten und einzelnen Maßnahmen gegen die Unterspülung des freiheitlichen Fundaments auch *Besitzstände in unseren eigenen Reihen betroffen oder gefährdet werden«*, (Betonung von mir).

Da horcht man ja dann doch auf: Sind also die Besitzstände der Freunde von Herrn Biedenkopf bisher noch nicht betroffen oder gefährdet, obwohl die Fundamente schon unterspült sind? Und will er seine Freunde veranlassen, *freiwillig auf* Besitzstände zu verzichten? Das ließe sich, etwa auf Grundbesitz angewendet, ja hören. Ich habe an dieser Stelle (man ist ja nicht verwöhnt) ein bißchen Hoffnung geschöpft, sie rasch wieder verloren, weil da so wenig konkret klingt, so widersprüchlich, und weil ich nicht erfuhr, welche Besitzstände da gemeint sein könnten. Und außerdem: Wer sollte die freiwillig aufgegebenen Besitzstände denn verteilen oder verwalten? Soll das einfach so »unters Volk« gestreut werden, wie die Kamellen des Prinzen Karneval in Köln? Müssen da nicht doch wieder »Bürokraten her«, die diese aufgegebenen Besitzstände verwalten? Und täten sie's auch nur »aus Liebe zu Deutschland« (das war übrigens süß, wie Margret Thatcher das »aus Liebe zu Deutschland« aussprach!).

Nein, ich bin froh, daß es da ein paar Anwälte der Freiheit außerhalb der Bundesrepublik gibt: Sie sollen sich nicht zu rasch beruhigen lassen. Es gibt nicht nur die statistische Dimension, nicht nur Verwaltungsakte; es ist inzwischen ein Problem der Vergiftung – der Kampf gegen die Langhaarigen war ein Witz dagegen, denn lange Haare kann man immerhin *sehen.* Was da jetzt angerichtet worden ist in Familien, Schulen, Universitäten, bei Lehrlingen und Professoren, welche Angst vor unvorsichtigen Äußerungen, Handlungen, (möglicherweise sogar Gedanken!) – ich kann mir nicht denken, daß irgend jemand, der sich ernsthaft konservativ definiert, daran Freude haben kann. Das Schlimme ist, daß wir den Verfassungsschutz, was *diese* Ebene der Beobachtungen angeht, in Zukunft kaum noch brauchen werden: Das regelt sich von selbst, spielt sich ein, die Angst der Eltern um die Zukunft ihrer Kinder tut ein Weiteres. Und so sieht dann unsere geistige Erneuerung aus; wir brauchen Orwells Visionen gar nicht zu bemühen, es braucht kein Telefon mehr abgehört, es brauchen keine Wanzen mehr installiert zu werden: Wo es so viele »Verfassungsfeinde« gibt, gibt es noch mehr – freiwillige und unbezahlte – Verfassungsschützer. Eine schöne Aufgabe für die Anwälte der Freiheit – und für Toxikologen! Wir wollen sein ein einzig Volk von Denunzianten!

Das große Menschen-Fressen

Es wird so leicht dahin gesagt, Zahlen sprächen für sich; ich zweifle an dieser Feststellung. Große Zahlen verdecken eher, als daß sie offenbaren. Wenn es um Menschenleben geht, ist es immer noch die Ziffer und die Zahl eins, die uns nahegeht. Vor einiger Zeit – ungefähr um die Zeit, als der Film *Das große Fressen* lief – fand in der Bundesrepublik Deutschland eine Gerichtsverhandlung um ein verhungertes Kind statt. Der Gegenstand des Prozesses galt als im einzig wahren Sinn sensationell, und es war dann auch, wie es der absurden Logik unseres Publikationswesens entspricht, *nicht* die Sensationspresse, die über den Fall ausführlich, mit genauen Analysen und Milieubeschreibungen berichtete.

Dieser Prozeß um *ein* verhungertes Kind schreckte auf. In unserem Land war ein Kind verhungert!

Nach den Unterlagen der UNICEF verhungern jährlich zehn bis fünfzehn Millionen Kinder auf dieser Erde – ich muß feststellen, daß in dem Wörtchen »bis« die ganze Schnödigkeit und Grausamkeit enthalten ist, die man ziffernmäßig erfaßten Toten angedeihen läßt. Und es muß die Frage folgen: wer *führt* die zehn oder fünfzehn Millionen Prozesse, die da fällig waren? Wer klagt an, wer verteidigt, wer richtet? Angesichts dieser notwendigen Frage und ausgeliefert der Phantasie, die notwendig (und das einzig brauchbare Mittel) ist, sich fünfzehn Millionen Gerichtsverfahren vorzustellen, muß wohl festgestellt werden, daß diese Ziffer – bedenkt man, wieviel planerische Intelligenz wir entwickeln und angewendet haben – die Bilanz eines totalen Bankrottes ist. Und diese Feststellung trifft nicht nur die praktische und theoretische Politik, sie betrifft uns alle, die wir am »großen Fressen« beteiligt sind. Denn wir leben ja nicht nur *in,* sondern *von* unseren Wirtschaftsstrukturen. Wenn wir von Strukturhilfe sprechen, denken wir doch insgeheim, daß unsere Strukturen auch für andere die einzig wahren, die einzig richtigen sind. Auch an der Richtigkeit dieser Annahme wage ich zu zweifeln.

Vor einhundertundfünfunddreißig Jahren gab es in Irland eine Hungersnot mit verheerenden Wirkungen und Auswirkungen. Man hat errechnet, daß von einer Bevölkerung von sechs Millionen Einwohnern eineinhalb Millionen verhungerten. Ebenso viele wanderten aus, und wenn man sich vorstellt, daß Irland damals so viele Einwohner hatte wie Polen, und feststellt, daß Polen heute fast dreißig Millionen Einwohner hat und Irland deren drei, so sind die Auswirkungen dieser Hungersnot sichtbar gemacht.

Der Konflikt, über den wir fast täglich – jetzt schon nicht mehr, denn der »blutigere« Konflikt im Libanon hat jetzt Vorrang – gehört und gesehen haben, hat sehr sehr viele, uralte Wurzeln, die Hungersnot und ihre Folgen, vor allem die Art, mit der man damals mit ihr »fertig zu werden« versuchte, ist nur eine der vielen Ursachen des Konflikts. Es gab damals endlose Debatten im britischen Parlament, auch in der britischen Öffentlichkeit, ob man angesichts der katastrophalen Lage in Irland Theorie und Ideologie des Free Trade, und die Besitz- und Pachtverhältnisse, die *eine* Ursache der Katastrophe waren, aufrechterhalten könne. Free Trade, Besitz- und Pachtverhältnisse wurden aufrechterhalten, und so geschah es, daß, während auf den Straßen Irlands Menschen vor Hunger starben, gleichzeitig hochwertige Lebensmittel exportiert wurden.

Und noch etwas: Es wurden zahlreiche Suppenküchen eröffnet, und da gab es welche, die nicht nur die Schöpfkelle, auch den Zeigefinger schwenkten, weil sie dachten: jetzt ist der Augenblick gekommen, wo wir diesen verfluchten Iren ihren abscheulichen Aberglauben, diesen Katholizismus, austreiben können, aber genau das, was die anderen Aberglauben nannten, war der Verhungernden letzter und einziger Besitz, und als man ihnen auch den noch nehmen wollte, wurden sie rebellisch und kippten den Missionaren die Suppe vor die Füße. Diese Demütigung wollten sie nicht auch noch erfahren (nicht alle natürlich, manche nahmen die Suppe und den »wahren Glauben« an).

Das erklärt nicht alles, aber einiges und es wäre wohl an der Zeit, es zu vergessen, aber ich frage mich, ob es unsere Sache ist, festzustellen, was andere Völker vergessen sollten.

Es gab einige Umsturzversuche in Irland, solche mit, solche ohne Waffengewalt, und es waren – auch das gehört zur komplizierten Thematik und Problematik – fast immer protestantische Adelige und Intellektuelle dabei, solche aus der Schicht der *Besitzenden*, die zur Änderung des Systems aufriefen. Ich kann hier keinen Abriß der komplizierten und auf einigen Schichten tragischen und komplexen Geschichten Irlands geben. Mir fiel da nur einiges ein, als ich gebeten wurde, ein paar Worte zu sprechen zur Eröffnung einer UNICEF-Veranstaltung. Es fiel mir zum Beispiel ein, daß vor kurzem einer der ehrwürdigsten und verehrungswürdigsten (auch ein »Umstrittener«, wie könnte es anders sein) Staatsmänner und Politiker der jüngeren europäischen Geschichte gestorben war. Eamon de Valera, der knapp sechzig Jahre vor seinem Tod einer der meistgehaßten und meistgesuchten Terroristen des britischen Empire gewesen war.

Es blieb seinerzeit in Irland bei einer Kombination von Free Trade und Wohltätigkeit, und es scheint mir, an dieser Kombination hat sich bis heute in der Welt nicht viel geändert. Ich entnehme einem Bericht der amerikanischen Zeitschrift *Ramparts* über den Export von Nahrungsmitteln aus Ländern, in denen Hunger herrscht (und ich fand es bestätigt in einer Rede, die Willy Brandt am 12. 12. 74 vor der UNICEF in Genf gehalten hat): Jeder Amerikaner – vergessen wir das Wort Amerikaner sofort wieder, denn diese Untersuchungen wurden *in Amerika* nicht nur angestellt, sondern auch publiziert, und wir wollen uns nicht einbilden, wir lebten anders!: jeder Amerikaner verbraucht 2000 Pfund Getreide im Jahr, davon aber nur 200 für Brot und Backwaren, der Rest dient der Herstellung von Fleisch, Eiern, Alkohol; ein Pfund Weizen ergibt ein Pfund Brot: um ein Pfund Fleisch zu produzieren braucht man acht Pfund Getreide; wir essen also acht Pfund Brot, wenn wir ein Pfund Fleisch essen. Auf dem Umweg über verschiedene Absurditäten importieren wir also den Hunger in Länder, die wir zwingen, Nahrungs-, Futter- und Düngemittel zu exportieren, billig versteht sich, viel zu billig, wie die Bananen, die wir essen, und der Kaffee, den wir trinken – und dann geben wir ihnen einen Teil des Gewonnenen als Wohltätigkeit zurück. Ob angesichts solcher Absurditäten unsere Strukturen so verlockend für diese Länder sind, wage ich zu bezweifeln.

Lassen wir also den Zeigefinger unten und überlassen es den nachdenklichen jungen Politikern, Militärs und Intellektuellen in diesen Ländern, welche Strukturen sie für sich erproben wollen. Unsere Sorgen um die zukünftigen Strukturen Portugals sind ja geradezu rührend, nachdem wir uns fünfzig Jahre lang wenig Sorgen um Portugal gemacht haben. Wir beklagen die Ungeduld und die Unvernunft der Umstürzler – die Unvernunft derer, die keine andere Wahl als Umsturz gelassen haben, beklagen wir schon seltener. Das herabgelassene Gerede über die Volksrepublik China, die ja weiß Gott keine Freie Marktwirtschaft betreibt, ist Respekt gewichen. Bewundern wir also die Hartnäckigkeit, mit der man unsere Modelle abgelehnt hat. Wir haben noch nicht von den Chinesen gelernt, Berge zu versetzen: unseren Zucker-, Butter-, Müll- und Wohnungsberg, Gebirge von Absurditäten, aus denen wir nicht heraus wissen, ganze Ströme von Wein, ganze Meere von Milch: strukturelle Absurditäten, in der Welt des »großen Fressens!«

Antwort nach Prag

Verehrter Jaroslav Seifert,
als mir Ihr Brief angekündigt wurde, las ich gerade zum zweitenmal das Buch von Reiner Kunze, *Die wunderbaren Jahre,* las es mit wachsendem Gruseln; und was Sie und Ihre Freunde mir dann mitteilten, erschien mir wie eine Illustration zu Kunzes Buch, das ja die »wunderbaren« Jahre der Heranwachsenden, nicht der Erwachsenen zum Gegenstand hat. Ihr Brief gibt einen trostlosen Tatbestand wieder, absurder, als man ihn sich ausdenken könnte, und doch empfand ich Ihren Brief als tröstlich: mir ist nicht bekannt, daß eine Gruppe von Dichtern, Philosophen, Professoren in irgendeinem anderen sozialistischen Land sich in Sachen *unbekannter* Jugendlicher, deren schweres Vergehen im Musizieren und Singen besteht, an die Öffentlichkeit außerhalb ihres Landes gewendet hat (daß sie sich nicht an die Öffentlichkeit innerhalb ihres Landes wenden kann, da ihr die Medien nicht zur Verfügung stehen, ist vorausgesetzt).
Am meisten beeindruckt hat mich die Tatsache, daß Sie das ablehnen, was Sie die Schutzfauna nennen, jene Aura der Prominenz, die überall in der Welt benutzt wird, um die Probleme zu vernebeln. Dieses Problem ist so international wie die Versuche, Jugendliche einzuschüchtern, zu ducken, ihres Ausdrucks zu berauben, sie auf die (gewöhnlich) reaktionäre Vorstellung von einer konfliktlosen Gesellschaft einzuschwören, mit vorgeschriebenen Gedanken, vorgeschriebener Musik und Lektüre, vorgeschriebenen Verhaltensweisen.
Ich kann nicht ermessen, ob die Verschiebung des Prozesses der Einsicht entspringt, daß »man« sich lächerlicher kaum machen kann als durch einen solchen Prozeß. Für die Betroffenen ist es keineswegs »lächerlich«, auch wenn der Prozeß nicht stattfindet, denn die Drohung bleibt ja bestehen.
Wenn ich Ihnen und allen Freunden, die den Brief mitunterzeichnet haben, mit besonderer Herzlichkeit danke, so deshalb, weil außer der Mitteilung über diesen bevorstehenden Prozeß, diese Definition der »Schutzfauna«, die Sie und Ihr Freund ablehnen, eine ganz neue Dimension in die »kulturelle Szene« einbringt. Daß auch wir hier Grund haben, unsere »Schutzaura« mit Mißtrauen zu analysieren, gehört zu den Selbstverständlich-

keiten wie der Ausdruck der Verbundenheit, den Sie so herzlich betonen.

Ich danke Ihnen für Ihren Brief, den meine Freunde hier auch als an sich gerichtet empfinden, und wenn ich Sie herzlich grüße, allen Freunden, allen Mitunterzeichnern danke, darf ich die Grüße vieler Freunde hier einschließen.

Sehr herzlich, mit Grüßen auch an die jungen Musiker,

Ihr Heinrich Böll

Sprache ist älter als jeder Staat

Über Carl-Jakob Danziger, »Die Partei hat immer recht«

Wie soll ich einem Buch gerecht werden, das sich als Autobiographie und Roman zugleich vorstellt, von einem Autor aus der DDR, der offenbar viel geschrieben und publiziert hat und sich – wohl aus gutem Grund – hinter einem Pseudonym aufhält?
Da ich nicht detektivisch vorgehen und herausfinden will, wer das ist, was er geschrieben hat (das gehört ja bei einem Autor zur Biographie!), bleibe ich, und finde das ganz heilsam, im Grenzland zwischen Fiktion und deren Gegenteil hängen, hängen auch im Grenzstreifen zwischen DDR und Bundesrepublik, nicht gerade zwischen Minen und Selbstschußanlagen, vielleicht aber mit einem Knopfloch im Stacheldraht. Es weiß einer ja nie, was er anrichtet, wenn er Grenzen überschreitet, an denen nicht nur (etwa in die Luft!) geschossen, sondern auch gezielt und getroffen wird. Vorsicht ist geboten, auch wenn der Autor solche beiseite läßt und im Vorspruch schreibt: »Alle dargestellten Situationen in diesem Buch basieren auf eigenen Erfahrungen und Erlebnissen; gewisse Freiheiten im Umgang mit Personen und Schauplätzen erwiesen sich als unvermeidlich. Die subjektiven und gelegentlich auch einseitigen Urteile sind keine Fehlleistungen, sondern Absicht.«
Gehe ich als »naiv« an die Lektüre, entdecke ich zunächst einen Helden, dessen Naivität mich in Erstaunen versetzt. Hat er nicht schon 1951, ein Jahr nachdem er aus Israel in die soeben installierte DDR zog, geahnt, wohin das alles führen, wie das enden könnte? Nein, lassen wir ihm die Hoffnung, die so oft mit Illusion verwechselt wird, die Hoffnung eines Sozialisten, der mit einer gewissen Bitterkeit Israel verläßt, und ich schlage mich bereitwillig an die Autorenbrust und frage mich, wie naiv ich 1951 gewesen sein muß, weil ich nicht ahnen konnte, daß sich 1976 die Folgen eines 1972 ergangenen Radikalenerlasses wie eine Lähmung übers Land legen würden.
Was dem einen die Penetranz der frisch konvertierten Mustersozialisten, sollte dem anderen die Penetranz der frisch konvertierten deutschen Musterdemokraten sein dürfen, und es gibt da beim Danziger auf Seite 186 einen Satz, der treffen könnte: »Denn seitdem (seit 1955 die sowjetischen Redakteure der ›Täg-

lichen Rundschau‹ abgefahren waren) war ich auf die Deutschen angewiesen, auf ihre übelste Provinz, die preußische (o armer Fontane!), in der man alles kommandieren und organisieren zu können glaubte, auch die Kunst.« Dann aber gibt Danziger zu: »Ich habe eine literarische Konditorei, Bestellungen auf Torten und bunte Schüsseln werden prompt entgegengenommen, solange noch ein Fünkchen Parteitreue in mir lebt, ist das nicht allzu schwer.« Und an anderer Stelle: »Ich war das treueste Mitglied der Partei, obwohl ich keines war.« Denn Parteimitglied ist er nie geworden, obwohl er's heftig begehrte. Intrigen, der Übereifer ehemaliger Nazis, eine winzige Unterschlagung in seinem Lebenslauf, geöffnete Briefe verhindern es, und an diesem Punkt – der Verbitterung über die Nichtzulassung zur Partei – bekenne ich mich unfähig zu begreifen, bei einem Autor, der offenbar eine Zeitlang ganz gut zurechtkommt. Danzigers schlimmste Sünde aber ist, daß er sich für Realismus und nicht für sozialistischen Realismus entscheidet, und da hilft ihm ehrenwerterweise auch seine Konditorbegabung nicht. Schon bei seiner ersten größeren Buchpublikation, einer Reportage über einen Großbetrieb, bekommt er jene Wirklichkeitsverleugnung zu spüren. Was er da herausgefunden, aufgespürt, aufgeschnappt hat und was nicht publiziert wird, ist genau die Stimmung, die zum 17. Juni 1953 geführt hat, soweit er aus der inneren Krise der DDR entstand. Daß diese Krise von außen geschürt, von Provokateuren, Aufheizern und Aufladern zum Sieden gebracht wurde, auch das ist in Danzigers Buch zu finden, und er findet das auch im Jahre 1976 noch so wenig erfreulich wie 1953.

Ich muß wiederholen: Ich weiß nicht, wer sich hinter dem Pseudonym Danziger verbirgt, ich kenne keine einzige Publikation dieses Autors außer dieser, und mir scheint, daß es letzten Endes dieser Unterschied zwischen realistisch und sozialistisch-realistisch ist, an dem Danziger scheitert: Es gibt offenbar eine Grenze, eine sprachliche Grenze (ein Sprachgewissen könnte man es nennen), an der auch jemand scheitert, der gewiß hin und wieder bereit war, sich aus sozialistischer Überzeugung zu beugen und anzupassen. Gerade weil er »parteitreu«, weil er Sozialist ist, möchte Danziger doch die Parteiführung informiert darüber wissen, was so im Lande vor sich geht, was gedacht, getan wird, wie übereifrige Opportunisten sich einrichten. Eine realistische

Literatur würde der Führung der DDR ja Strömungen und Stimmungen im Lande zeigen, die nicht unbedingt von »faschistischen Agenten« eingeschleppt sind, die möglicherweise im System selbst ihre Ursache haben. Die hagiographische Folienliteratur vergoldet ja die Probleme, und durch Lektoren und Ideologen gebilligte Kritik ist ja keine mehr, sie ist noch verlogener als offene Erbauungsliteratur. Und was die Aufpasser betrifft, kann der Mauerbau ja keine Erleichterung gebracht haben. Wenn Danziger schreibt: »Ich machte die Beobachtung, daß es immer die schärfsten und suggestivsten Richter über ihre ungenügend parteitreuen Bürger waren, die schon die Koffer gepackt hatten«, und interpretiert man diese Feststellung vom Datum des Mauersbaus bis in die unmittelbare Gegenwart, dann kann sich einer ausrechnen, wieviel »schärfste und suggestivste Richter« in ungepackten Koffern blinde Ergebenheit und Denunziation verbergen. Ein weiteres Zitat: »Die Fähigkeit der deutschen Partei, aus Freunden Feinde zu machen, ist staunenswert.«

Der Lebenslauf eines Deutschen, der so um die sechzig Jahre alt sein muß, wenn er nicht gerade filmschauspielernd durch die Kulissen der Geschichte geholtert und gepoltert ist, der außerdem noch jüdischer Herkunft, Autor und Sozialist ist, ein solcher Lebenslauf, wie könnte er konfliktlos verlaufen?

Es ist erleichternd, daß Danziger auch Schwächen zugibt, nicht nur die »Konditorei«, auch familiäres Scheitern; daß er zugibt, in einem Gespräch Namen genannt zu haben: »Ich nannte Namen, wie ein Verräter beim Gestapo-Verhör. Gott sei ihnen gnädig, dachte ich, ihr Blut komme nicht über mich.«

Überraschende Details: der israelische Millionär, der sich mitsamt seinem 1 : 1 eingetauschten Vermögen der sozialistischen Wirtschaft zur Verfügung stellt und an miesen Intrigen, Murks und Mißwirtschaft scheitert; die Mitteilung, daß die »besten Genossen den Konflikt zwischen Disziplin und Kritik mit Magengeschwüren, Herzinfarkten und klinischer Tobsucht bezahlten«; daß der Todesstoß für Danziger von einem Mitglied der westdeutschen KP kommt. Wie da Manuskripte hin und her geschoben, umgeschrieben werden, was an Publikationen verhindert, verfälscht, im günstigen Augenblick noch einmal überarbeitet, dann aus der Schublade gezogen wird. Noch 1958 verbot Danziger seiner Freundin Hilda energisch, den RIAS zu hören, ein Jahr später schaltet er selbst den Sender ein, »um einmal etwas anderes zu hören als das, was ich seit zehn Jahren schrieb«. Nein, er wollte »nicht den Kapitalismus restaurieren«, er wollte »nur den Sozialismus geistvoller und menschlicher. Nur. Es ist Selbstmord, das zu wollen.«

Das ist eine bittere Bilanz, in der einige Posten unklar bleiben, solange einer nicht weiß, *was* der Autor »Danziger« *wie* geschrieben hat. Danzigers Buch ist lehr- und aufschlußreich trotz der »offenen Posten«, für Politiker und Staatsmänner, auch in Ländern, wo die Partei nicht immer recht hat. Es könnte zu der Erkenntnis beitragen, daß Literatur und Kunst eines Landes immer noch die beste Auskunft über ein Land geben. Wenn ich heute blutig-düstere Nachrichten aus Argentinien höre, denke ich an Sábatos *Über Helden und Gräber*, an Murenas *Die Gesetze der Nacht.* Ich könnte dasselbe von Asturias für Guatemala, García Márquez für Kolumbien, Vargas Llosa und Arguedas für Peru sagen . . .

Politiker und Funktionäre bilden sich immer zu viel ein, wenn sie auf Literatur und Kunst nur gekränkt oder geschmeichelt reagieren, ganz gleich, in welchem System sie welcher Partei angehören. Sie sollten, wenn sie sich schon äußern oder einmischen, wenigstens das Einmaleins kennen, wenigstens ein paar Stile auseinanderhalten, wenigstens wissen, daß Satire (die eine Äußerung tiefster Trauer sein kann) nichts mit dem karnevalistischen »Veräppeln« zu tun hat. Was versäumen sie, die doch Realpolitik in dieser Gegenwart machen, an Auskünften und an Gegenwärtigkeit! Es geht immer um mehr als um Kränkung oder Schmeichelei! Ich zitiere den russischen Dichter Brodskij: »Sprache ist etwas viel Älteres und Unvermeidlicheres als der Staat.« Und damit nicht noch mehr Mißverständnisse entstehen: Brodskij wurde aus der Sowjetunion ausgewiesen, man könnte es vergessen haben, es ist ja schon vier Jahre her. Sowjetische Funktionäre und Politiker haben den Aus- und Aufbruch der sowjetischen Literatur nicht verhindern können, von Jewgenija Ginsburg bis Woinowitsch und Kornilow; und gewiß setzt sich bei vielen Unbekannten, die wir noch nicht kennen, der Aufbruch fort. Der Aufbruch der Literatur in der DDR in die Gegenwärtigkeit hat begonnen, nicht erst mit Danziger.

Die Faust, die weinen kann

Über Reiner Kunze, »Die wunderbaren Jahre«

Auf ganz ganz andere Weise Auskunft über die DDR gibt Reiner Kunze: *Die wunderbaren Jahre.*
Der Titel stammt aus Truman Capotes *Grasharfe:* »Ich war elf und später war ich sechzehn. Verdienste erwarb ich mir keine, aber das waren die wunderbaren Jahre.« Dies zu zitieren, ist wichtig, denn in Kunzes Prosaband ist keine einzige Zeile zufällig, und so ist auch keine einzige Zeile überflüssig.
»Inhaltsangaben« will ich versuchsweise gar nicht erst angehen; wie sollte einer den Inhalt von Prosa referieren, von diesen etwa fünfzig Stücken, von denen keines länger als drei Seiten ist, viele nur Fünf- bis Fünfundzwanzigzeiler sind? Und doch sind es weder Aphorismen noch Anekdoten, keine Kürzestgeschichten; es sind – ich wage lieber einen graphischen Vergleich – scharf aus der DDR-Wirklichkeit herausgestochene Medaillons. Doch: Medaillon – das klingt so »koloriert«, fast lieblich, und ich denke dann doch lieber an unkolorierte, winzige Stiche, 5 × 8 Zentimeter, Rheinansichten, Stadtansichten, die ich jedem historischen Prachtschinken-Fresko von 5 × 8 Metern in irgendeiner Stadthalle vorziehe.
Die Stille, in der Kunzes Prosa sich steigert und fortbewegt, macht einen atemlos, vor Spannung auch. Schlimm, denkt man, doch dann kommt's schlimmer und noch schlimmer. Das fängt mit den *Friedenskindern* an, sechs winzigen Stücken auf die Sechs- bis Zwölfjährigen, die da im Schießen und Stechen geübt werden, und der Gegenstand des siebten Stücks ist logischerweise das Opfer eines Schießbefehls. *Federn* nennt sich die zweite Abteilung, *Verteidigung einer unmöglichen Metapher* die dritte. (»Sie ist die Faust, mit der Gott auf ihre Eltern niederfährt. Aber eine Faust, die weinen kann. Mit dieser unmöglichen Metapher leben.«) Die vierte Abteilung heiße *Café Slavia*.
Ganz gewiß ist an dieser Prosa nichts erfunden, außer eben dem Entscheidenden, der Form, die sie gefunden hat, und es läßt sich eben das eine vom anderen weder trennen noch abziehen. Die Form rechtfertigt die Mitteilung des Inhalts, und da gibt es nirgendwo Ab- oder Ausweichen, wie ein Roman es immer wieder erlaubt. »Inhalte« zu erfinden, das spürt man, wäre hier tödlich

gewesen, und so ist dieser kleine Prosaband aufschlußreicher, gibt mehr Auskunft, als einige Romane geben könnten. Und da es gewiß wiederum kein Zufall ist, daß *Federn* eine gewisse Rolle spielen, käme ich – müßte ich einen ballistischen Vergleich suchen – auf Blasrohr. Wer mit dem Blasrohr arbeitet, muß sehr leise sein, beobachten, Geduld haben, auch gute Ohren – und darf doch nicht zögern, wenn der Augenblick gekommen ist, die Leute zu erwischen. Blasrohr – das beträfe das Aktive an Kunzes Prosa; das Passive wäre wohl am besten mit Seismograph ausgedrückt; und da es ja Leute gibt, die wütend auf den Seismographen einschlagen, wenn er ein Beben ankündigt, das ja nicht sein darf, so muß man sich drauf gefaßt machen, daß diese leise, scharf gestochene Prosa einigen Ärger verursachen wird, zumal darin auch der Un-Name Wolf Biermann natürlich nicht fehlt. Und wenn Pasternak und Solschenizyn im Literaturunterricht »Gesindel« genannt werden (es stellt sich heraus, daß mindestens das »Gesindel« Pasternak auch in der DDR erschienen ist; und die junge Dame, damit konfrontiert, repliziert: »Bei uns erscheint Gesindel?«), so wird sich das Gesindel wahrscheinlich mal wieder vermehren.

Das am meisten »ärgerliche« an dieser Prosa könnte sein, daß sie eigentlich weder satirisch noch polemisch ist; sie könnte die Prosa eines poetisch hochbegabten Chirurgen sein. Das Satirische in seiner bittersten Version kommt aus der beobachteten Wirklichkeit durch bloße Benennung hinein – und das erträgt die dargestellte »Wirklichkeit« in den meisten Fällen weniger als die »Überhöhung« durch Satire. Da wird einer plötzlich von stilistischen Winzigkeiten »gestoppt«. Ich nenne eine davon. Ein Jugendlicher, der von den Jugendfestspielen – zu denen er gar nicht will! – ferngehalten werden soll, wird auf die absurdeste Weise auf einer privaten Fahrt behindert, verhindert, immer wieder aufgehalten (muß auspacken, einpacken, auspacken, einpacken); schließlich, beim letzten Verhör, wird ihm gesagt, er könne gehen, und er fragt: »Wohin?« Von ihm wird gesagt: »Er ist sich keiner Schuld bewußt. Höchstens, daß er einmal beinahe in einem VW-Käfer mit Westberliner Kennzeichen getrampt wäre.«

Man muß diese Prosa langsam lesen, langsam einatmen (ich frage mich, ob wir mit unserem vergröberten Wahrnehmungsvermögen dazu noch fähig sind), um die Satire zu bemerken, die sich

hier aus der dargestellten Wirklichkeit selbst »anliefert«. Vielleicht wäre die Formulierung angebracht: Kunze stellt die Wirklichkeit, die ihm in die Falle geht. Wie lange, wie geduldig, mit welcher Ausdauer, muß da einer auf der Lauer gelegen haben!
Und da gibt es ein Datum, den großen Wendepunkt, den man vielleicht schon vergessen hat; es ist ja schon acht Jahre her: Es gibt den 21. August 1968 (und man hat vielleicht auch schon vergessen, welche Rolle Solschenizyns Brief an den Sowjetischen Schriftstellerverband beim Prager Frühling gespielt hat). Und wiederum ist es gewiß kein Zufall, daß die vierte, die letzte Abteilung *Café Slavia* heißt: Prag, die Prager Freunde, die Prager Dichter, die Kunze übersetzt hat. Diese Prager »Stücke«, mit den Gedichten von Mikulášek, Kolár, Bartusek, Kundera, Skácel, geben den protokollartigen Prosastücken über die DDR erst den rechten Hintergrund, sie machen auch den Unterschied zwischen DDR und ČSSR deutlich. Da wird dem Autor die Bedienung im Café Slavia verweigert, und während er über die Gründe für diese Unhöflichkeit grübelt, fällt ihm ein: »Mit einemmal wurde mir bewußt, daß von dort, wo ich herkam, Truppen in die Tschechoslowakei eingefallen waren«, und da sich der verweigerte Kaffee 'rumspricht, wird er von den Freunden mit Kaffee, sehr starkem, geradezu »überschüttet«. Und da gibt er auch noch seinen Mantel mit einem russischen DDR-Etikett an der Garderobe ab, schreibt außerdem noch Postkarten an russische Freunde!
Aber da gab's auch an jenem Tag des Wendepunkts Blumen für seine tschechische Frau in der Wohnungstür in der DDR, viele; mit drei Sträußen im Arm kam sie nachmittags aus der Klinik (sie ist Ärztin), und diese drei Sträuße waren »nur ein Teil«. Angesichts der Kürze dieser Prosa kann es auch nicht Zufall sein, daß es »an Stelle eines Nachworts« schätzungsweise fünfzig Zeilen gibt, die *Forstarbeiter* überschrieben sind. In ihnen unterliegt der Autor verschiedenen nachbarlichen Berufsverwechslungen, bis er schließlich klären kann, daß er Schriftsteller sei, worauf prompt die Frage kommt: »Hast du Hunger?« (»Mit soviel Schlüssigkeit hatte sich noch nie jemand nach meinen leiblichen Bedürfnissen erkundigt.«) Es wird ein Glas Wurst herbeibeordert, das Honorar aber erst ausgehändigt, als die Frage gestellt (aber nicht beantwortet ist, sie beantwortet sich selbst): »Schreibst du's, wie's in der Zeitung steht, oder wie's im Leben ist?«

Kunze schreibt offenbar »wie's im Leben ist«. Seine Prosastücke sind »wahre Geschichten«, in der DDR geschehen, undenkbar ohne den politischen, den literarischen, den persönlichen Hintergrund ČSSR. Solche Mitteilungen, »zimmerlautstark« vorgetragen, demonstrieren die Relativität des Begriffs »Zimmerlautstärke«: Was man darunter zu verstehen habe, hängt von der Entfernung zum Nachbarn ab, von der Dicke der Wände, von Vorhängen, Filzstreifen; und es könnte da einer schreien, und der Nachbar könnte es, weil er sich die Ohren verstopft hat, immer noch als zimmerlautstark empfinden. Es gibt da ein Stück, das *Beweggründe* heißt; es bringt – wie manche andere Partien – die Einsamkeit des Pfarrers Brüsewitz in Erinnerung (Reiner Kunzes Prosaband wurde vor dem März 1976 abgeschlossen!). Da hat sich ein Schüler erhängt, der Mitglied der jungen Gemeinde war, hat einen Zettel mit einem durchgekreuzten Totenkopf und der Aufschrift »Jesus Christus« hinterlassen. Es wird seinen Mitschülern verboten, schwarze Armbinden zu tragen. Es wird ihnen verboten, an der Beerdigung teilzunehmen, und vorsichtshalber wird ein »Schülerwachdienst« eingeführt, die Schultür abgeschlossen.

Es sind *wunderbare Jahre*, offenbar besonders wunderbar für die Sechs- bis Sechzehnjährigen, deren Gegenwart, und Zukunft, darin zu bestehen scheint, Spitzel, bespitzelt oder gleich beides zu sein. Wer könnte da durch die Wirklichkeit selbst sich gekränkt fühlen, wer geschmeichelt? Wer ärgert sich da über »häßliche Deutsche«?

Angst um Kim Chi Ha

Ein Aufruf für den inhaftierten koreanischen Schriftsteller

Es gibt nicht nur Anzeichen, auch Informationen, die darauf hinweisen, daß der südkoreanische Dichter Kim Chi Ha, der, schon mehrfach inhaftiert, gefoltert, freigelassen, wieder eingesperrt, zum Tode verurteilt, nach weltweiten Protesten zu lebenslänglich »begnadigt« wurde und nun auf einen weiteren »Prozeß« wartet, noch lange nicht außer Lebensgefahr ist.
Wer auch nur in seine Gedichte, seine Satiren, seine Prosa hineinschaut (Missio, das internationale katholische Missionswerk, hat einiges übersetzt, der Jugenddienst Verlag in Wuppertal wird demnächst Werke von Kim Chi Ha veröffentlichen), wird feststellen, daß hier ein außerordentlicher Poet, eine der ganz seltenen Begabungen am Werk ist, für die Poesie und heftiges Engagement keine Gegensätze sind. Und es könnte sein, es gehört nicht viel Phantasie dazu, sich vorzustellen, daß schon in wenigen Jahren die katholische Kirche, sowohl in ihrer Amtlichkeit wie als »mystischer Leib« (jenem Zweig, der Liebe und Brüderlichkeit nicht für Narretei hält), sich auf Kim Chi Ha als einen der wenigen (vergleichbar mit Ernesto Cardenal) berufen wird, die einer untergehenden, gelähmten, an Zweitrangigem überflüssigerweise »leidenden« Kirche einen Weg ins Überleben gewiesen haben, Überleben in die Dritte Welt hinein, die dann die erste sein wird. Er könnte einer der wenigen, einer der Kronzeugen dafür sein.
Frau Dr. Marietta Peitz, die mit Leben und Werk von Kim Chi Ha sehr vertraut ist, hat im *Publik Forum* und anderen Publikationen immer wieder auf Kim Chi Ha hingewiesen, im *Publik Forum* vom Juni 1976 zitiert sie aus einem langen Nachtgespräch mit dem südkoreanischen Bischof Tji von Wonju »Was sind die Prioritäten der Kirche in Südkorea?« Und die Antwort lautete: »Erstens: Kim Chi Ha. Zweitens: Kim Chi Ha. Drittens: Alles, wofür der Name Kim Chi Ha steht.«
Seit Jahren haben Autorenverbände, der PEN-Club, haben Bischöfe, darunter die deutschen Bischöfe und Prälaten Tenhumberg, Döpfner, Schäufele und der verstorbene Kölner Generalvikar Teusch, für Kim Chi Ha plädiert. Luise Rinser, deren Korea-Bericht man hierzulande mit einer peinlichen Herablassung

und Schnödigkeit serviert hat, hat auf ihn hingewiesen, und immer wieder und immer noch ist Kim Chi Ha trotz eines Lungenleidens eingesperrt, erwartet der Fünfunddreißigjährige wieder einen Prozeß, dessen Ausgang man keineswegs optimistisch beurteilen kann, wenn man die Protokolle von Verhören und Vernehmungen liest, die eine Gruppe japanischer Autoren – es war verboten, mitzuschreiben und zu fotografieren – als Gedächtnisprotokoll publiziert hat.

Als eine gemeinsame Publikation von Missio und Weltmission liegt Kim Chi Has *Brief an die Priester,* seine »Gewissenserklärung«, vor, ein großes und großartiges Bekenntnis gegen Ausbeutung und Unterdrückung, und immer noch ist er eingesperrt, von seiner Familie getrennt, konfrontiert mit einem Prozeß, in dem der Antikommunismus in seiner stupidesten Form gegen jene Quellen mobilisiert werden wird, auf die Kim Chi Ha sich beruft: das Alte und das Neue Testament. In der Bundesrepublik werden koreanische Katholiken beim Gottesdienst bespitzelt, man erinnert sich der Entführung koreanischer Studenten und Intellektueller mitten aus der Bundesrepublik heraus – es gehört wiederum wenig Phantasie dazu, sich vorzustellen, wessen solche Regime fähig sind.

Es wäre Kim Chi Has Recht, sich als Kommunist zu bekennen, als Marxist. Er ist keiner, er hat seine eigene Vorstellung von Befreiung, Gewalt, begreift Revolution nicht als permanentes Bombenwerfen, Gewalt ist für ihn die »ordnende Gewalt der Liebe«. Es ist zu begreifen, daß dieser Poet »gefährlicher« ist als irgendein kommunistischer Agent; er hat die scharfe Feder eines Satirikers, den Mut und das völlig »unpathetische« Pathos eines Propheten. Er ist ein Zeitgenosse, ein Zeuge, und es besteht die Gefahr, daß er zum Blutzeugen gemacht werden wird.

Seit zwölf Jahren verfolgt, verhaftet, gefoltert, verurteilt, verhört – das könnte selbst für einen Menschen seiner unfaßbaren geistigen und physischen Widerstandskraft zuviel werden. Man hat ihm wohl Freilassung angeboten, wenn er sich verpflichtet zu schweigen. Das ist eine unannehmbare Bedingung in einem Land, das sich ja immerhin zur »freien« Welt zugehörig glaubt. Die »freie« und auch die freie Welt hat Grund zur Angst um das Leben des Dichters Kim Chi Ha. Wir brauchen ihn als Zeugen und Zeitgenossen, seine Frau und sein Sohn brauchen ihn als Gatten und Vater, Korea braucht seine Stimmgewalt. Ich wiederhole, was der katholische Bischof Tji von Wonju, nach den Prioritäten der Kirche in Südkorea gefragt, gesagt hat: »Erstens: Kim Chi Ha. Zweitens: Kim Chi Ha. Drittens: Alles, wofür der Name Kim Chi Ha steht.«

Zeitbombe des Zweiten Weltkriegs

Über Volker Schlöndorffs Film »Der Fangschuß«

Im Jahr 1939, als *Der Fangschuß* von Marguerite Yourcenar erschien, als die Geier des Nazismus sich anschickten, über Europa auszufliegen, haben wohl wenige geahnt – ausgenommen wahrscheinlich nur Joseph Roth –, welche Bombe, die ihren Explosivstoff aus zahlreichen düsteren Quellen bezog, da tickte.
Eine Quelle, das Baltikum-Trauma mit seiner Romantik (»Nach Ostland wollen wir fahren«), hat M. Yourcenar im Psychologisch-Stimmungshaften festgehalten, in einer durchaus legitimen Dimension, die nur andeutungsweise übers Private hinausging.
Welcher Explosivstoff im Privaten verborgen liegt, können die Leser des Buches und die Zuschauer des Films ahnen, ahnen können sie auch, wieviel Dynamit – politisches – in der still brodelnden Verhaltenheit hetero- und homo-erotischer Beziehungen sich verbirgt, und daß inmitten dieser merkwürdigen »Keuschheit« eine junge Adelige einem jungen adeligen Offizier eine Liebeserklärung macht, anstatt gehörigst ihrerseits auf eine solche seinerseits zu warten – diese Sensation, dieser Befreiungsakt am Anfang, wird möglicherweise nicht erkannt, weil der Zuschauer verlernt oder nie gelernt hat, Befreiung in Beziehung zum historischen Zeitpunkt und dem jeweiligen Milieu zu sehen.
Die Logik, mit der nach der Befreiung aus Milieukonventionen Sophie von Reval zu den Roten übergeht, hat aber da ihren Ursprung, und das eine kann ohne das andere nicht verstanden werden.
Die Autorinnen des Drehbuchs hätten getrost sich weiter vom Buch entfernen, einiges hinzufügen, anderes weglassen sollen. Die Schwäche des Films ist, daß er mit dem Roman nicht freier umgegangen ist. Man hätte die Rollen der Frau Loew und ihres Sohnes erweitern können; sie in Kriegs- und Kampfverherrlichung, in der genüßlich-desperaten Einsamkeit des »verlorenen Haufens«, der für das Jahr 1919 mit viel später erschienenen Texten illustriert wird, getrost etwas vulgärer untermalen können. Ein paar ergänzende Dialoge hätten nicht geschadet.
Über die lettische Bevölkerung und ihren kolonialistischen Zu-

stand erfährt man wenig; deutliche Verweise auf das Deutschrittertum wären angebracht gewesen.

Schließlich: die Frauen sind in diesem Film unterrepräsentiert. Das ruhige Gesicht der Margarethe von Trotta als Sophie von Reval, Herrin und Magd zugleich, ist eindrucksvoll ausdrucksvoll, die Rolle – bis auf die künstlichen Verworfenheiten, mit denen sie den Untergang ihrer Klasse an sich, mit sich und in sich vollzieht – überzeugend gespielt. Dieses Gesicht aber hat zuviel zu tragen und auszudrücken: Frauen – gegen Männerwelt, Frieden gegen Krieg, Leben gegen Tod und Todessehnsucht.

Im Film wird das stellenweise zum Duell dieses einen Frauengesichts gegen die Männergesichter, und diese Duelle gehen nicht immer zugunsten der Sophie von Reval aus; sie unterliegt gelegentlich und keineswegs nur in ihrer »Verworfenheit«, vor allem gegen das Gesicht, das diesen Film streckenweise beherrscht: Matthias Habich als Erich von Lhomond.

Man hätte eine Art »Solidarität der Frauen-Gesichter« herstellen können, durch eine mehr hervorgehobene Frau Loew, durch die eine oder andere lettische Magd, Gesichter, durch Dialoge verstärkt. Das hätte weder den Stoff noch die Story verfälscht. Die zweite Gegenfigur, Tante Prskovia, von Valeska Gert dargestellt, ist in makabrer Kabarettistik zu sehr dem Genuß des Untergangs ergeben und erlegen.

Die Stärken des Films überwiegen: Regie, Kamera, Schnitt, der Sprung ins Schwarz-Weiße zurück; die Schauspieler, die wieder einmal beweisen, welch ein Reservoir von Ausdruckskraft wir für jede mögliche Rolle haben – und wie lächerlich provinziell es ist, auf »Weltstars« zu schielen; die ausgedrückte Absurdität des Krieges als »inneres Erlebnis«, dieses Abenteuers, das auf Kosten jener erlebt wird, die nicht danach gefragt werden, ob sie daran teilhaben möchten; die Weltfremdheit einer Klasse, die ihren äußeren Untergang beklagt, den inneren Zusammenbruch (der sich eben in und an Sophie von Reval und ihrer Tante vollzieht) in den nächsten, den Zweiten Weltkrieg hinübergerettet.

Dieses Thema war's wohl auch, das Marguerite Yourcenar bewegt und gereizt hat – bevor der Zweite Weltkrieg ausbrach. Inzwischen hat er stattgefunden, und ich frage mich, ob die deutschen Zuschauer, und nicht nur die jüngeren, den Zusammenhang mit dem Nazismus, die Baltikum- und Freikorpsromantik

als eine seiner Quellen erkennen. Man kann auf dem Gesicht des Matthias Habich als Erich von Lhomond viel *mit*sehen.
Ihn etwa als noch jungen Hauptmann am Tag von Potsdam (21. März 1933), vielleicht – vielleicht – schon angeekelt von dieser Schmieren-Komödie, bei der einige »greise Marschälle« (die glauben, sie selbst zu sein, während sie in Wirklichkeit nur sich selbst spielen) beifällig zum Untergang des letzten Restes ihrer Ehre nickten, während ein Hitler im Frack seinen Triumph kaum unterdrückte; man kann auf Habichs Gesicht fünf Jahre später, 1938, einen nicht mehr ganz so jungen Major sehen, dem anläßlich der Affären Fritsch und Blomberg endgültig klar wird, welche Ehre da gesiegt hat, und vielleicht – vielleicht – sieht man ihn im Jahre 1944 erschossen auf dem Hof der Bendlerstraße, ihn, der 1919 vor einem schäbigen Eisenbahnschuppen in Lettland Sophie von Reval erschoß.
Ich weiß, das wären drei Filme, und doch denke ich, daß man bei einem historischen Film dieser Art einiges hinzusehen und hinzudenken muß. Die Phantasie des Zuschauers (die der des Lesers entsprechen sollte) ist im gewöhnlichen Kinofilm schnöde mißachtet worden. Die Plakate, die Proklamationen gegen die Roten, die einen Hauch von Gegenwart, fast von Gegenwärtigkeit in den »Fangschuß« bringen, werden nicht ausreichen, die Phantasie in Richtung Geschichte bis in die Gegenwart in Bewegung zu setzen.
Erkannt werden aber müßte das Ausschlagen »innerer« (und verinnerlichter) Probleme und Erlebnisse ins Politische, der Befreiungsakt der Sophie von Reval und nicht nur die Schuld, auch der Konflikt und die gefährliche Verhaltenheit einer Gruppe, die unweigerlich auf Goebbels, Göring, Hitler, Himmler und Schleicher zurennt, 1933 durch ein windschiefes Leitbild wie Papen getäuscht.
In einem Land, wo Links und Rechts sich um die Besetzung der Mitte streiten, die Mitte immer mehr nach rechts hin radikalisieren, wo der eine dem anderen keinen Konflikt mehr zubilligt, wird dieser Film Mißverständnissen ausgesetzt sein. Im Ausland, wo man sich an die deutsche Geschichte der vergangenen Jahre besser, von *außen* erinnert, wird man den Film eher verstehen, weil man das Ausschlagen des Nazismus nicht vergessen, seine Entstehung immer noch nicht verstanden hat, nach Erklärungen sucht. Dieser Film bietet eine an, eine von vielen.

Unfreiheit – kein Sozialismus

Nun wird sie ja wohl ausbrechen, die Unfreiheit, der Sozialismus nicht. Es wird noch einige Jahre dauern, bis Herr Friderichs die chemische und die Stahlindustrie verstaatlicht, und Herr Vogel (der Justizminister) wird es nicht dazu kommen lassen, daß Anwälte weiterhin ungehindert Kriminelle oder kriminell Vereinigte verteidigen können. Es werden jetzt auch keine Bücher mehr beschlagnahmt, in denen historische Texte abgedruckt werden, die von Gewalt sprechen, solche gar möglicherweise empfehlen. Denn da es noch nie in der Geschichte Gewalt gegeben hat, können diese Texte nur gefälscht sein.
Und wenn da griechische Anwälte »Waffenlieferanten« von kriminellen Vereinigungen verteidigen, dann müssen sie wissen, was sie tun: Sie entfernen sich von der abendländischen Tradition, die in Griechenland einmal ihren Ursprung genommen haben soll. Wie können sie es auch wagen, jemanden zu verteidigen, der als Student ein Hilfskomitee für Juntagegner mitgegründet hat, während die in Bayern staatstragende Partei *gestern wie heute* unbeirrt ihren Kurs beibehält.
Diese Griechen, was die für Vorstellungen von Demokratie haben! Verteidigen einen Waffenlieferanten! Da denkt man doch gleich an Schneider-Creuzot, an Krupp, an Örlikon, denkt an Skoda, Lockheed und ähnliche. Und dann ist auch in Athen noch das Urteil des Areopag umstritten. Es ist schon eine Frechheit, daß auch jetzt noch griechische Anwälte das Urteil des Areopags für unangemessen halten. Das sollte deutschen Anwälten zur Warnung dienen – falls diese noch gewarnt werden müssen. Wer in Zukunft einen Mörder verteidigt, wird ein Mordverdächtiger; wer einen Räuber verteidigt, wird des Raubes verdächtigt.
Nun muß man einräumen, daß nicht alle Kriminellen kriminellen Vereinigungen angehören. Die Herstatt-Knacker waren keine kriminelle Vereinigung, sie haben wahrscheinlich nur kriminell im Verein gehandelt. Man muß wieder differenzieren lernen, obwohl Differenzierung nach wie vor eine gefährliche Sache ist. Es ist zum Beispiel sehr, sehr gefährlich, die Bezeichnung Waffenlieferant Differenzierungen zu unterwerfen. Da darf und kann es keinen Unterschied zwischen Rolf Pohle und Schnei-

der-Creuzot geben: Waffenlieferant ist Waffenlieferant, und ob der eine da nun aus falsch verstandenem Idealismus ein paar Pistolen besorgt und der andere mit Gewinn etwas größere Posten verscheuert: Waffenlieferant ist Waffenlieferant.

Differenziert werden muß nur bei den Anwälten: Natürlich darf die Firma Schneider-Creuzot Anwälte haben, falls sie – was unwahrscheinlich ist – je vor Gericht eines solchen bedürfen sollte. Wer aber Pohle verteidigt, ist zwar noch kein Waffenlieferant, aber ein Terrorist. Nun, da die Unfreiheit endgültig ausbrechen wird, wird Herr Vogel – vielleicht nicht so rasch wie sein vorgesehener Nachfolger Spranger – uns bald klarmachen, daß die verfluchte Differenziererei aufhören muß. Vielleicht wird auch Herr Maihofer bald wieder auf Winterreise gehen (»Der Hut flog mir vom Kopfe, ich wendete mich nicht.«). Gemeint ist natürlich der Hut von Herrn Dregger.

Eins ist sicher: Herrliche Zeiten kommen: kein Sozialismus und doch weniger Freiheit. Wir sind ja nun doch Glückskinder. Dregger wird *nicht* Innenminister. Carstens *nicht* Außenminister. Mein Gott, haben wir ein Glück, wir sollten jetzt jubeln und tanzen, weil der oder jener *nicht* Minister geworden ist. Daß fast 49 % den oder jenen ungerührt als Minister akzeptiert hätten, sollte uns nicht ärgern. Und daß Herr Boenisch oder die Herren Kremp oder Löwenthal *nicht* ins Bundespresseamt rutschen, sollte uns doch aufrichtig erfreuen. Wir sollten glücklich sein über das, was *nicht* ist, wenn wir schon nicht so glücklich sein können über das, was ist.

So fängt man an, bescheiden zu werden, und Bescheidenheit ist die Tugend der Zukunft: für Anwälte, Schriftsteller, linke Verleger, linke Buchhändler, Bescheidenheit – der Deutschen ständige Zier – sollten wir nur nicht von Herrn Biedenkopf erwarten; seine Bescheidenheit, die angesichts seiner bescheidenen Erfolge angemessen wäre, liegt hinter einer demonstrativ hingelächelten Unbescheidenheit verborgen. Ein Mann, den man sich merken muß, weil er trotz seiner bescheidenen Wahlerfolge das Wohlwollen konservativer Zeitungen genießt.

Der einzig wahre, der wirkliche Sieger ist ja Strauß, und er hat vollkommen recht, wenn er sich um seinen Sieg betrogen sieht, den Betrug aber nicht hinzunehmen bereit ist. Er hat nicht den geringsten Grund, irgend etwas zu differenzieren. Wirklich nicht. Ich meine das ernst. Diese Schlappohren von der CDU

schaffen nicht einmal Bochum, wo doch jeder Arbeiter im Ruhrgebiet hätte wissen müssen, daß Biedenkopf *der* Vertreter von Arbeitnehmerinteressen ist.
Es ist wirklich eine Schande, daß die CDU nicht doch ihre 50 Prozent bekommen hat. Die hätte es den Waffenlieferanten endlich einmal gezeigt, sie hätte es den Anwälten endlich gezeigt, vielleicht sogar den Schriftstellern, Buchhändlern, Verlegern. Das wäre eine Winterreise geworden, bei der manch einem der Hut vom Kopf gefallen wäre (und keiner hätte gewagt, sich zu wenden!). Jetzt – so wie es gekommen ist – haben wir nur die halbe Unfreiheit und keinen Sozialismus. Wir müssen nur unsere Hüte oder Mützen festhalten. Es wird ein kalter, scharfer Wind wehen.

Kein schlechter Witz

Über Charles Chaplins Film »König in New York«

Der Film, den wir in seinem Gehilfen- oder Abiturientenalter endlich sehen dürfen, kommt spät, zu spät kommt er nicht, eher rechtzeitig. Als ich den Film vor 17 Jahren in einem dänischen Dorfkino sah, fand ich ihn amüsant, einige Szenen blieben haften: die Werbefallen, in die der harmlose und verführbare König hineintappt. Als ich den Film jetzt wiedersah, fand ich ihn frischer, aktueller, und das spricht nicht nur für den Film, es spricht gegen die Art, auf die sich unsere politische Landschaft verändert hat. Der McCarthyismus hat uns ein-, wir haben aufgeholt, Musterkinder, die wir nun einmal sind. Debatten im Bundestag über unsere innere Sicherheit (unvergeßlich die vom Juni 1972 und andere) haben das ihre getan, nicht die Lage ist da, sondern die Stimmung.

Das Aufholen betrifft auch den zweiten »Strang« des Films, die Werbung. Was die totale Vermarktung, nicht nur von Königen, betrifft, haben wir ebenfalls aufgeholt. Was vor zwanzig Jahren als boshafte Übertreibung empfunden werden konnte, ist von der Wirklichkeit eingeholt. Schmeichelhafteres kann man von einer Satire kaum sagen. Wie König Shahdov (sollte in der ersten Silbe etwa ein Schah versteckt sein?) da zurechtgemacht wird, geliftet, rückgeliftet, ist längst gängig, und was da vor dem Untersuchungsausschuß gefragt wird, könnte – inzwischen – aus einem Dokumentarstück über Berufsverbote stammen, und es ist durchaus legitim, wenn einige Kinos mit diesem Etikett für den Film werben. Doch es gibt da auch in der Gestalt des jungen Rupert McAbee den unbeirrt-doktrinären, lehrhaft-unbelehrbaren Gegentyp, mit dem ebenfalls ein Typ vorweggenommen wurde, der hierzulande etwa zehn Jahre nach dem Erscheinen des Films gelegentlich sichtbar wurde: den Nicht-zu-Wort-kommen-Lasser, der – um es im Demonstrationsjargon auszudrücken – das »Mikrophon nicht aus der Hand gibt«.

Diese Feststellung ist keine Pflichtübung gegenüber der »Ausgewogenheit«: Eine extrem winzige Minderheit hat gegenüber der unübersehbaren Masse der schweigenden Mehrheit auch ein Recht auf Verbissenheit und Verbitterung. Kürzlich kam heraus, daß in den USA von 2000 Mitgliedern einer marxistischen Partei zeitweise bis zu 1600 CIA-Spitzel waren. Solche Proportionen würde ein Satiriker nicht riskieren. Es gibt da einen feinen, sehr wichtigen Unterschied zwischen der im *König in New York* dargestellten Situation und der unseren: In satirischer Logik erhöht es den Werbewert Shahdovs, daß er des Kommunismus und sogar der Atomspionage verdächtig war – Publicity um jeden Preis, das ist die Parole. Hierzulande würde ich dieser satirischen Logik nicht trauen: In einem witzlosen Land, von verspäteten Musterschülern besiedelt, einer witzlosen deutschen Version des Kommunismus benachbart – da bringt derlei »Publicity« nichts ein. Oder sollte es ein notorisch »verfassungsfeindlicher« Referendar oder Lokomotivführer doch einmal mit Persilreklame versuchen?

Die Rahmenhandlung des Films ist schwächlich: der allzu gute, fortschrittliche, vertriebene König, auch noch um seinen Staatsschatz betrogen und von der schönen Königin Irene verlassen – da ist Charlie wieder zum armen Einwanderer geworden, diesmal als König verkleidet. Die starken Situationen lassen die schwache Rahmenhandlung bald vergessen: Man denkt nicht mehr an König und Königin, an das sagenhafte Land Estrovia. Man erlebt die totale Vermarktung von Prominenz, erfährt, daß man Menschlichkeit als Kommunismus, diejenigen, die auf der Verfassung bestehen, als deren Feinde verdächtigen kann.

Das Ende des Films ist keineswegs so happy: Man spürt sehr wohl, daß man den kleinen Rupert ganz schön zwischengenommen hat; daß er die Freunde seiner Eltern, mit deren Freilassung man ihn lockt, doch preisgegeben hat. Der König verläßt das Land, fliegt nach Europa zurück. Ich nehme an, in die Bundesrepublik fliegt er nicht. Was im *König in New York* vor zwanzig Jahren als übertrieben erschien, erweist sich heute als fast prophetisch, wohl deshalb erweist sich der Film als so frisch, ein Film, den wir jetzt endlich sehen dürfen. Wer immer ihn mit welchen Argumenten bisher verhindert hat, hat sich, ohne es zu wissen, eines Bumerangs bedient. Das Argument, der Film wäre »schlecht«, war eins der dümmsten: als gäb's in unseren Kinos nur »gute« Filme zu sehen. Ein schlechter Witz.

Der Film hat Schwächen, Gott sei Dank; wäre er lückenlos gelungen, dann wäre er todernst, aber es ist ein Film, in dem gelacht werden darf und gelacht wird: Manchmal allerdings bleibt einem das Lachen im Hals stecken; das mag daran liegen, daß der

Film spät und doch rechtzeitig kommt. Es hätte nichts geschadet, wenn der Verleih in seinem Programmheft ein wenig aus Chaplins Autobiographie zitiert hätte, jene Stellen, wo er seine Aktivitäten im Zweiten Weltkrieg für die zweite Front schildert, die die Rote Armee in Europa entlasten sollte. Diese Aktivitäten wurden zum Anlaß der Kampagne gegen ihn.

Der Film ist geeignet, vor innenpolitischen Ausschüssen, vor und an Schulen, Hausfrauen aller Altersstufen und so weiter gezeigt zu werden; manch einer mag sich – es ist ein witziger und intelligenter, unterhaltsamer Film – halb totlachen, ohne die innenpolitische Aktualität zu erkennen: Das schadet nichts – mit Witz und Gags, mit Slapsticks verbrämte »Botschaften« zünden manchmal später. Und wenn man's sich genau überlegt, gehören ja die extremsten Formen der Werbung und die hier gezeigte Form des Antikommunismus zusammen.

Vergebliche Suche nach politischer Kultur

Über Max Fürst, »Talisman Scheherezade«

Max Fürsts Erinnerungen versprechen eine umfangreiche Ergänzung zur offiziellen, zur Geschichtsschreibung der Fachhistoriker zu werden. War der erste Band (*Gefilte Fisch*) notwendigerweise die Schilderung einer persönlichen Entwicklung vom Königsberger Kaufmannssohn jüdischer Herkunft, aus dem bürgerlichen Milieu heraus zum Tischler, von der Alternative Assimilation-Ghetto weg zum Internationalismus, in die sozialistische jüdische Jugendbewegung hinein, und war es gleichzeitig die Schilderung der Entwicklung eines Bewußtseins, so wird im zweiten Band deutlich, daß unser »Held« immer noch aktiv, immer noch nachdenklich und schweigsam (»Meine Rolle bei den großen Diskussionen war gering«) gegen eine innenpolitische Entwicklung und Strömung ankämpft, die ihn überrollt, zu den »Überflüssigen« zählt, die ihn unweigerlich, nicht nur nach der »Meinung«, auch nach der zerstörerischen Logik der neuen Machthaber dorthin befördert, wohin er »gehört«: ins KZ.

Die Leichtigkeit, auch die Heiterkeit, mit der Max Fürst seine Erinnerungen fortsetzt, könnte täuschen – wie sie ja auch bei Scheherezade täuscht, die um eine Bedrohung herum, an ihr vorbei und doch auf sie zu erzählt. Die bisher fast nie beschriebene Milieumischung aus Bohème, schwerster, auch körperlicher Arbeit unter proletarischen Lebensbedingungen, dieses Ein- und Hineingehen in Berlin (»Gehen durch Berlin, wenn die Nebel sich heben und der Geschmack von Rauch in den noch leeren Straßen steht«), diese absolute Unbürgerlichkeit bei höchster Belastung und Aktivität – wo hätte das heute noch einen Platz, welche andere Kategorie als »asozial« oder »anarchistisch« stünde dafür noch bereit (wobei man pflichtgemäß vergäße, daß Anarchisten ja nicht Unordnung, sondern herrschaftsfreie Ordnung anstreben). Es wird mir bei der Lektüre von *Talisman Scheherezade* klar, was die zwölf Nazijahre alles zerstört haben – und was »aufzubauen« nicht gelang.

In den ersten Nachkriegsjahren gab es Ansätze, doch der stupide Antikommunismus, die strikte, bis heute praktizierte Leugnung des kommunistischen Widerstands, haben das alles weggewischt, und wenn es Ansätze zu einer Wiederbelebung in den

Jahren nach 1967 gab, so hat jene ideologische Drahtbürste, die man Radikalenerlaß oder Extremistenbeschluß nennt, sie hinweggefegt. Ein »Linker«, ein Sozialist, ein Kommunist muß sich immer noch rechtfertigen; verlangt man Rechtfertigung von einem Nazi, so wird das als peinliche Zumutung empfunden: man lese nicht nur die Zeitungen, vor allem die Leserbriefe. Ich hoffe, daß Max Fürst in seinen so schweigsamen Erinnerungen bald die Gegenwart erreicht und in seiner erfahrungssatten Weisheit seinen Kommentar zu dieser Entwicklung liefert. Was hat Max Fürst wieder-, was hat er vorgefunden, als er 1950 aus Israel in die Bundesrepublik zurückkehrte, und was findet er 25 Jahre später davon heute noch? Das Register zu *Talisman Scheherezade* umfaßt fast 250 Namen; man müßte diese Personen alle aufzählen, in Beziehung zu einander bringen, um den Kosmos darzustellen, den Max Fürst beschreibt – und man müßte die Überlebenden über die Toten befragen, die im KZ oder in stalinistischen Lagern starben.

Die vernichtende Nazi-Logik, die so genau wußte, wohin Max Fürst »gehörte«, ins KZ, ergab sich nicht nur aus Fürsts eigenen sozialen und politischen Tätigkeiten, auch aus seiner Freundschaft mit dem Anwalt Hans Litten, der die fürchterliche, die letzten Endes mörderische Ehre hatte, Hitlers persönlichen Zorn erweckt zu haben, weil er ihn als Zeugen vor Gericht zitierte und zu programmatischen Äußerungen zwang. Litten – über den ich in keinem Nachschlagwerk auch nur eine einzige Zeile fand – wäre wohl eine Biographie, mindestens eine umfangreiche Dissertation wert. Man stelle sich einen jungen Menschen vor, der unter mörderischen KZ-Bedingungen vor seinen Mitgefangenen eine eigene (und nicht nur originelle, auch einleuchtende) Ästhetik entwickelt, Kunst- und Literaturgeschichte neu interpretiert und über die Madonna eine Monographie schreiben möchte! Aber Litten hatte ja außerdem noch ein Verbrechen begangen: er verteidigte vor Gericht Rote, ja Kommunisten und er verteidigte sogar Leute, die Einbrüche begangen und ihre Beute an Ware und Geld an die hungernde Bevölkerung verteilt hatten. Die zeitgenössische Parallele, die Stimmungsmache gegen Anarchisten- und Terroristenverteidiger, ist deutlich genug. Lese ich von gewissen Äußerungen einiger Wortführer der Schüler-Union (die neuerdings sogar im Freien Deutschen Autorenverband zu finden sind), so gruselt's mich, und wenn dann dieses kesse Gequatsche auch noch mit reichlich Schulterklopfen belohnt wird, so wird das Gruseln zum Schaudern. »Linke« müssen oder sollen sich dauernd von irgendwas »distanzieren« (auch von dem, womit sie sich nie identifiziert haben) – Rechte haben das nicht nötig. Gewisse Sorten Schneid werden gesellschaftsfähig und von Politikern grinsend an die Brust genommen.

Diese Parallelen verhindern einen Einstieg in *Talisman Scheherezade*, der ganz falsch wäre: den nostalgischen, diese Nostalgie würde ja auch Nostalgie nach dem Ende der »schwierigen zwanziger Jahre« – das ist der Untertitel des Buches – einschließen. Es begann mit der Vernichtung des Rechts, die Vernichtung der Literatur kam erst später, und es begann mit der Bedrohung von Anwälten.

Bei Max Fürst ergibt sich das Politische immer aus dem Menschlichen, aus einer – ich möchte es so nennen – sozialen und sozialistischen Selbstverständlichkeit, die reflektiert, aber nie Theorie oder Ideologie braucht: So spricht er auch unbekümmert natürlich über die heikelsten Probleme, etwa die verschiedenen Strömungen innerhalb der jüdischen Jugendbewegung, die von rechts bis links verliefen – und, ob rechts oder links, sie alle wurden nicht verschont vom etablierten Antisemitismus. Die Jugendbewegung, dieses Wandern und Erwandern, dies »Er-fahren« der deutschen Landschaft, der deutschen Kultur, auch das war für einen Linken wie Max Fürst und seinen Freund Litten eine Selbstverständlichkeit. Auch das wurde im Getrampel der Jahre 33–45 zerstört. Etwas davon klingt ja hin und wieder noch auf, wenn Jugendgruppen alte Häuser vor dem Abbruch retten, wenn sie Bäume vor der Zerstörung bewahren wollen oder aufs Land ziehen. Höhnisch kommentiert fast immer von Konservativen, die merkwürdigerweise für diese Art der Konservierung nie viel übrig haben.

Dieses zweite Erinnerungsbuch von Max Fürst hat viele Schichten, das entspricht der Vielschichtigkeit der Weimarer Republik und ihrer Hauptstadt Berlin. Politiker und – vor allem, was dieses Buch betrifft – Anwälte sollten sich nicht mit historischen Darstellungen von hoher, objektiver Warte begnügen, und erst recht nicht auf die Memoiren von prominenten Zeitgenossen allein verlassen. Max Fürst hat natürlich Geschichte gemacht, in sie eingegriffen während seiner Berliner Zeit, aber mehr noch

war er ihr unterworfen, ihr ausgeliefert, bis ins KZ hinein, bis zur Emigration im Jahr 1935, und die Perspektive des Subjekts (des Unterworfenen) hat bei Fürst eigene Objektivität und Vorurteilslosigkeit.
Immer wieder sucht er nach Erklärungen, nie – auch nicht mit dem rechtesten Flügel der jüdischen Jugendbewegung – sucht er Konfrontation, immer wieder sucht er das, was er »politische Kultur« nennt. Er findet sie selten, auch nicht bei den Linken, denen um 33 herum Märtyrer lieber waren als Freigesprochene.
Dieses Buch, in dem vieles erzählt, erklärt wird, manches in Andeutungen, ist umfang-, aber nicht wortreich, das mag angesichts seiner fast 450 Seiten paradox klingen, bedenkt man aber den Umfang der in ihm geschilderten und erlebten Geschichte, so ist es schon weniger paradox. Aus dem umfangreichen Kosmos von Personen und deren Beziehungen zum Autor und der Geschichte jener Zeit möchte ich wenigstens zwei noch erwähnen, zwei Frauen: das unersetzliche und nicht aus zweiter (aus Rezensenten-)Hand beschreibbare Hannchen, das mehr als einen Roman tragen würde, und eben jene eine, die nicht nur Max Fürsts Frau wurde, letzten Endes sogar legalerweise; sie war mehr: Gefährtin, Begleiterin auf dem Weg durch die Zeitgeschichte, außerdem seine Gehilfin: Margot. Und sie war noch mehr: Hans Littens Sekretärin.
Es ehrt Max Fürst, daß auch er zugibt, die Tatsache der Machtergreifung Hitlers unterschätzt zu haben: »Es machte wenig Eindruck auf uns, als Hitler im Januar 1933 an die Macht kam. Es waren so viele, zum Teil furchtbare Regierungen gekommen und gegangen. Wir hatten Zeit gehabt, uns an den Gedanken zu gewöhnen. In Thüringen und in Oldenburg gab es bereits nationalsozialistische Regierungen. Schlimmer als die Papen-Regierung, die Regierung der Barone, konnte es wohl nicht werden. Wir lebten schon längst unter einer Diktatur, und es waren dieselben Kräfte, die hinter Papen, Hugenberg und Hitler standen.«
Das Versprechen, das im ersten Band von Max Fürst enthalten war, ist im zweiten mehr als erfüllt. Dreißig seiner Lebensjahre sind mit diesen beiden Bänden »gedeckt«. Es fehlen noch vierzig: seine Zeit in Israel und die 25 Jahre nach der Rückkehr.

Hier muß er leben, dort gehört er hin

Über Wolf Biermanns Situation nach der Ausbürgerung

Die Geschichte des deutschen Exils hat eine neue, keine freundlichere Variante bekommen. Wolf Biermann wird aus einem deutschen Staat ausgebürgert, in dem er gern weiter gelebt hätte. Aus einem Staat, den viele andere so gern verlassen würden. Ausgerechnet er, der immer wieder gegen das Verlassen dieses Staates gesungen und gesprochen, jeden, der diesen Staat verließ, betrauert und beklagt hat. Wolf Biermann wurde nicht etwa ausgewiesen, nicht an die Grenze bestellt. Man hat ihm nicht, sobald er aus der DDR ausgereist war, mit Genehmigung und dem Versprechen, wieder einreisen zu dürfen, die Ausbürgerung mitgeteilt. Man hat nach seinem ersten Auftritt noch zwei Tage gewartet, um die »Gekränktheit« so einigermaßen plausibel zu machen. Dabei hat Wolf Biermann sich in Köln loyaler zur DDR verhalten als je zuvor. Man kannte seine Lieder, seine Gesinnung. Daß er kritische Solidarität mit Reiner Kunze übte, die Unterscheidung zwischen Freund und Genossen vornahm, kann nicht der Grund sein – hat man wirklich erwartet, er würde sich von Kunze distanzieren? Hatte man wirklich erwartet, er würde in Köln neue »konfliktfreie« Lieder singen?

Für Wolf Biermann ist der Schrecken ein mehrfacher: nicht nur heimatlos im geographischen Sinn. Ostberlin war seine freiwillig gewählte Heimat, in der er fast 25 Jahre lebte. Fremdling zwar dort – wie überall – im Hölderlinschen Sinn, kommt er nun in eine Welt, die ihm nicht nur im Hölderlinschen Sinn fremd sein und bleiben muß, nun ist er hinausgeworfen auf den Markt, der schon so manchen freiwilligen wie unfreiwilligen Emigranten oder Exilierten verschlissen hat. Für viele Bewohner sozialistischer Staaten ist diese Marktwelt eine Traumwelt. Für Wolf Biermann ist sie ein Alptraum.

Ich bin mir der Absurdität bewußt, die darin liegt, daß ich mitten auf dem Markt vor der Vermarktung Biermanns und Biermann vor der Vermarktung warne. Wohin gehört ein Sänger denn anders als auf den Markt, und wer hat ihm bisher diesen Markt verweigert, den die kapitalistische Welt ihm nun bietet? Bei seinem Auftritt in Köln fiel ihm schon auf, daß er »hier« und »dort« unvermeidlicherweise verwechselte – das war noch vor der Ausbürgerung, und diese Hier- und Dort-Korrekturen hatten noch eine ironische Dimension, die ihnen etwas Spielerisches gab. Nun wird er »hier« leben müssen, obwohl er »dort« hingehört. Und dieses »hier« und »dort« wird ihm auf eine nicht mehr ironische Weise zu schaffen machen.

Und immer mehr DDR-Bürger werden ihn nicht nur vermissen wie jemanden, der verreist ist, aber wiederkommen wird, sie werden immer mehr spüren, daß er dorthin, zu ihnen gehört. In Wolf Biermanns Liedern wird – ich wage das zu prophezeien – ein Motiv auftauchen, dem so manche Ohren nicht »trauen« werden: Heimweh nach der DDR. Dieses Heimweh gilt nicht nur denen, die er liebt und die dort leben, nicht nur der Stadt und dem Land, wo er lebte, auch dem sozialistischen Gebilde DDR. Dieses Heimweh wird Spott und Hohn hervorrufen, hier wie dort.

Zweifel, ob Politiker immer wissen, was sie anrichten, werden durch die Ausbürgerung Biermanns verstärkt. Das haben sie wahrscheinlich weder gewollt noch geahnt. Sie ahnten nicht, was noch kommen kann. Weder bei ost- noch bei westeuropäischen Kommunisten ist die DDR sehr beliebt. Ihre Beliebtheit wird sicher nicht wachsen. Nicht einmal die Regierung der Sowjetunion wird sehr glücklich sein über dieses Aufsehen, das die Ausbürgerung eines Poeten verursacht. Vielleicht werden sogar bei Mitgliedern der DKP Zweifel aufkommen. Die Zweifel, ob Poesie und politische Poesie etwas ausrichten, dürften durch Wolf Biermann beseitigt sein.

In Sachen Michael Stern

Herrn Leonid Breschnew,
Generalsekretär der KPdSU

Im Namen des Komitees, das Simone de Beauvoir und Jean-Paul Sartre gegründet, dem sich inzwischen mehr als 50 000 Wissenschaftler, Ärzte und Intellektuelle angeschlossen haben, erinnere ich Sie an den Appell für Dr. Michael Stern, den wir vor einem halben Jahr an Sie gerichtet haben. Das »Verbrechen« des Dr. Stern bestand darin, daß er sich dem Auswanderungswunsch seiner Söhne *nicht* widersetzt hatte. Er wurde mit acht Jahren Zwangsarbeit bestraft, die er seit zweieinhalb Jahren unter härtesten Bedingungen abbüßt. Dr. Stern wurde für ein »Verbrechen« bestraft, das nach allen Regeln der international geltenden Menschlichkeit keins ist. Die Bedingungen, unter denen er seine Strafe abbüßt, berauben ihn seiner physischen, seiner psychischen Identität und werden vielleicht seine Fähigkeiten als international anerkannter Endokrinologe zerstören. Wir erneuern unseren Appell und bitten um sofortige Freilassung von Dr. Stern. Die Regierung der Sowjetunion beharrt so oft und nachdrücklich auf ihrem Wunsch nach wissenschaftlichem Austausch zwischen Ländern verschiedener Ideologien. Die Freilassung Dr. Sterns würde die Beteuerungen glaubwürdiger machen und einen Zustand unerträglichen Unrechts beenden.

Heinrich Böll

Brokdorf und Wyhl

Die Blut-und-Boden-Ideologie des Nazismus hat in ihrer Nichtigkeit verspätete Wirkungen erzielt; nach 1945 wagte kaum jemand, etwa die Erde als Wert zu erkennen, gar zu preisen. In einem oberflächlichen Reflex auf die Nazi-Ideologie, der man so glühend angehangen hatte, wurde alles verhöhnt, was auch nur andeutungsweise auf den Wert Erde verwies, und doch wußten und wissen wir, daß Kultur mit der Bebauung der Erde angefangen hat. Das »macht euch die Erde untertan« bedeutet ja nicht: zerstört und verhöhnt eure Erde.
Inzwischen stehen, wie mir scheint, zwei Werte gegeneinander: Erde und Wachstum. Hinter dem schönen, aus dem Bereich des Organischen entliehenen Begriff Wachstum steht eine unerbittliche Ideologie, die mit Wert materiellen Wert meint (siehe den Begriff: Wertpapiere). Was wächst da, was wächst da heran? Wachstum, das klingt nach Baum, nach Mensch, nach Tier und Pflanze. Was wächst da alles in Lateinamerika: kostbare Hölzer, Tabak, Kaffee, Kakao, Kautschuk, Baumwolle, Zuckerrohr, Bananen – was liegt und lag da alles in der Erde Lateinamerikas: Gold, Silber, Kupfer, Zinn, Blei, Eisen, Erdöl, Salpeter, und vor seinen Westküsten ist das Guano »gewachsen«, einer der reichsten Kontinente, der immer ärmer wird. In seinem Buch *Die offenen Adern Lateinamerikas* gibt Eduardo Galeano eine detaillierte Bilanz der Werte, die wir nach Lateinamerika gebracht haben – und die Werte (Wertpapiere), die herausgeholt worden sind. Offene Adern eines Kontinents, das bedeutet: er blutet aus.
Welche Wirtschaftschirurgen werden die Klammern und Tupfer erfinden, um das Verbluten zu stoppen? Welchen Profit hat die freie Marktwirtschaft denen zu bieten, auf deren Kosten sie betrieben wird? Wem gehört die Erde, wem gehören die Meere, wessen sind die Gewinne? Das »Metanoite« gehört zu unseren beliebtesten Bildungssprüchen. Wer muß hier umdenken? Natürlich nicht nur die Unternehmer, auch die organisierte und nicht organisierte Arbeitnehmerschaft. Nun gehen sie gemeinsam daran, dieses winzige Stück Erde, das Bundesrepublik Deutschland heißt, ich drücke es kraß aus, »auf den Strich zu schicken«, als wä-

re die Erde nur zum »Anschaffen« da. Kurz gesagt: in Brokdorf werden und in Wyhl wurden Werte verteidigt, und es soll sich doch keiner auf Kommunisten herausreden, die ja außerdem auch ein Recht auf ihre Erde haben.
Dieses Umdenken gilt keineswegs allein der ohnehin verachteten »Moral«, es gilt auch der Schönheit: man kann soviel Industrie-Design-Ästhetik investieren, wie man will und aufbringen kann: die Erde wird nicht schöner durch Atom- und andere Kraftwerke. Es gibt Werte genug, sie liegen auf der Straße, werden zertrampelt, nicht von Demonstranten. Schon ist jene Ader, die man Rhein nennt, vergiftet. Wird man eines Tages von den vergifteten Adern der Bundesrepublik und Westeuropas sprechen? Die Blindheit *rein* profitorientierter Ideologen ist aktenkundig. Die Politiker aller Parteien haben das Thema Atomkraft umgangen, sie haben die Hintertür gewählt. Die Werte Erde, Luft, Wasser werden mißachtet. Vielleicht wird man eines Tages auch von vergifteten Arbeitsplätzen sprechen. Es gibt solche schon.

Es kann einem bange werden

*Über die Unmöglichkeit,
den Obersten Rudel mit Herbert Wehner zu vergleichen*

In seinem Offenen Brief an Herbert Wehner erwähnt Rolf Hochhuth einen Taxifahrer, der dem General Krupinski Lässigkeit im Umgang mit Untergebenen bescheinigt und ihn deswegen vom möglichen Vorwurf, er sei ein Nazi oder wäre einer gewesen, freispricht.
Rolf Hochhuth und sein Taxifahrer unterliegen, denke ich, einem Irrtum, wenn sie annehmen, unerbittliche Zackigkeit oder Schleifen habe den nazistischen Offizier oder Unteroffizier gekennzeichnet. Es müßte einer natürlich eine umfangreiche und vielschichtige Analyse anstellen, um herauszufinden, was möglicherweise am Postulanten der Zackigkeit oder am Schleifer faschistisch sei, und in diese Analyse müßte man alle Armeen, nicht nur die deutschen, einbeziehen.
Die Gefahr bei solchen Mißverständnissen – wie sie an *diesem* Detail in Hochhuths offenem Brief an Wehner deutlich werden – liegt nicht nur im Klischee, sie liegt in der Klischeekette, die zu Klischeekettenreaktionen führen kann. Innerhalb solcher Klischeeketten können Demonstranten gegen Atomkraftwerke auch dann nur »Linke« sein, wenn viele von ihnen noch so deutlich zum Ausdruck bringen, daß sie konservativ sind, sie wollen ja ihre Umwelt, die Erde, auf der sie leben, *erhalten.* (Was die »Konservativen« innerhalb der Parteien eigentlich erhalten wollen, möchte man eines Tages ja auch gern mal wissen; vielleicht deuten sie »erhalten« nur im Sinn von »bekommen«.) Einen so komplizierten Begriff wie den »linken Konservativen« will ich gar nicht erst an- und einführen – die Lässigkeit des Generals Krupinski im Umgang mit Untergebenen bedeutet eben nur, daß er lässig im Umgang mit Untergebenen war; über seine politische Gesinnung sagt sie – so oder so – nichts. Nur ungern, nur um Herbert Wehners willen, den ich in dieser Sache von seinem Parteivorsitzenden, seinem Bundeskanzler, vom größeren Teil seiner Fraktion schnöde im Stich gelassen sehe, begebe ich mich (vorübergehend) auf das schlüpfrigste aller Parketts, mitten hinein in die Veteranenscheiße, auf der – so oder so – nur Peinlichkeiten blühen. Nun also: als ehemaliger Angehöriger der Deut-

schen Wehrmacht (Waffengattung Infanterie) bin ich sehr vielen und sehr unterschiedlichen Ausbildern ausgeliefert gewesen, sechs Jahre lang. Ein Infanterist, der's nicht wenigstens bis zum Korporal bringt, wurde immer wieder und immer wieder und noch einmal und noch einmal der sogenannten Grundausbildung unterworfen, bis ans Ende des Krieges oder seines Lebens. Unter diesen Ausbildern hat's alle Sorten von Schleifern und Nichtschleifern gegeben: katholische, nichtnazistische Schleifer, die mich gerade deswegen zwischennahmen, weil sie glaubten, als »einer von ihnen« (Pech gehabt, Messieurs!) müßte ich besonders zackig sein; katholisch-nazistische Schleifer; Atheisten, Protestanten, Liberale als Schleifer; und die merkwürdigsten Schleifer waren kommunistische Ausbilder, wie sie ungefähr ums Jahr 1943 in der Deutschen Wehrmacht auftauchten, mit der Auflage, nie befördert und nie an irgendwelchen Fronten verwendet zu werden. Das waren trockene, ironische Berliner, sie hatten ihre militärische Ausbildung wahrscheinlich schon vor 33 in irgendwelchen Kadern erworben, Nahkampf-, Straßenkampfspezialisten, die mich, gerade weil ich ihnen partiell sympathisch war, ausgiebig trainieren zu müssen glaubten. Es gab natürlich auch den klassisch-nazistischen Schleifer, und es gab überraschend sanfte junge Offiziere, idealistisch-nazistisch, vom träumerischen Typ, die nur widerstrebend, meistens nach so hilflosen wie rührenden Appellen an die »Einsicht«, ja manchmal erst nach regelrechten Diskussionen über die Notwendigkeit des Schleifens hart wurden.

Noch etwas ist wichtig (und hier kann ich wieder aus der Scheiße heraustreten, muß natürlich fürchten, daß etwas davon haften bleibt!): Flieger, das weiß jeder, der einmal gezwungen war, sich eine Armee von innen anzusehen, Flieger sind in allen Armeen der Welt feine Leute, extravagante Tiere; sie haben einen Sonderstatus, der nicht nur durch die Kostspieligkeit ihrer Ausbildung bedingt ist, auch durch die Romantik, die gelegentliche Kühnheit und das in vielen Fällen unverkennbar »Sportliche« ihres Tuns und Seins. Diese Mischung aus hoher Technik und Mut, die Kostspieligkeit nicht nur ihrer Ausbildung, auch ihrer Ausrüstung – schließlich kosten die Dinger, die ihnen als Vehikel ihres Mutes zur Verfügung gestellt werden, ziemlich viel mehr als etwa ein Maschinengewehr –, all das gibt ihnen per se eine extravagante Position, die das, was man in ärmlicheren Armeeteilen

»Schleifen« nennt, fast ausschließt. (Es wäre allzu langweilig, hier auch noch auf die Sonderstellung der Marine einzugehen, das sind Gesprächsthemen fürs Offizierkasino, wo Waffengattungen ihren Stolz kultivieren und letzten Endes die ärmliche »Königin der Waffen« gekürt wird.) Da werden dann oft Tollkühnheit und Mut miteinander verwechselt. Und gewiß gab's da Obristen, die Gefreite duzten und umgekehrt. Außerdem sind Fliegererfolge immer spektakulär, Knüller, geeignet für Titelfotos von illustrierten Zeitungen.

Ein Fliegeroffizier mit so vielen Abschüssen auf dem Kerbholz wie Herr Krupinski hat gut lässig sein; der kann schon mal jemanden – oder gar alle – mit den Händen in den Hosentaschen defilieren lassen. Ob er Nazi war oder nicht, ist damit nicht bewiesen, und im übrigen: warum sollte er keiner gewesen sein? Gilt das etwa als schädlich, als hinderlich für eine Karriere in der Bundeswehr, wenn einer, der heute Mitte Fünfzig ist, Anfang der Zwanzig Nazi war? Vielleicht war er keiner. Geschenkt. Beides.

Mit dem Herrn Rudel ist das etwas anderes: seine von Herrn Wörner so gepriesene Tapferkeit war ja nur möglich, weil da so etwas war, das man *Krieg* nennt, etwas, von dem man nur ungern spricht, und diese Tapferkeit war ja außerdem nur möglich, weil man ihm ziemlich teures Spielzeug zur Verfügung stellte, so viel er dessen begehrte. Die Frage wäre, was bleibt von Herrn Rudel übrig, wenn man den Krieg, der ja nicht sein Privatunternehmen war, von ihm abzieht? Er war ja nicht, wie Charles Lindbergh, jemand, der – auf eigenes Risiko und *nur* sein eigenes Leben aufs Spiel setzend – sich in seine Kiste setzte und den Ozean überflog, er war nicht wie Amundsen und seine Gefährten, die ihr eigenes Risiko auf sich nahmen, *nur* ihr eigenes Leben aufs Spiel setzten, als sie zu ihren Expeditionen aufbrachen. Tapferkeit im *Krieg* ist eben nur möglich, wenn *Krieg* ist, und es *war* Krieg, und was für einer; und was hat er gekostet, an Menschenleben, auch an sowjetischen. Zwanzig Millionen. Als ob Tapferkeit im Krieg *unpolitisch* sein könnte. Zieht man von Herrn Rudel den Krieg ab, bleibt eine ziemlich peinliche Figur. Daß die Amerikaner sich für seine Abschußtechniken interessierten, die er ja nicht allein, nicht ohne Hilfe entwickelt und ausgeführt hat, ist selbstverständlich, nimmt ihm nichts von seiner politischen Peinlichkeit.

Von jener Tapferkeit im Frieden, die man Zivilcourage nennt, wird ja hierzulande ohnehin wenig gesprochen. Können die Deutschen Tapferkeit nur im Krieg erkennen und anerkennen? Und was ist mit der Tapferkeit des Widerstands gegen die Nazis, auch der Tapferkeit des kommunistischen Widerstands? Es bleibt eine Peinlichkeit, fast eine Schande, daß da, um einer idiotischen »Ausgewogenheit« wegen, Wehner gegen Rudel ausgespielt worden ist, und es bleibt ein wunder Punkt, vielleicht eine Wunde im permanent peinlichen Verhältnis der Sozialdemokraten zu deutschen Armeen, daß es – angeblich – einem »linken Flügel« überlassen wurde, sich gegen dieses »Auswiegen« zu wehren. Schließlich geht's den entlassenen Generälen so dreckig nicht, geht's Herrn Rudel glänzend, und sollte sich einer von den dreien dennoch entehrt fühlen, so werden sie in den Leserbriefspalten deutscher Zeitungen Trost genug finden: Anerkennung, mitleidiges Bedauern sind ihnen gewiß, und sie brauchen nicht zu fürchten, daß an ihnen oder in ihrer Vergangenheit je Ehrenrühriges entdeckt wird. Nein, aber Herbert Wehner, der war ja einmal Kommunist, war im kommunistischen Widerstand, und außerdem ist er ja auch noch »bissig«, kann sogar »böse« werden: der wahre Kinderschreck, ein böser Wolf, der das liebliche Rotkäppchen und -bäckchen Rudel niemals »aufwiegen« kann. Der tapferste Parlamentarier, der immer wieder und immer noch etwas schwer zu Definierendes aufbringt: Tapferkeit vor der gelegentlichen Langeweile des parlamentarischen Tuns, der da sitzt und sitzt und sitzen bleibt, ausharrt aus *Respekt* vor dem Parlament und der Demokratie. Wieviel Abschüsse wiegt das auf, wieviel Pimpfenehrgeiz, dieser Erdenwurmalltag des Parlamentariers, der da Kröten schluckt und Kröten schluckt – und gelegentlich auch eine ausspuckt. Es ist da etwas Schändliches passiert, das kaum gutzumachen ist, indem man Krupinski und Franke zu *Opfern* Wehners zu erklären versuchte, der *nachweislich* in dieser Sache nicht aktiv wurde. Und *gäbe* es eine kommunistische Fraktion im Bundestag – was ja verfassungsgemäß möglich war und noch wäre –, und hätten die Generäle auf diese Abgeordneten angespielt, auch dann hätten sie entlassen werden müssen.

Das Merkwürdige, fast Unheimliche an dieser Affäre verstärkt sich, wenn man sich anhören muß, daß das Wort »Tradition« zur Rechtfertigung der Einladung an Rudel herhalten soll. Vielleicht gibt es da noch jemanden, der sich an die Proteste des damaligen Verteidigungsministers von Hassel gegen die Fernsehverfilmung von Pliviers *Stalingrad* erinnert. Wenn die Deutsche Wehrmacht wirklich als Traditionsvehikel für die Bundeswehr herhalten soll – wohin soll das führen, wenn es so merkwürdig viele »Einzelfälle« gibt? Da nahm ein hoher Offizier der Bundeswehr an der Parade zu Ehren des Francosieges teil – peinlich genug, wenn man bedenkt, daß deutsche Piloten an der Bombardierung Guernicas teilnahmen; ein anderer hoher Offizier machte einen peinlichen Ausflug nach Südafrika, Marineoffiziere feierten mit Dönitz dessen Geburtstag, und *Bild* druckte ein Interview mit Rudel *nicht* und begründete es: »Manches, was er sagte, war haarsträubend. Wir haben es nicht gedruckt. Wir wollen keine Goebbelspropaganda verbreiten – einunddreißig Jahre nach dem blutigen Ende der Hitlerdiktatur.« Aber eben dieser Rudel, den nicht einmal *Bild* wortwörtlich abdrucken mochte (welch willkommene Gelegenheit, *Bild* einmal zu loben!), darf in eine Luftwaffenkaserne, darf im Kasino seine Bücher signieren, und es werden ihm zu Ehren teure Spielzeuge mit hohen Betriebskosten an den Himmel beordert, und das alles, all das soll »ausgewogen« werden gegen einen der tapfersten Parlamentarier! Nein, das hätte nicht sein dürfen, und da hätte nicht nur der linke Flügel, auch der rechte, massive Mittelkörper der SPD, und es hätten auch die Herren Strauß und Dregger protestieren dürfen! Es hätte nicht geschadet. Jedenfalls Grund genug, nachträglich erleichtert aufzuseufzen, daß Herr Wörner *nicht* Verteidigungsminister geworden ist. Wie *politisch* naiv darf ein *Politiker* eigentlich sein oder tun? Ein Politiker, der nicht zu wissen scheint, daß Tapferkeit im Krieg eben Tapferkeit *im Krieg* ist, und daß Tapferkeit im Krieg eben nur möglich ist auf Kosten derer, die ihn nicht gewollt haben.

Und schließlich ist die Deutsche Wehrmacht so rein und unwissend nicht gewesen, wenn man bedenkt, daß am 25. Januar 1944 in Posen vor 250 Generälen und Admirälen von Himmler die totale Ausrottung der Juden, die Endlösung, offiziell verkündet wurde, und daß von den 250 allerhöchsten Offizieren nur fünf *nicht* Beifall klatschten (lt. Kunrat Freiherr von Hammerstein, *Spähtrupp*, Stuttgart 1963, S. 193). Ist das die Tradition, an die die Bundeswehr anknüpfen sollte?

Flieger, das hat Herr Leber Herrn Weinstein von der Frankfurter Allgemeinen Zeitung anvertraut (FAZ 26. 11. 76), fühlen sich als Elite, und er fügte hinzu: »Natürlich sind sie auch eine Elite. Sie müssen aber wissen, daß sie nur ein Teil des weitgespannten Systems der Abschreckung sind. Strategie setzt sich aus vielen Komponenten zusammen. Waffenstolz ist nur ein Element.« Nun, mögen sich die anderen Waffengattungen mit diesem Waffenstolz auseinandersetzen. Mir, Bürger und Steuerzahler in einer Demokratie, bleibt nur festzustellen, daß dieser elitäre Waffenstolz ziemlich kostspielig ist. Natürlich ist es vulgär, eine so hehre, elitäre und – wäre das Risiko des Absturzes nicht so hoch – fast als Luxussport zu bezeichnende Tätigkeit mit *Geld,* mit Steuergeld in Zusammenhang zu bringen, aber vielleicht ist diese vulgäre Optik die einzig mögliche, um den »Sachzusammenhang« herzustellen: diese Eliten sind kostspielige Eliten, sie sollten es wissen.

Es gibt da noch einige peinliche, wenn nicht unheimliche Ungereimtheiten, auf die das Parlament vergebens seinen Vers zu finden versuchen wird. Fest steht, daß – im Gegensatz zu der Behauptung von Herrn Franke – sich an Rudels politischer Gesinnung nicht ein Jota geändert hat; das beweist nicht nur das *Bild*-Zitat, es beweist sein Auftreten im Bürgerbräukeller in München, sein Telegramm an die Frankfurter NPD-Veranstaltung. Und inzwischen wird beim Immelmann-Geschwader nach Informanten gefahndet, nach denen, die die Presse über Rudels Auftritt informierten. Fragt sich da einer, warum man nach Informanten fahndet, wo doch Herrn Rudels Auftritt legalisiert war? Herr Rudel hat bewiesen, daß er seine Gesinnung gar nicht zu ändern braucht: Applaus und Sympathie sind ihm gewiß, warum sollte er da seine Gesinnung ändern, er kann sich jederzeit auf den Schattenverteidigungsminister der Opposition berufen. Wehner aber – muß er noch etwas beweisen, nach achtundzwanzigjähriger parlamentarischer Tätigkeit, nach so langer Tapferkeit vor dem potentiellen *Feind* Langeweile im Parlament? Es bleibt eine Schändlichkeit, daß man ihn in die Lage gebracht hat, seinen Rücktritt und die Rückgabe seiner Orden zu erwägen.

Völlig unbegreiflich bleibt, daß, im Zusammenhang mit der ominösen Pressekonferenz der Generäle, von Denunzianten gesprochen wird, auch von Hochhuth. Schließlich ist eine Pressekonferenz ja kein freundschaftlich-privates Plauderstündchen, wo man in small talk verharrt, von den Schwierigkeiten der Tochter beim Abitur plappert oder davon, daß der Hund die Staupe, die Katze Junge bekommen hat. *Höchste* Offiziere *nach* dem Rudel-Auftritt mit Journalisten zusammen – was kann da noch vertraulich sein, und wenn da einer darum gebeten haben sollte, den Rudel-Wehner-Vergleich nicht zu publizieren, dann war das ein *Grund*, ihn zu publizieren, nach all den peinlichen »Einzelfällen«, die die Bundeswehr auf dem Kerbholz hat.

Vertraulichkeit, Ausgewogenheit, Tradition, das sind die drei Begriffe, um die sich diese höchstnotpeinliche Affäre herumgruppiert. Tapferkeit im Krieg braucht nicht, aber sie *kann* – wie Herr Rudel beweist – auch ein Veteranenvehikel für in alle Ewigkeit fortgeschriebenen und fortgetriebenen politischen Wahn sein. Wenn Herr Franke bei Rudel politischen Sinneswandel unterstellt hat, der nachweislich *nicht* stattgefunden hat – er hätte es besser wissen müssen, denn er hat ja wohl an Traditionstreffen teilgenommen und wohl ein paar Worte mit Rudel gewechselt. Es möchte einer gar nicht alles wissen, was bei solch einer Feier alles vertraulich gesagt und geflüstert wird. Es könnte einem bange werden. Es hat sie wohl nie gegeben, die so oft beschworene Solidarität der Demokraten, und es wird sie nie geben, solange Tapferkeit nur als Tapferkeit im Krieg verstanden wird, solange Emigrant noch ein ganzes oder ein halbes Schimpfwort bleibt.

Blank wie ein Stachel

Über Christian Geissler, »Wird Zeit, daß wir leben«

Wie bringt einer fünfzig Personen auf knapp 230 Seiten zueinander, gegeneinander und miteinander in Aktion? Und das ohne den tragenden und gelegentlich trägen Rahmen, der Familienromane und Sagas zusammenhält? Fünfzig Personen auf 230 Seiten, das wäre rechnerisch etwa viereinhalb Seiten für jeden, und es sind doch mehr, für jeden und für alle. Ist da ein Wunder geschehen oder ein Trick angewendet worden? Denn gut und gerne wären Stoff und Personen für etwa eintausendfünfhundert Seiten gut gewesen, und hat einer *Wird Zeit, daß wir leben* gelesen, könnte er genausogut aus eintausendfünfhundert Seiten aussteigen: Stoff, Aktion, Personen, Zeithintergrund würden es tragen, und es tragen doch auch nur 230 Seiten das Ganze. Kein Wunder, kein Trick, es ist der Stil, der Aufbau, das Tempo, die balladenhaft-lyrische Präzision und Konzentration, mit der hier sozialkritisch-realistisch ausführliche Beschreibungen vermieden werden, indem man etwa einen von Proleten bewohnten Großstadthäuserblock so beschreibt: »Der war seit langem besetzt gewesen, seit vierzig Jahren vieheng besetzt von wütend schleppenden Leuten, besetzt von der Kränkung der Frauen und Mädchen, besetzt von der Wut der Kinder, von Erniedrigung und Gehorsam, dein Haus, dein Körper, die schöne eigene Haut besetzt vom Jucken der Angst, vom Nässen der Heuchelei, von den Beulen der Eintreibebanken, vom Grind der Gerichtsbescheide, von der pilzigen Ordnung des Eigentümers, sein Rattenbiß und dein Blut. Aber wollten nun nicht länger bluten . . . .«

Und die Lebensumstände des Landproletariats: »Die – die Herren – hatten hier Baum und Fisch, Mädchen und Flinten und Recht, von jedem eingekauft Arm und Bein, deine Arbeit von nachts bis nachts, bis du endgültig kalt bist.«

Da braucht es keiner liebevoll-umständlichen dickensschen humorvollen Kleinmalerei, die zu ihrer Zeit gut war, den Einstieg zeigte, in Geisslers Buch ist das alles enthalten, vorausgesetzt und neu angegangen, realistisch genug und doch mehr, und der Humor ist die kalt gewordene Wut, geschmiedet, erhitzt und nochmal erhitzt und geschmiedet, blank wie ein Stachel.

Ballistisch ausgedrückt: das geht wie Leuchtspuren durch dieses gedrängte, knappe Buch, das seinen Umfang vervielfacht durch Ausdruck, Konzentration und das konsequente Weglassen aller Weichteile. Und doch fehlt nichts, vermißt einer nichts, werden alle fünfzig Personen lebendig vorgeführt. Da gibt es diesen eifrigen Jungen, der später einmal Schupofips Leo, der Minilöwe, sein und mit diesem Landmädchen und anderen Genossen gemeinsam eine exakt generalstabsmäßig geplante Häftlingsbefreiung durchführen wird, bis eines Tages sein Vater schon mittags nach Hause kommt, gekündigt, erledigt. Man hat ihm gesagt: »Die Zeiten sind hart und wünschen wir Ihnen das Beste«, die Stimme krächzend in Angst weggesackt und Scham – und später wird er, schon Polizeischüler, den Kopf hinhalten und tösenden Worten: Staatshoheit und Persönlichkeitswert, entschlußkräftig Handeln und Führungsschicht und Präsentation der Gewalt, Würde und Wissen und Waffengebrauch, außer in Notwehr niemals auf Kinder, Grenzwert beim vierzehnten Jahr, und da gibt es das Planspiel, Heft drei, Seite einhundertacht, Einsatz bei Plünderungen, da fragte er sich, wenn wir Banken schützen und Kaufhaus und Schlachter gegen das hungernde Volk, wann schützen wir mal die hungernden Leute gegen das Pack, das sie hungern läßt . . .
Man sieht schon: Leo, Schupofips, dieser ernste und stille und intelligente Junge, der taugt gut für die Schutzpolizei, läßt sich von seinem linksliberalen Ausbilder Meier auch einiges erklären, aber wie erklärt es sich, daß eben dieser linksliberale Ausbilder Meier, der Vernunft predigt und Gewaltlosigkeit, eines der ersten Opfer der Gewalt wird, nach jenem Tag, der nicht erwähnt zu werden braucht, wenn man weiß, welche Rede schon ein Jahr vorher am 27. Januar 1932 ein gewisser Hitler in Düsseldorf vor Industriellen gehalten hat, und wenn man außerdem weiß, daß dieser Hitler fast genau ein Jahr später, am 4. Januar 1933, in Köln mit einem Großbankier verhandelt hat, die Macht schon bekam, bevor er sie – vier Wochen später – »ergriff« oder sie ihm »übertragen« wurde, dann braucht man nicht mehr zu wissen, oder vielleicht doch?, daß von den fünfzig auftretenden Personen mehr als vierzig Kommunisten sind, zusammengehalten durch Schlosser, den disziplinierten Funktionär, der Einzelaktionen, Anarchismus ablehnt und doch durch eine Einzelaktion, die ohne den Insider-Polizisten Leo nicht möglich wäre, aus dem

Gefängnis befreit, vor der Todesstrafe gerettet wird, und wann? Natürlich am Weihnachtsabend, anläßlich des Krippenspiels, denn »das macht alles der neue Staat. Kleinkunsttheater und Handbeil«, »und was die Religion angeht, so hat sich die Erziehung dazu ohnehin beschränkt auf ›ohauptvollblut‹, und was ist das?«

Wird Zeit, daß wir leben nennt sich nicht Roman, sondern Geschichte einer exemplarischen Aktion, es ist, was man ein historisches Buch nennen könnte, spielt zwischen 1923 und 1933 in Hamburg, Berlin, Schleswig-Holstein, es ist in die Zeitgeschichte hineingeschrieben und aus ihr heraus, gegenwärtig, wird in Winzigkeiten aktuell, wenn etwa zu lesen ist: »Und wenn sie jetzt brüllen Gewaltverbrecher, dann meinen sie nicht den Vorstand von Siemens«, oder wenn da auf Seite 122 zu lesen ist »Industriekriminelle« und auf Seite 234 als Anmerkung dazu: »Hier sind nicht irgendwelche einzelnen ›Wirtschaftsverbrecher‹ gemeint, sondern ganz prinzipiell und zeitlos die leitenden Masken im kapitalistischen Wirtschaftsprozeß, der als ein krimineller verstanden werden muß, insofern er auf Diebstahl und der Zerstörung von Menschen beruht.« Nicht nur die Anmerkungen gehören zum Text, auch die Überschriften der einzelnen Teile im Inhaltsverzeichnis, deren letzte – für Teil IV des Buches – beginnt: »Weihnachtslandschaft mit Menschen und Mördern. Kein Heiland reißt den Himmel auf. Nur Genossen befreien Genossen.«

Ja, es sind die goldenen, die brüllenden zwanziger Jahre, denen die Nostalgie der Intellektuellen sicher ist: in *Wird Zeit, daß wir leben* gibt's nur zwei von der Sorte: den famosen Schwalm-Böhnisch, Lehrer auf der Polizeischule, und den Dichter-Lehrer Krischan Pietsch, ein unzuverlässiger Sympathisant, von dem Schlosser sagt »der will, sagte er, alles riskieren, aber eigentlich möchte er tot sein!«

Mit Schreibern und Dichtern wird hart umgegangen in diesem Buch, hart auch mit Journalisten, »die da – blattauf – blattab – diese Schweine – die Toten zählen – von Hunger und flüchtenden Nonnen greinen – denn wo immer sie einen Kämpfer beschimpfen, da meinen sie einen von uns. Und wo sie einen Toten beweinen, da ist ein Weißer verreckt, und es ist alles, als seien die Griffel der Zeitungsschreiber in Händen der Polizei.«

Wenn da hinter Hinrichtungsnotizen eine Zeitlang stand: Arbeiter, so muß das geändert werden, und man schreibt statt dessen Bandenchef von Terrorbanditen. Und wenig Mitleid, nein, gar keins, mit emigrierten Dichtern: »Zeig mir mal einen Proleten von Menck, zeig mir vom Dock Schlosser und Alfons, von Taxi und plettbude Emmi und Jupp und all die anderen guten Genossen, ob die nach Mexiko gehen. Die nie. Wer dichtet, hat Geld und Kontakte und Angst und Einfall und Anfall für überall. Von uns einer hat so was nie.« Rigo zum Beispiel, der »wollte mal Lehrer werden. Bloß zuhaus alles immer schon ziemlich am Ende, Ewerführer und Näherin, beide besoffen, drei Kinder. Rigo war nachts oft allein mit den Kleinen, schrein alle rum und scheißen sich voll und kein Licht in der Wohnung, bloß Stadtparkmond, alles Angst und Wut und alles allein . . .« Was da an Ausbildung verpaßt, an Bildung versäumt wurde, diese im bürgerlichen Sinne ungenutzte hohe Intelligenz, Phantasie und Sensibilität plant sorgfältig, minuziös, bis ins allerletzte Detail, auf die Sekunde genau die Befreiungsaktion, die am Weihnachtsabend steigt. »Noch zwanzig Minuten bis Stunde der Liebe. Macht mal schön hoch die Tür.« Nicht zu vergessen: »Das macht alles der neue Staat. Kleinkunsttheater und Handbeil.«

Der fragende Reporter

Über Alfred Anderschs Reportagen, Aufsätze, Reden

Die Vielzahl der von Andersch nicht etwa bloß beschriebenen, sondern mit dem Ausdrucksmittel Sprache »angegangenen« Länder, Autoren, zeit- und kunstgeschichtlichen Gegenstände ergibt sich nicht nur aus den Titeln der hier publizierten Aufsätze, einer Rede und einem öffentlichen Brief – in jedem einzelnen Beitrag ergeben sich wieder zahlreiche Hinweise, Rückverweise, Verklammerungen: politische, ästhetische, geschichtliche.

Ich weiß nicht, ob man Besseres über einen Autor sagen kann, als – daß er ein Autor ist (wie eine Rose ja eine Rose ist, und es gibt eine Vielzahl von Rosen!). Andersch ist einer, und er schreibt und spricht auch ausführlich über Autoren, etwa den Autor Ernst Jünger, schreibt mit ausdrücklicher und ausgedrückter Bewunderung über Peter Weiss' *Ästhetik des Widerstands,* ein hierzulande zu wenig beachtetes, fast vernachlässigtes Werk, das doch wahrscheinlich in bewußter Wendung gegen gewisse Tendenzen der Kunstfeindlichkeit (und mit Verständnis für diese) die wahre, die einzig notwendige »Tendenzwende« hätte einleiten können. (Die Tendenzwende, die man uns angeboten hat, war ja Opportunistenwende; sie war eine Art Fliegenfänger, bestrichen mit Honig schlechter Qualität für orientierungsschwache Mitläufer.)

Es schreibt also ein Autor über Länder, die er gesehen, Bücher, die er gelesen, über Maler, deren Werke er eingehend betrachtet hat, und er schreibt »sinnlich« (die Anführungsstriche gelten nicht dem Wort, nur seiner modischen Verwendung), und siehe da: Mexiko tut sich auf, Spanien, Portugal. Was einer über sie gewußt haben mag, bekommt eine neue Dimension, so wie sich einst in Anderschs früheren Publikationen (die er gemeinsam mit Gisela Andersch unternahm) der Norden Europas auftat. Die Reisen von Gisela und Alfred A haben immer etwas von Expeditionen: was Vorbereitung, Ausführung und Ergebnis betrifft. Neues wird entdeckt, wird »zu Sprache« und »zur Sprache« gebracht (und bei Gisela A zum Bild). Der Autor Andersch vergibt sich nichts, wenn er zum Reiseführer wird. Er ist nicht von vornherein auf eine versnobte Weise gegen Touristen, er »führt« sie, indem er sie auch warnt vor dem bloß Touristischen, das flüchtig und blind in Elemente und mörderische Landschaften hineintappen kann.

Andersch scheut sich auch nicht, offen für den Tourismus – etwa nach Portugal – zu werben, freilich zu einer Zeit, da es hierzulande Berichte über das nachfaschistische Portugal gab, die man getrost Sabotage nennen kann. Den Satz »Portugal hat etwas Chinesisches« kann ich bestätigen, obwohl ich China nicht kenne. Es ist ein einleuchtender Satz, der mehr über das Land und dessen Unterschied zu Spanien sagt als kilometerlange Erklärungen. In kaum einem Land habe ich so viel Höflichkeit erfahren wie dort; ich bin dort nicht einem Menschen begegnet, der gebrüllt hätte; und ein paar Demonstrationen, die ich in Lissabon erlebte, erinnerten mich, obwohl sie durchaus eine verbale und politische Komponente hatten, eher an Schweigemärsche: Ihre Tonlage glich mehr Gemurmel als Geschrei. Ich bestätige, was Andersch über Portugal schreibt, ausdrücklich: Die Anti-Portugal-Kampagne seinerzeit war infam. Anderschs Bericht ist eine Replik darauf. Was er über Spanien und Mexiko schreibt, hat einen anderen »Einstieg«, ist deshalb nicht weniger präzis: Es leuchtet ein, es setzt ins Licht, teilt auch mit, klammert und verklammert, Historisches mit Landschaftlichem, Beschreibung von Gebärden und Stadt-Landschaften, aktuelle politische Seitenhiebe (»Vor ein paar Tagen war ein Mensch namens Genscher hier. Er hat es abgelehnt, mit Leuten von der Opposition zu sprechen. Das macht vielleicht einen Eindruck in Spanien« – so zitiert Andersch einen Gewährsmann. Und ich nehme an, daß dieser Eindruck sich nicht nur auf die spanische Opposition, auch auf die Regierung bezieht!).

Die beiden Arbeiten über Ernst Jünger, eine Rede und ein Aufsatz *scheinen* im Widerspruch zu dem Aufsatz über Peter Weiss zu stehen. Nimmt man aber den Weiss-Titel *Ästhetik des Widerstands* wörtlich, kommen diese beiden Arbeiten in einen wiederum einleuchtenden Zusammenhang. Denn *Ästhetik des Widerstands* – die scheint ja beim »späteren« Jünger immer durch, mag man auch über diesen Widerstand und seine Ästhetik streiten. Zweifel daran, daß Ernst Jünger ein Autor ist, habe ich nie gehabt, und wenn einer Joseph Breitbachs Hinweis über Jüngers Warnungen an Gefährdete wahrnimmt, den Andersch im Zusammenhang mit dem von Jünger *Verschwiegenen* erwähnt, kann wohl kaum einer bezweifeln, daß der Autor der *Marmor-*

klippen den Schindern von Köppels-Bleek nicht nur literarisch Widerstand geleistet hat.

Zweifel habe ich nur, wenn Ernst Jünger von Andersch (oder täusche ich mich? Ich habe die Apothekerwaage nicht zur Hand) ein paar Gran zuviel auf die linke Waagschale gelegt werden. Nicht nur ein-, geradezu erleuchtend ist der Hinweis von Andersch, daß man dem über vierzigjährigen Thomas Mann seine *Betrachtungen eines Unpolitischen* so viel weniger übelgenommen hat als Jünger die Publikationen in seinem dritten Lebensjahrzehnt. Ob man später von einer Konversion sprechen kann? Ich weiß nicht, ich weiß wirklich nicht. Jedenfalls wird zu leicht vergessen, daß der Jünger der *Stahlgewitter* so alt war wie der Peter Handke der *Angst des Tormanns beim Elfmeter* und der Jünger des *Arbeiters* so alt wie der Handke der *Linkshändigen Frau.*

Damit ist nichts für oder gegen Jugend- oder Alterswerke gesagt, vielleicht jedoch über Entwicklungen: Ein Autor bleibt ein Autor. Es muß hier ein Zitat von Andersch hinzugefügt werden, das im Zusammenhang mit Jünger steht: »Ich gebe zu, daß ich dahin gekommen bin, politische Literatur ›wertfrei‹, um mich drastischer auszudrücken, zynisch zu beurteilen.« Dieses Zitat wäre als Motto für und über Andersch unzutreffend: Er widerspricht diesem Zitat dauernd, wenn er über Jünger, über Peter Weiss, über Koeppen, Schnabel, an und über Simonow und über Solschenizyn schreibt. Kein einziges seiner Urteile ist »wertfrei«, zynisch schon gar nicht. Ich schreibe dieses leichtfertige Bekenntnis zum Zynismus einer Überempfindlichkeit zu (die als Fremdwort Hypersensibilität besser klingt und eine Voraussetzung für Autorschaft ist), die in Koketterie umgeschlagen ist. Das gibt's, und mag's auch im Zeitalter schwachsinniger »Ausgewogenheit« wie eine Blasphemie klingen. Nichts von »Wertfreiheit« ist zu entdecken in dem *Öffentlichen Brief* an Konstantin Simonow (*Zeit,* 11. März 1977), der dem Buch den Titel gegeben hat. Alpinistisch ausgedrückt, ist manches, was Andersch unternimmt (auch im Falle Jünger), eine Gratwanderung.

Bevor ich über den *Öffentlichen Brief an Simonow* etwas sage, eine Vorbemerkung: Es muß vorausgesetzt werden, daß die gesamten vereinigten rechten Scharfmacher HKL immer nur etwas an-, nie etwas ausrichten. (Man darf HKL zwieläufig übersetzen: Habe-Kremp-Löwenthal oder Haupt-Kampf-Linie).

Nichts richten sie aus; es wird ihnen nie gelingen, auch nur eine tote Fliege aus der Sowjetunion herauszuholen, geschweige denn einer lebenden sowjetischen Maus aus der Falle zu helfen, ganz davon zu schweigen, daß sie irgendeinem Menschen in der Sowjetunion je Erleichterung verschaffen werden. Es gehört zur totalen Absurdität, mit Beimischungen von Komik, daß die HKL alle, die je ausgewiesen, ausgebürgert werden, denen die Ausreise erlaubt wird, die also – Gott sei gelobt! – *lebend* die Sowjetunion verlassen, als ihre legitime Beute ansehen. Es ist zum Lachen, aber wir haben ja so wenig zum Lachen: Freuen wir uns also, mag auch der Verschleiß, der da betrieben wird, traurige Konsequenzen haben.
Das alles muß vorausgesetzt sein, wenn ich über Anderschs *Öffentlichen Brief an Simonow* schreibe. Ich halte diesen Brief für verdienstvoll; wie wirkungsvoll er ist, kann ich erst beurteilen, wenn ich Simonows Antwort kenne. Es trifft zu, was Andersch beklagt: daß wir die sowjetische Literatur zu wenig kennen, wir Bewohner der Bundesrepublik, eines Landes, das ja immerhin Bundesrepublik *Deutschland* heißt und einmal – als das klassische Land der Übersetzer – eine vermittelnde Position zwischen der slawischen Literatur und der übrigen Welt gehabt hat. Es kommt hinzu, daß das andere Deutschland – ich kann das nur aus Berichten und Erzählungen schließen – mit sowjetischer Literatur überfüttert worden ist; und diese Übersättigung hat nicht zur Verständigung beigetragen; da wurde wahrscheinlich zuviel übersetzt, aus der gleichen deutschen Untertänigkeit, die hier so vieles verhindert hat. Immerhin war es hier nicht wie in Südkorea, wo Dostojewskij verpönt ist, weil er einen russischen Namen hat! Unter dieser Unter- und Über-Information leidet die russische, leidet natürlich die sowjetische Literatur.
Nicht gerecht wird Andersch in seinem Brief an Simonow – Alexander Solschenizyn. Muß er den Überdruß an der Werbung dem Autor anhängen? Es wäre gut, wenn er sich einmal *Eiche und Kalb* anschaut. Solschenizyn war nicht nur zur Mitarbeit, er war sogar kompromißbereit; und was war es für eine Entwicklung, die ihn – ausgerechnet wegen seines politisch harmlosesten Buches, der *Krebsstation* – in den Untergrund trieb? Welche – im miesesten Sinne – provinziellen Kräfte schlossen ihn aus dem Schriftstellerverband aus! Es gibt in *Eiche und Kalb* ein Protokoll über die entscheidende Sitzung; darin wird auch Simonow

erwähnt. Simonow hat sich über den *Archipel Gulag* geäußert, den er – es sei denn, der KGB hätte ihm eine Photokopie des Manuskripts überlassen – gar nicht gelesen haben kann. Es mag sein, daß Simonow wie Ernst Jünger im besetzten Paris – stillschweigend – dem einen oder anderen verfolgten Autor geholfen hat; öffentlich hat er es nicht getan, und der sowjetische Schriftstellerverband hat immer genau die Autoren (und im politisch opportunsten Augenblick!) ausgeschlossen, die in Schwierigkeit gerieten. Nein, es mag sein, daß Alfred Andersch recht hat, wenn er sagt, der Verband sei keine »totalitäre Organisation«, aber diese Organisation hat eine Macht (und das dazugehörige Geld!), die unheimlich ist und unheimlich devot angewendet wird – manchmal, so meine ich, möglicherweise devoter, als es die höchsten Parteispitzen angebracht finden.

Trotzdem ist Anderschs Brief verdienstvoller, ganz gewiß wirkungsvoller als die Kanonaden der gesamten HKL und ihrer rückwärtigen Dienste, zu denen ich auch den *Bayernkurier* zähle. Keine tote Fliege, ganz zu schweigen von einem lebenden Autor!

Es wird viel abhängen, viel herauszulesen sein aus Simonows Antwort. Er möge sich nur nicht auf den »Kalten Krieg« berufen, oder darauf, daß Alexander Solschenizyn hin und wieder Äußerungen tut, an deren Wert zu zweifeln ich mir erlaube. Der Schriftstellerverband der UdSSR hat Solschenizyn ausgeschlossen, die Behörden haben ihn ausgewiesen, unter spektakulären Umständen, an denen Solschenizyn nicht schuld ist. Die hypothetische Frage muß erlaubt sein: Wie hätte sich Solschenizyn entwickelt, wenn er in seiner Heimat hätte bleiben und publizieren können?

Und: auch Viktor Nekrassow ist 1946 hier erschienen, erschienen sind auch Simonow, Rasputin, Trifonow, Aksjonow, Kasakow und einige mehr. Der deutsche Doppel-Reflex-Komplex auf die sowjetische Literatur wird nur langsam zu heilen sein – ich fürchte, nicht durch den sowjetischen Schriftstellerverband.

Auf Simonows Antwort an Andersch darf man wirklich gespannt sein.

Einer von uns

Das gesamte Schriftwerk (Urteil, Begründung, Charakterisierung der Angeklagten) hat einen Umfang von 113 Seiten, und doch ist die Tat weder eine Gewalttat noch gewaltig: eine Schlägerei anläßlich einer Störaktion von KPD-Leuten und deren Freunden gegen eine ausgesprochen provokativ angelegte, als Großaktion angekündigte Selbstdarstellung der NPD im Kölner Stadtteil Nippes; eine Schlägerei, von der in der Urteilsbegründung gesagt wird: »Mit zunehmender Zahl eintreffender Beamten konnte schließlich die Schlägerei, bei der niemand ernsthaft verletzt worden ist, unterbunden werden. Diese Schlägerei dauerte lediglich drei bis fünf Minuten.«
Verurteilt wurden drei Arbeiter und zwei Studenten zu Freiheitsstrafen zwischen 5 Monaten und 1 Woche und 7 Monaten und 2 Wochen, ohne Bewährung, obwohl alle Angeklagten nicht vorbestraft waren. Der Student Bellinghausen, dem am wenigsten nachgewiesen werden konnte (»er zerrte im Verlauf der Auseinandersetzung einen Zivilisten an der Kleidung«), bekam die höchste Strafe, und das bedeutet Ende seines Studiums oder seiner Laufbahn.
Man muß das Urteil schon sehr genau lesen, und man müßte das Doppelte seines Umfangs, also etwa 220 Seiten, zur Verfügung haben, um bis ins kleinste und aufs feinste zu analysieren, wieviel Widersprüche es enthält. Oder sind es gar keine Widersprüche, sondern ist es eine klare, allerdings haarsträubende Linie?
Da wird zum Beispiel der Zeuge Zickert akzeptiert, obwohl er eindeutig Partei (NPD) ist, dem gegenüber mindestens soviel, wenn nicht mehr Einschränkungen gelten müßten wie gegenüber den Zeugen Doerr und Weinberger, Passanten, deren Aussage nicht akzeptiert wird. Da wird gesagt, daß Gesinnung nicht strafbar sei, gleichzeitig aber wird Gesinnung bestraft. Die Angeklagten werden nicht als Einzeltäter überführt und doch als einzelne mit unterschiedlichen Strafen belegt.
Sie haben alle vor Gericht agitiert, einer von ihnen aber sagte einschränkend, sie seien »keine Putschisten«. Er werde »eine Revolution erst dann bejahen, wenn die genügend Rückhalt in der Bevölkerung« habe. Wieviel Rückhalt in der Bevölkerung hat die KPD? Ist das schon eine revolutionäre Aktion, wenn einer der

Angeklagten bei der Verhaftung die Hände des Beamten von sich wegschiebt?
Die beiden abgelehnten Zeugen Doerr und Weinberger haben ausgesagt, die Polizei habe eskaliert bzw. das Vorgehen der Polizei sei völlig ungerechtfertigt gewesen. Die NPD-Zeugen aber – acht an der Zahl – »waren zwar mit äußerster Sorgfalt und Vorsicht zu bewerten, weil sie der erklärte politische Gegner der Angeklagten sind. Dies allein ist jedoch kein Grund, den Zeugen ihre Glaubwürdigkeit abzusprechen.« Es wird sogar einem dieser Zeugen eine unrichtige Aussage nachgewiesen, dann aber festgestellt: »Aus der Unrichtigkeit in diesem Punkt der Aussage des Zeugen Manfred Zickert jedoch auf dessen gesamte Unglaubwürdigkeit zu schließen, wäre nicht rechtens.« Und dann wird es, was die NPD-Leute betrifft, noch hübscher; einem NPD-Zeugen wird bescheinigt, daß es ihm gelang, »die Hauptverhandlung aufzulockern, indem er ausführte, er sei, da auch er kräftig zugeschlagen habe, vorübergehend von der Polizei festgenommen worden. Jemand habe jedoch zu dem Polizisten, der ihn abgeführt habe, gesagt, das ist doch einer von ›uns‹; daraufhin habe man ihn wieder laufenlassen«.
Man darf nicht vergessen, es handelt sich um eine Schlägerei, die drei bis fünf Minuten gedauert haben soll, und nachdem die Fröhlichkeit des NPD-Mannes als »auflockernd« gewürdigt worden ist, heißt es von den Angeklagten: »Obgleich die Angeklagten mit Ausnahme des Angeklagten Brod von keinem der Zeugen als einer der Täter identifiziert werden konnten, ist die Kammer doch der sicheren Überzeugung, daß sich die Angeklagten am Samstagvormittag den 17. November 1973 unter der Gruppe von Demonstranten befanden, die vom Wilhelm-Platz über die Neusser Straße stürmend über die NPD-Flugblattverteiler hergefallen waren. Wer sich, wie es die Angeklagten in der Hauptverhandlung mehrfach getan haben, zur offenen Gewalt gegen den politischen Gegner bekennt (die Einschränkung wird da nicht mehr zitiert) – . . . wer engagiert in die Demonstration eingreift, wie dies die Angeklagten Gollan, Schönenberg und Bellinghausen getan haben, indem sie Passanten am Kragen gefaßt und heftig diskutierten – wer dies tut . . .« Es geht dann weiter, indem noch einmal betont wird, daß (außer einem) den Angeklagten nicht nachgewiesen werden konnte, daß sie zugeschlagen haben; daß sie »damit in eigener Person das Tatbe-

standsmerkmal der körperlichen Mißhandlung anderer (nicht) verwirklicht haben. Dies ist indes nach der Vorschrift über die Täterschaft nicht erforderlich, denn die Angeklagten haben in bewußtem und gewolltem Zusammenwirken mit denen, die geschlagen haben (aus einem, der geschlagen haben soll, sind jetzt schon mehrere geworden), die Tat durch ihre bloße Anwesenheit am Ort des Geschehens gefördert. Sie haben nämlich dem ausführenden Mittäter (jetzt ist es wieder nur einer!) dadurch mehr Sicherheit gegeben, ihm also sogenannte psychische Unterstützung zuteil werden lassen. Infolgedessen müssen sich die Angeklagten den Tatbeitrag ihrer Mittäter, und zwar derjenigen, die geschlagen haben (jetzt sind es wieder mehrere), auch zurechnen lassen. Einer genauen vorherigen Absprache oder einer besonderen Planung durch die Mittäter bedarf es nicht.« Später heißt es dann: »Die Angeklagten sind somit Gesinnungs- und Überzeugungstäter«, sie können aber nicht, wie es einige Seiten weiter heißt, »das vom Bundesverfassungsgericht den Gesinnungs- und Überzeugungstätern ansonsten zugebilligte allgemeine ›Wohlwollensangebot‹ in Anspruch nehmen«.
Täter, denen gar keine Tat nachgewiesen worden ist, können also nicht einmal mit einem Wohlwollensangebot rechnen – und doch wird ihnen dann, wieder ein paar Seiten weiter, »strafmildernd« (ja, strafmildernd!) angerechnet, daß sie, bis auf einen, noch verhältnismäßig jung sind, nicht vorbestraft, daß sie sich nicht »aus Freude am Schlagen« auf die NPD-Leute gestürzt haben, sondern aus weltanschaulichen Motiven heraus gehandelt haben. Es ist schon verrückt, daß man Leuten, die gar nicht geschlagen haben, »strafmildernd« anrechnet, daß sie nicht aus Freude am Schlagen geschlagen haben, und Schläger, die gar nicht geschlagen haben, dürfen zwar mit keinem Wohlwollensangebot rechnen, strafmildernd wird ihnen aber dann ihre Weltanschauung angerechnet. Muß man also davon ausgehen, daß die Bestrafung einer Tat, die gar nicht stattgefunden hat, als »milde« zu betrachten ist, wenn diese jungen Leute *nicht* fünf Jahre ins Gefängnis müssen? In der Urteilsbegründung taucht dann der Terminus »gemeinschaftlich begangene gefährliche Körperverletzung« auf, obwohl, wie das Gericht zugibt, keiner ernsthaft zu Schaden gekommen ist, obwohl, wie das Gericht zugibt, vier von fünf Angeklagten nichts nachgewiesen werden konnte – in einer Schlägerei, die drei bis fünf Minuten gedauert hat.

Ach, nein, da ist ja noch einem der Angeklagten eine fürchterliche Tat nachgewiesen worden: Er hat eine Polizeirufsäule – nein, nicht umgestürzt – er hat sie bei anderer Gelegenheit mit den Buchstaben KPD-ML *besprüht.*

Alle Angeklagten haben vor Gericht agitiert, einige haben Dinge über den Vorsitzenden gesagt, die man als beleidigend interpretieren kann. Verurteilt worden aber sind sie wegen »gemeinschaftlich begangener gefährlicher Körperverletzung«, die ihnen nicht nachgewiesen werden konnte. Verurteilt worden sind sie wegen einer Gesinnung, die sie *nicht* praktiziert haben.

Wahrscheinlich hat man diesen jungen Leuten, als sie noch zur Schule gingen, den bewährten deutschen Bildungsspruch mitgegeben: Wehret den Anfängen! Die Frage wäre: welchen Anfängen? Wenn das Urteil und die Praxis, eine solche Sache gleich vors Landgericht zu bringen, Schule macht, wird man sehr, sehr vorsichtig werden müssen; nicht nur an keiner Demonstration mehr teilnehmen, auch achtgeben, daß man in keine hineingerät, bei keiner dabeisteht: es könnte ja sein, daß man keiner von »uns« ist; daß man sich zu einer Sympathieäußerung hinreißen läßt, die »uns« – wer ist das? – nicht gilt. Wer sind wir, daß einer, der zugegeben hat, kräftig zugelangt zu haben, freigelassen wird, weil er zu »uns« gehört, und wer ist einer, der solchermaßen, in dem er das lustig preisgibt, zur Auflockerung der Verhandlung beiträgt?

Es gibt so einiges, es gibt viel Verräterisches in diesem Urteil, manches in ihm bestätigt die agitatorisch vorgetragenen Argumente der Angeklagten. Und es heißt da auch irgendwo im Urteil: »Ob es auf der Polizeiwache Köln-Nord zu Tätlichkeiten der Beamten gegenüber den Angeklagten gekommen ist, wie die Angeklagten andeuteten, konnte in der Hauptverhandlung nicht geklärt werden und war auch nicht Aufgabe dieses Hauptverfahrens. Ein begründeter Verdacht hat sich indes durch die Zeugenvernehmung in dieser Richtung ergeben.«

Bemerkenswert sind auch die Charakterisierungen der Angeklagten, denen da Mißmut, Gereiztheit, »Selbstzufriedenheit« mit ihrer sozialen Rolle, gleichzeitig aber Selbstgerechtigkeit bescheinigt wird; außerdem sind sie – man möchte hinzufügen: auch das noch! – »weitgehend asketisch in ihrer Haltung – so ist zum Beispiel Drogeneinnahme verpönt«. Man denke sich das einmal aus: Jugendliche, bei denen Drogeneinnahme verpönt ist!

Den NPD-Leuten dagegen wird eine gewisse Munterkeit nicht abgesprochen, denen scheint die 3- bis 5minütige Schlägerei ohnehin eine Art Gaudi gewesen zu sein.

Helsinki war keine Falle

Zum Gedenken an Prof. Dr. Jan Patočka
(1907–1977)

Der Tod Jan Patočkas, die schändlichen Umstände, die dazu geführt haben, machen es mir schwer, unsere Freunde frisch weg zu weiterem Widerstand zu ermutigen. Unsere Ermutigung kann ohnehin nur in der ständigen Aufmerksamkeit, in der Wahrnehmung bestehen: sie, die Freunde, müssen ihr Risiko einschätzen und eingehen. Nach den Mißhandlungen an Jelena und Pavel Kohout, nach der Verhaftung Václav Havels, nun Patočkas Tod. Es gehört wenig Phantasie dazu, sich vorzustellen, was zu seinem Tod geführt hat: Verhöre, stundenlang, das letzte elf Stunden lang; Belästigungen, Einschüchterungen. Eines Tages werden wir möglicherweise erfahren, wie diese Verhöre abgelaufen sind; und dies an einem Menschen und Denker, dem man, lebte er in einem nichtsozialistischen Land, wahrscheinlich die herablassend-wohlwollende lexikalische Kategorie »bürgerlicher Humanist« zugestanden hätte. Man sollte nicht vergessen, was letzten Endes zu Jan Patočkas Tod geführt hat: es alarmierte ihn, daß man jungen POP-Musikern den Prozeß androhte (und machte), deren Musik ihm gar nicht »lag«, die er aber frei ausgeübt wissen wollte; da entstand der Einstieg eines Denkers in eine aktuelle Problematik; es würde manchem westlichen Konservativen nicht schlecht anstehen, wenn auch er sich gegen die Verfolgung junger Menschen verwenden würde, deren Aussehen, deren Gebaren, deren Musik und Sprache, deren politische Ansichten ihm nicht »liegen«. Jan Patočka hat diesen »bürgerlichen Humanismus« zu neuen Ehren gebracht. Dieser »weltfremde« Philosoph wurde, nein, nicht zum stummen Symbol, er wurde zum Sprecher einer Bewegung, die auf der Wörtlichkeit des geschriebenen und versprochenen *Rechts* besteht. Nicht mehr, nicht weniger; kein Umsturz, die geschriebene und feierlich verabschiedete Verfassung beim Wort genommen, und wiederum ist der Schwenk auf unsere Hemisphäre notwendig: nicht jeder, der hierzulande auf dem Grundgesetz, auf seinen Grundrechten besteht, ist des Wohlwollens der Behörden und der Politiker bedingungslos sicher. In den USA haben die Neger hundert Jahre, nachdem ihnen Freiheit und Gleichberechtigung verfassungs-

mäßig zugestanden worden waren, den Kampf darum beginnen müssen.
Was zu den mörderischen Verhören mit Jan Patočka geführt hat, weiß man: die Tatsache, daß ein amtierender Außenminister eines westeuropäischen Landes anläßlich eines offiziellen Besuches in Prag Jan Patočka empfangen hat. Nach jahrelangen Protesten, Solidaritätsbekundungen, Ermutigungen durch Autoren und Intellektuelle war damit anläßlich der Charta '77 deren Inhalt im Gespräch Jan Patočkas mit Herrn van der Stoel auf die Ebene gebracht, auf die sie gehört: die politische.
Es gehört zu den fadenscheinigsten Argumenten der Prager (der Moskauer, Warschauer, Ostberliner) Führung, wenn sie immer noch von Einmischung in innere Angelegenheiten spricht, wo doch die Abmachungen von Helsinki internationale Abmachungen sind. Der Unterschied zwischen der Charta '77 und den Proklamationen des Prager Frühlings besteht ja darin, daß sich die Charta '77 auf die Abmachungen von Helsinki beruft, nicht mehr nur auf einen innertschechischen Reformversuch. Und man sollte doch nicht vergessen, mit welcher Intensität, indem sie Türen und Hintertüren einrannten, gerade die Regierungen auf Helsinki gedrängt haben, die sich jetzt weigern, in den Korb 3 auch nur ein paar verwelkte Blümchen zu legen; das Entscheidende, der *Austausch* nicht nur von Meinungen, nicht nur von Zeitungen, der *Austausch* von Personen, die Ausreisemöglichkeit von Bürgern, die *nicht* emigrieren wollen, daß sie keine Repressalien zu fürchten hätten, hat ja nicht einmal begonnen: immer noch und immer wieder diese öden Funktionärsdelegationen, die immer noch und immer wieder ihre vorgefaßte Meinung bestätigt finden, diese noch einmal und noch einmal bei ihrer Rückkehr bestätigen und so zu einer permanenten Fehleinschätzung beitragen, nachdem sie die Spesen verbraucht, die Nachtklubs besucht und den Genossen pflichtgemäß auf die Schulter geklopft haben: das Ritual einer mörderischen Langeweile. Daß ein »Staatsbesucher« – schon wegen der notwendigen Sicherheitsmaßnahmen, die ihn zu einer Art Gefangenem machen – nichts, aber auch gar nichts über das besuchte Land erfährt, ist vorausgesetzt, wenn auch Breschnew immerhin, als er im Hubschrauber zwischen Rhein und Ruhr umherflog, festgestellt hat, wie dichtbesiedelt dieses Land ist, wie fleißig und tüchtig das von oben aussah; immerhin. Er hat's gesehen. Und er mag sich Ge-

danken darüber gemacht haben, die er möglicherweise für sich behält.

Frei reisen – und wieder zurückkehren dürfen! – nicht an der Grenze den Bannfluch der Ausbürgerung erfahren: was wollen die Menschen mehr: eine Fahrkarte oder einen Flugschein im dritten Korb, ohne daß irgendwelche Funktionäre über Paß und Visum entscheiden, ohne daß ihnen die Ausbürgerung droht. Es ist nach Helsinki keine Einmischung mehr, dieses Recht zu verlangen, und es war keine Einmischung, daß Herr van der Stoel Jan Patočka empfing. Das Wort vom Misthaufen der Geschichte, auf den die Bürgerrechtsvertreter der Charta '77 gehören, hat in Prag, nach verschiedenen Fensterstürzen, einen makabren Beiklang. Wenn die Prawda oder Rudé právo sich über Berufsverbote hier auslassen – wozu sie das Recht haben –, mischen sie sich auch in unsere Angelegenheiten ein, und sie können sich auf den »Geist von Helsinki« berufen.

Es muß immer wieder und noch einmal und wieder einmal darauf hingewiesen werden, daß auch neun Jahre nach der sowjetischen Invasion in Prag keinem einzigen tschechoslowakischen Bürger auch nur andeutungsweise »faschistische« oder »imperialistische« Kooperation nachgewiesen werden konnte; daß bis heute die Unterzeichner des berühmten »Hilferufs« nicht identifiziert werden konnten; daß die »corpora delicti«, die man seinerzeit vorzuzeigen wagte, so kümmerlich zurechtgemacht waren, daß kein kriminalistischer Anfänger sie vor Gericht vorzuzeigen wagen würde.

Die Pressekampagne gegen die Urheber der Charta '77 hat eine verfluchte Ähnlichkeit mit den Pressekampagnen in den Jahren 48/50 und in den Jahren 68/69: eines der Opfer der Kampagne von 48/50 hieß Gustav Husák; er mag sich seiner Freunde Hübl und Kriegel erinnern, jener zwei Versuche in der ČSSR, humane und humanistische Vorstellungen zu verwirklichen, und es mag ihm der Tod Jan Patočkas, den gewiß keiner »gewollt« hat, einen heilsamen Schrecken eingejagt haben, einen Schrecken vor jenen Kräften, die nicht kontrollierbar sind und Entwicklungen herbeiführen, die dann, wenn es zu spät ist, keiner »gewollt« hat; er mag an Jiři Lederer denken, dessen Schicksal es zu sein scheint, in Gefängnissen einer Republik, die er selbst gewollt und mit herbeigeführt hat, sein Leben zu verbringen; an Václav Havel mag er denken, an das, was einmal die tschechoslowakische Kultur gewesen ist, die nun nur noch außerhalb der ČSSR Öffentlichkeit hat; diese Kultur lebt, auch in der ČSSR, aber es droht ihr der Atem auszugehen.

Die hier gesammelten Dokumente sprechen für sich: ihre Reihenfolge, ihre Anordnung ergeben in der Ordnung, die sich aus der Chronologie ergibt, eine Dramaturgie, aus der sich die Dramen von selbst ergeben und die auf ein weiteres Drama zuzusteuern scheint; der dramatische Verlauf kann vermieden werden, und mag die Geschichte, und mögen die Historiker ihn auch für unvermeidlich halten: das Drama kann verhindert werden; so manche Krokodilsträne wartet schon auf den Augenblick, in dem sie austreten darf, auf den Augenblick, in dem wieder einmal bewiesen wird, daß es Reformansätze in einem sozialistischen Land nicht geben kann; daß Helsinki eine Falle war, der Korb 3 der Abmachungen eine nicht erfüllbare Verlockung, Entspannung eine Täuschung; wenn nur die Geschäfte weitergehen, und sie gehen weiter, kann man auch über Jan Patočkas Tod Tränen vergießen, diesen »bürgerlichen Humanisten«, der in Prag noch einmal jenen Geist zu Ehren brachte, den man hier diffamieren darf, kaum noch zu diffamieren braucht, weil er auszusterben droht, erstickt an Selbstgefälligkeit und Selbstgerechtigkeit.

Es waren die Verfasser der Charta '77, aus deren Text man Jan Patočkas Handschrift erkennen kann, die auf den internationalen Aspekt der Menschenrechte hinwiesen, auf Chile etwa. Die so beliebte und immer wieder affirmierte Unteilbarkeit der Freiheit, der Pressefreiheit, der Menschenrechte, der Freizügigkeit, der Selbstbestimmung wird nur zu gern geteilt: in eine polnische und eine iranische (persische) Freiheit, in eine indonesische, brasilianische und eine tschechoslowakische Freiheit, in eine südkoreanische Freiheit und eine sowjetische; solange man von Unteilbarkeit redet, diese Teilung aber aufrechterhält, nützen verbale Proklamationen wenig.

Es wird sich in Belgrad zeigen, wer da wem mehr vorzuwerfen und nachzuweisen hat; ob man sich in die inneren Angelegenheiten des Iran so heftig einmischt wie in die der ČSSR und in die der Sowjetunion. Der Geist der Charta '77 vertritt die Unteilbarkeit.

Heiliger Sachzwang

Die Marktwirtschaft, die Freie, gibt ihren Kindern denkwürdige Namen, das jüngste, einen Knaben, hat sie *Sachzwang* genannt. Wenn ich versuche, mich von der Bedeutung, die dieser Name haben könnte, zu lösen, ihn nur als lautliches Gebilde wahrzunehmen, gerate ich in die Nähe des Schluchtenhunds, auf Morgensternsche Auen, und fange an, frei nach Morgenstern, zwanglos dem Wort »Zwang« in seiner Lautlichkeit Geschwister zu bilden: Der Sachzwang und der Wirtschaftszwang, die hatten eine Schwester, das war die kleine Zwangswirtschaft, geboren an Sylvester. Man kann mit den Wörtern Zwang, Wirtschaft und Sache beliebig spielen, aus dem Sachzwang eine Zwangssache machen, aus der Zwangswirtschaft eben Wirtschaftszwang. Sachliche Zwänge hat's ja immer schon gegeben, aber sie waren, wie die wirtschaftlichen Zwänge, noch adjektivisch verbrämt.
Es muß einer schon zugeben, Einfälle hat sie, sprachschöpferisch ist sie, die Marktwirtschaft, die Freie, sie wäre des Preises einer Akademie würdig, und der Laudator könnte jubeln: Ein Kind ist uns geboren, ein Wort ist uns geschenkt; wenn sie, die Einfallsreiche, wirklich einer Morgenstern-Nostalgie erlegen wäre. Ich fürchte nur, Morgenstern hat hier nicht Pate gestanden, wenn ich auch vermute, daß der Sachzwang ihm so willkommen gewesen wäre wie das Siebenschwein.
Wie aber kommt sie, die Marktwirtschaft, die Freie, dazu, dem Wort Zwang in ihrer Familie Rang und Hintergrund zu verleihen? Werden wir, freie Menschen, etwa von Sachen zu etwas gezwungen? Und wenn ja, welche Sache zwingt da wen oder was zu was? Da Vermenschlichung ein so bedrohlicher Begriff ist, hat man ihr ja schon die Versachlichung entgegengesetzt. Es gibt ja leider immer noch das »menschliche Versagen«, wie wäre es, wenn man das »sachliche Versagen« in die Terminologie aufnähme? Da es bisher nur erst »wirtschaftliche Zwänge« gibt, der »Wirtschaftszwang« noch nicht geboren ist, wollen wir den kleinen Sachzwang vorläufig gut im Auge behalten. Eine kluge und sensible Frau gibt ihren Kindern keine Zufallsnamen. Noch ist er klein, der liebe Sachzwang, und seine Mutter flüstert ihm vielleicht zu: »Werde groß und stark, du mein Schneller Brüter, und wenn da Leute auf die Idee kommen, du wärst mir aufge-

zwungen worden, und ich hätte dich deshalb so genannt, dann werden wir sehr sehr böse und denen mal zeigen, was eine Tehr-Tuhr-Tor ist.«
Frage mich keiner, was eine Tehr-Tuhr-Tor ist. Ich weiß es nicht, ich bin einfach, morgensternsch gestimmt, an das T auf meiner Schreibmaschine geraten, dem Sachzwang einer Travel Writer de Luxe erlegen. Ich kann keine verbindliche Interpretation, nur eine Interpretationsspielerei anbieten, ein Libero der Tippmaschine, und ich denke mir *aus,* daß sich in Tehr möglicherweise eine Abkürzung für Teheran verbirgt, Tuhr nur die phonetisch geschriebene zweite Silbe eines Wortes, dessen erste Tor heißt. Das macht dann: Teheran-Tor-Tur, und wahrscheinlich kommt mir diese Interpretation für ein Spielwort nur, weil es Herrn Dregger in Teheran so gut gefallen hat, wo er wahrscheinlich die Menschenrechte, um die seine Partei so hart ringt, voll verwirklicht gefunden hat. Man hat da schnell mit seiner Schreibmaschine etwas ausgebrütet, und es könnte ja auch sein, daß Tehr eine vertippte Abkürzung für Terrain ist, Tuhr für Turnier steht, Tor für Tor (Fußballtor) und daß meine Schreibmaschine mich zwingt, meiner Trauer darüber Ausdruck zu verleihen, daß ein deutscher Libero nun vaterländisches Terrain verläßt, um auf fremdländischen Turnieren Tore zu schießen. Wer weiß. Auch Schriftsteller unterliegen dem Sachzwang, wie Fußballspieler.
Ich fürchte eben nur, daß unser lieber kleiner Sachzwang – leider, leider – keine Morgensternsche Wortbildung, kein Verwandter des Schluchtenhundes ist. Mit ihm bekennt sich seine Mutter offen zum Zwang, nicht zum Zwang einer Ideologie, sondern einer Sache. Damit deutet sie eine Sach-Ideologie an, von der wir nicht wissen, wo sie endet. Das Wörterbuch des Unmenschen bedarf der Ergänzung. Es müßte sich des grausamen Euphemismus annehmen, der sich hinter Worten wie »Lauschangriff« oder »Ölteppich« verbirgt. Teppich, das klingt so gemütlich, nach Wohnzimmer, Kamin, Pantoffeln, Pfeife, Whisky. Wem je eine *Büchse* Motorenöl umgekippt ist, der weiß, *wie* gemütlich so ein netter kleiner Teppich ist, und wer auch nur je auf irgendeinem Strand auf einen nußgroßen Ölrückstand getreten ist, weiß, wieviel Sach- und Waschzwang dieses nußgroße Stück verursacht. Wer möchte schon auf diesen Teppich treten, der sich da auf Nordeuropas Küsten zubewegt, und

überhaupt, was soll denn aus der deutschen Kultur werden, wenn Sylt von diesem Ölteppich umschlossen wird? Man wird ja wohl gelegentlich noch an die deutsche Kultur denken dürfen. War's nun menschliches oder sachliches Versagen, ist es nun ein Unfall oder eine Katastrophe, oder wird man sich zum Frühschoppen-Kompromiß entschließen und es einen katastrophalen Unfall nennen?

Ganz gewiß ist mit *Sachzwang* nicht gemeint, daß die Sache, die man Energie nennt, uns nun in eine solche Katastrophe hineinzwingt. Das Gegenteil ist gemeint: der Sachzwang zwingt uns, eine solche Sache um der Sache – welcher? – willen hinzunehmen, nicht nur nicht darüber nachzudenken, was da alles noch passieren kann, auch nicht darüber nachzudenken, was das dann bloß alles *kosten* mag. Der Sachzwang will, daß wir uns in Fatalismus üben.

Leserbrief an die ZEIT

Am interessantesten an dem Leserbrief (oder Artikel?) des Herrn Rigemann fand ich das kleine Plural-»s«, das er meinem Nachnamen anhängt. Diese Sorte »Pluralismus« ist besonderer Beachtung wert. Schließlich trage ich diesen Namen nicht allein; es gibt viele völlig unbescholtene und unschuldige Menschen, die ihn tragen, nicht nur solche, die direkt mit mir verwandt oder mir bekannt sind. Ich nehme an, daß sogar CDU-Wähler darunter sind, auch Leser des *Westfalen-Blatts* und des *Westfälischen Volksblatts.* Soll die CDU mit keinem von ihnen je sprechen? Meine unmittelbare Verwandtschaft ist zahlreich genug, um das winzige Plural-»s« des Herrn Rigemann zu einer Art Aufforderung zur Sippenhaft zu machen. Es gibt Fälle, in denen mein (unvermeidlicher) Familienname ansatzweise solche Folgen gehabt hat. Ich habe Geschwister, Söhne, Schwiegertöchter, ein Enkelkind, Neffen, Nichten, Vettern, Kusinen, denen man keinen Namenswechsel zumuten kann. Es ist mir scheißegal, was Herr Rigemann über mich denkt und schreibt – ich bin Kummer gewohnt, da ich ja auch Kummer bereite –, aber gegen dieses »s«, meinem Familiennamen angehängt, wehre ich mich im Namen derer, die diesen Familiennamen tragen, ohne daß sie mit mir identisch oder gar mit mir »einverstanden« sind. Schließlich bin ich außerdem seit 35 Jahren mit einer Dame verheiratet, der aufgrund der damaligen Ehegesetze nichts anderes übrigblieb, als diesen Namen anzunehmen. Es gab ja mal eine Zeit, in der man nicht von Juden sprach, sondern von »Itzigs«. Man sollte diese Art Pluralismus im Auge behalten. Auf diese Weise schafft man Unberührbare.

Nicht Brüderlichkeit, nicht Solidarität, doch Nächstenliebe

Über Jurij Trifonow, »Zwischenbilanz«

Trifonow bestätigt wieder einmal, was Eingeweihte schon lange geahnt haben: Auch die Sowjetunion ist von dieser merkwürdigen Sorte Lebewesen bevölkert, die sich selbst in gewohnter Anmaßung »Menschen« nennen; es muß sogar damit gerechnet werden, daß es dort Kommunisten gibt, wenn auch keine der von Trifonow in seiner *Zwischenbilanz* geschilderten Personen unserer Klischeevorstellung von dieser Sorte Mensch entspricht. Es mag ja auch sein, daß etwa Chinesen, wenn sie westeuropäische Literatur läsen, auf die Idee kämen, es könnte hier Christen geben.

Verblüffend an Trifonows kurzem Roman ist eben, daß er kaum Exotisches enthält und wohl deshalb eine uns exotisch erscheinende Sowjetunion (Ausgabe: Moskau) enthüllt. Das klingt alles so vertraut, daß es uns fremd erscheinen muß: Wir erwarten ja im Grunde nicht, daß diese Menschen uns so verflucht ähnlich sind.

Nicht einmal der Beruf des Ich-Erzählers – er ist Übersetzer oder: Nachdichter – wirkt, so wie der Autor ihn darstellt, außergewöhnlich. »Achtundvierzig bin ich, dem Aussehen nach sogar zehn Jahre älter . . . Ich dichte ein gewaltiges Poem meines Freundes Mansur nach, 3000 Zeilen. Es heißt: ›Goldglöckchen‹.« Und weiter: »Was hilft's? Es ist nun mal mein Beruf, Gedichte nachzudichten. Was anderes kann ich nicht . . . Praktisch kann ich aus allen Sprachen der Welt nachdichten – zwei ausgenommen, die ich ein wenig beherrsche, Deutsch und Englisch, denn da verläßt mich mein Mut, oder mein Gewissen rührt sich.« An anderer Stelle drückt er es anders aus: »Gattung: Literaturproletarier.« Der Unterschied zu den Übersetzern hier: daß sie zwar unter proletarischen Bedingungen (das heißt extrem abhängig) arbeiten, es aber nicht wissen oder nicht wahrhaben wollen.

Man hat den Roman *Zwischenbilanz* in die Kategorie *Midlife Crisis* eingereiht; aber nicht nur auf einen Achtundvierzigjährigen angewendet, finde ich das zu euphemistisch. Mitte: das würde ja bedeuten, daß seine Lebenserwartung sechsundneunzig betrüge, und für eine fünfundvierzigjährige Frau würde es bedeuten, daß sie neunzig würde. Warum nicht offen vom letzten Drittel sprechen, das unversehens zum letzten Zehntel oder gar Zwanzigstel werden kann? »Gedanken an den Tod«, sagt unser Held, »gibt es nicht. Gedanken an den Tod – das ist Angst.«

Widrigkeiten, die ihm Angst einflößen, gibt es genug: Kiril, sein Sohn, ein Nichtsnutz, den man mühsam – und mit Beziehungen! – durch die Hochschulaufnahmeprüfung schleusen muß; der in einer Band spielt, enttäuscht ist, weil er nicht einen »Grundig«, sondern nur eine »Kometa« geschenkt bekommt, ein zynisches Tagebuch führt (in das man hineinschaut!); der *»excuse me«* sagt, wenn er einen Fehler begangen hat; außer Mokassins, Gürtelhosen, Sakkos mit Aluminiumknöpfen kaum was im Kopf hat; schließlich der treuesten aller treuesten Seelen, der Hausgehilfin Njura, eine Ikone klaut, die bei einem Ikonenschieber auftaucht, was eine Vorladung zur Kriminalpolizei einträgt, woraufhin er in seinem permanent schlechten Gewissen an seine Sünden denkt, als da sind: Bestechung, Hehlerei, Spekulation mit ausländischen Waren, Diebstahl (er hat mal einen Aschenbecher mitgehen lassen!).

Weitere Widrigkeiten: eine gewisse Larissa, Freundin seiner Frau, Klatschtante mit ehestörender Funktion, selbst mit einem perfekten Pantoffelhelden verheiratet, außerdem zuständig für Strumpfhosen, Kurschecks, Begegnungen mit wichtigen Persönlichkeiten (Spekulation, Bestechung, Hehlerei). Ganz schlimm die »Übersetzer der neuen Formation, clevere, geschäftstüchtige Leute, die schnell und mit viel Schwung arbeiten können. Einige von ihnen beherrschen drei, vier Sprachen. Junge Jobber! Ohne durch unerfüllte Hoffnungen erfüllte Vergangenheit.«

Am schlimmsten aber dieser Hartwig, ein Eheeindringling, »siebenunddreißig, braungebrannt, sehnig, läuft Ski wie ein Eskimo«, und nicht einmal die physische Überlegenheit ist das Bedrohliche, mehr noch die geistige und die intellektuelle; zunächst ist er nur Nachhilfelehrer für den mißratenen Kiril (gleichzeitig auch ein Freund des Sekretärs der Zulassungskommission), dann aber schleppt er »Thomas von Aquin, Duns Scotus und so weiter« in die Familie ein, steckt Rita, die frustrierte Ehefrau, an, Ikonomanie bricht aus, während unser Held »das

Lesen solcher Bücher« als »genauso überflüssigen Luxus wie ein arabisches Rennpferd im Haus« empfindet.

Daß seine Frau bei solcher Lektüre »Kent« raucht, macht die Sache natürlich nicht besser, und wenn dieser Hartwig dann auch noch den Hausherrn analysiert, seine Kleider-, Eß-, Lesegewohnheiten aufspießt, dann gehört er in die Kategorie: »Ein echter Wissenschaftler, einer, der immer was erreicht und schafft. Solche muß man sich vom Leibe halten. Denn versucht so ein unschöpferischer Mann, schöpferisch zu sein, ersetzt er den Schaffensakt durch das erste beste, meist durch armselige Hausrevolten.«

Hat man dann auch noch Verwandte, die einen zum Einstand einladen, allerlei auffahren, aber natürlich auch Geschenke erwarten, die einen zwingen, Amateurtouristenfilme anzuschauen, die neckisch kommentiert werden; die letzten Endes aber nur im Sinn haben und es plump aussprechen, daß sie von den Beziehungen, die man hat, profitieren wollen (äußerst komplizierten Beziehungen, die aber, wie es bei Verwandten üblich ist, als simpel zu manipulierende Instrumente verstanden werden), denn auch ihr Töchterchen braucht natürlich einen Studienplatz – wen wundert's da, daß man die Koffer packt, die Familie verläßt, die natürlich froh ist, weil man abhaut, denn soviel Nächstenliebe strahlt dieser mürrische, ewig gekränkte, mißtrauische, wenn auch gewissenhafte Gatte und Vater ja nun auch nicht aus. Wenn er nur die Miete bezahlt und hin und wieder Rubelchen schickt, und da sitzt er nun da, übersetzt ein dreitausend Zeilen langes Poem namens »Goldglöckchen«, sitzt in den orientalischen Gefilden eben jenes Mansur, der ihm ein »Holzhäuschen auf einem Datschengelände für Kulturschaffende« besorgt hat. Aber: »hat sich was mit Mohammeds Paradies. Wasser auf Stottern, Kackhaus auf dem Hof und anstelle der paradiesischen Huri ein paar Rentnerinnen aus dem Gewerkschaftssanatorium«.

Inzwischen fragt sich einer natürlich: Was will dieser Mensch, was sucht dieser Literaturprolet, was will er, was ist er? Eins ist er gewiß: ein Produkt der Gesellschaft, in der er aufgewachsen ist und lebt, plus der eigenen Unzulänglichkeiten, Bitterkeiten und Verbitterungen. »Mein ganzes Leben hab' ich nicht das getan, was ich wollte, sondern das, was sich anbot, wovon man leben konnte. Und dabei hätte ich bestimmt . . .« Was? Ich nehme an, daß im Nachdichter ein Dichter steckt.

Was sucht er, was begehrt er? Er drückt es so einfach wie eben zulässig aus: »Nächstenliebe«, und dieses Wort spricht auch eine energische junge Ärztin aus, die ganz sicher nicht bei Nonnen erzogen wurde. »Das ist eine Frage Ihres Gewissens, Ihrer Nächstenliebe.« Ein merkwürdiges Wort, das immer wieder auftaucht. Er begehrt nicht Solidarität, mag auch das für ihn ebenso verbrauchte Wort »Brüderlichkeit« nicht aussprechen. »Wenn der Mensch nicht die Nähe seines Nächsten spürt, dann – so hoch er intellektuell immer steht, so ideologisch gefestigt er auch ist –, dann kriegt er keine Luft mehr, und seine Seele krümmt sich vor Schmerz.«

Ja, Seele. Nicht die »russische Seele«, die menschliche, wird in einer seelenlosen Welt gesucht. Offenbar findet unser Held in den ihm begegnenden Formen der neuen Religiosität weder Seele noch Nächstenliebe. Dieses ikonomanische Ausplündern ländlicher Datschen, bei dem man Leuten Ikonen abschwindelt, die für sie wirklich etwas bedeuten, dieses Pilgern nach Sagorsk und Susdal, immer »möglichst in die Nähe von Mönchen«, das sind für ihn die »Spleens eines halbsüßen Lebens«.

Er fragt sich nicht – aber wahrscheinlich ist das eine unausgesprochene Voraussetzung –, woher diese »Spleens« denn kommen, wieso sie entstehen und ob sie denn wirklich nur »Mode« sind und ob nicht manche »Mode« – sogar Kleidermode – eine Replik auf unerfüllte Versprechungen ist, schließlich war auch der Franziskanismus schon zu Lebzeiten seines Begründers ziemlich in »Mode«. Ohne daß es ausgesprochen wird – denn schließlich ist Trifonow nicht der »Goldglöckchen«-Übersetzer –, wird jeder »Ersatz« zum Vorwurf für eine Gesellschaft, die solchen Ersatz notwendig macht. Man kann diese neue Religiosität, auch wenn ein Opportunist wie Hartwig sie aufnimmt, nicht »ersatzlos« streichen, so wenig wie man in unseren Breiten das Wort Solidarität ersatzlos streichen kann, weil Nächstenliebe, Seele, Brüderlichkeit hier als korrumpierte Worte erscheinen.

Der Ich-Erzähler erweckt wenig Sympathie, keine Identifikationsgefahr; auch er, der Held, verrät schließlich die einzig seelenvolle – oder sollte einer sagen: beseelte? – Person, die Hausgehilfin Njura, die, nachdem sie jahrelang treu gedient hat, auch als Ikonenlieferantin via gläubige Verwandtschaft auf dem Land, an kriegs-, an hungerbedingter Schizophrenie erkrankt, von der

Familie wieder aufgenommen werden soll (die Ärztin appelliert ans Gewissen, an die Nächstenliebe, nach der er, der Held, so begehrt), aber als Pflegefall ist Njura nicht willkommen, sie hat »ausgedient«, und der griesgrämige Nachdichter »vergißt« den notwendigen Anruf, schiebt aber seiner Frau die Schuld zu.
Und schließlich gibt es da noch auf jenem »Datschengelände für Kulturschaffende« eine gewisse Valja, jung, angenehm, Krankenschwester, die auf wohltätige und wohltuende Weise Blutdruck mißt, zu dem Nachdichter vor jenem Goldglöckchen-Mansur ins Zimmer flieht, sich umarmen läßt, einem über den Kopf streichelt, Tröstliches ausspricht: »In Sie werden sich noch die Mädchen verlieben«, und in einem abrupten, enttäuschenden, traumhaften Schluß wird diese liebe Valja, die ja schließlich auch kein Übergangsmedikament ist, beiseite geschoben, und der Held fährt nach Moskau zurück, mit seiner Frau an die Ostsee, wo er schließlich sogar wieder Tennis spielt. Da wird Happyness einfach zum Happy-End umgedrechselt, doch vielleicht fängt da ein anderer Roman an.
Trifonows Stil ist pulvertrocken, knapp, er macht sogar Worte wie Nächstenliebe und Seele erträglich; auf wenig mehr als hundert Buchseiten wird eine ganze Welt aufgetan. Nebensätze (etwa über die Zulassungsbedingungen an Universitäten oder knappe Hinweise auf die Konsumabhängigkeit) ersetzen ganze soziologische Abhandlungen, und wenn jemand ein dreitausend Zeilen langes Gedicht, das »Goldglöckchen« heißt, nicht nur publizieren kann (immerhin sind das bei Lyrik 100–150 Buchseiten), sondern auch noch übersetzt bekommt, dann sieht das nach einem ziemlich lang geratenen provinziellen Schinken aus, und im Titel des Poems und seiner Länge verbirgt sich ein herber Seitenhieb auf gewisse Formen der Kulturkorruptheit.
Wenn man davon ausgeht, daß ein solcher Roman ja nicht zufällig in der Sowjetunion (und in der DDR, von der man auch die einleuchtende Übersetzung von Corinna und Gottfried Wojtek übernommen hat) erschienen ist, dann muß es noch genug Redakteure und Lektoren vom Kaliber Twardowskijs geben. Daß *Zwischenbilanz* erschienen ist, die *Krebsstation* aber nicht, verweist Prognosen über die sowjetische Literaturpolitik in den Bereich der Astrologie.

Kronzeuge einer Reformation

Zu Jiři Pelikáns Prager Erinnerungen

Wenn man eines Tages die Herkunft des Eurokommunismus (den man auch Eurosozialismus nennen könnte) analysieren wird, werden alle Zeichen auf Prag deuten, auf das Prag des Jahres 1968. Man wird sich dann auch wieder erinnern, welche wichtige Rolle im Prag des Jahres 1968 Solschenizyns offener Brief an den sowjetischen Schriftstellerverband gespielt hat; erinnern mag sich auch die Moskauer und Prager KP-Führung, woran ihre als Gegen-PEN geplante Gründung, die COMES gescheitert ist: an Prag und Solschenizyn. Es kommt ja gar nicht drauf an, ob man des einen oder anderen Dissidenten politische Meinung, seine politische Entwicklung voll teilen kann: als bewegende Kraft hat ja jeder von ihnen seinen Anteil. Vielleicht erinnert man sich noch, daß 1968 eine kleine Gruppe sowjetischer Intellektueller auf dem Roten Platz in Moskau gegen die Invasion demonstrierte; daß die Teilnehmer verhaftet, verurteilt, verbannt wurden. Andrej Sacharows heftige menschenrechtliche Aktivitäten haben ebenfalls erst 1968 begonnen, nach der Invasion. Autoren so unterschiedlicher politischer Vorstellungen wie Stephan Hermlin, Reiner Kunze, Biermann und Havemann haben die Invasion be- und verurteilt, auf deren Folgen hingewiesen. Auf die präziseste Art hat Reiner Kunze deren Rückwirkung auf die Volksarmee, auf die Beziehungen der DDR zur ČSSR in jenem Teil seiner *Wunderbaren Jahre,* der *Café Slavia* heißt, festgehalten. Die schändliche Rolle der DDR, als peinlicher Makel empfunden, beschäftigt inzwischen nicht nur Studenten und Autoren, auch Arbeiter, nicht nur in den sozialistischen Ländern, auch in den sozialistischen Parteien Westeuropas. In den vergangenen neun Jahren hat keinem der Urheber des Prager Frühlings auch nur andeutungsweise »faschistische« oder »imperialistische« Kooperation nachgewiesen werden können. Die als Beweis seinerzeit vorgelegten »corpora delicti« waren primitiver zurechtgemacht, als irgendein Fritzchen mit kolportagegesättigtem Hirn riskieren würde.

Dieser *Frühling, der nie zu Ende geht,* hat bis in die spanische KP hineingewirkt, und es sollte (und wird) Jiři Pelikán, den Verfasser einer Autobiographie mit diesem Titel, nicht wundern, daß er immer noch und immer wieder zum Gegenstand von Denunziationen und Drohungen wird. Er ist ja nicht irgendein »Literat«, er war in politischer Verantwortung von der ersten Stunde der ČSSR an, hoher Funktionär mit Einblick in und Erfahrung mit den Apparaten, Zeuge, Augenzeuge, Kronzeuge der Entwicklungen, und es macht ihn mehrfach gefährlich, daß er sich nicht nach »rechts« hat abdrängen lassen und nun in jenem Land wohnt und wirkt, das die meisten *frei* abgegebenen kommunistischen Wählerstimmen aufweist, die je ein Land gehabt hat: in Italien, vor dem nicht nur die alleinseligmachenden Moskauer Funktionäre, vor dem auch die alleinseligmachenden Kapitalisten in verschiedenen Hauptstädten zittern. Gezittert vor einer Etablierung des Prager Frühlings haben wohl nicht nur die Moskauer Funktionäre, auch die westlichen Staaten. Oder hätte es ihnen willkommen sein können, einen Sozialismus mit »menschlichem Gesicht« so nah vor der Tür zu haben? Jiři Pelikán, seit 1953 Generalsekretär des Internationalen Studentenbundes, ab 1963 Generaldirektor des tschechoslowakischen Fernsehens, beides Funktionen, die eine gewisse Weltläufigkeit und Weltkenntnis voraussetzen und zur Folge haben, hat die Chancen des Prager Frühlings früh erkannt, in der Konzeption mit vorbereitet und voll genutzt. Seinen Analysen der Entwicklung der ČSSR zu dieser Bewegung hin müßte hinzugefügt werden, daß die westliche Welt diesen Frühling offenbar nicht so ernst genommen hat wie die östliche, sonst hätte sie, die westliche, gewiß versucht, durch eingeschleuste Agenten diese Entwicklung zu diffamieren; die östliche Welt hat ihn ernst genommen und blutigen Ernst gemacht, gewiß zur Erleichterung der westlichen, die sich eine »Schweinebucht« ersparen konnte. Wie ernst dieser Frühling war, beweist die Entwicklung des Eurokommunismus, zeigen die in ihrer Quantität und Qualität absurden Maßnahmen gegen Biermann, Havemann und gegen die vielen Unbekannten, die mit ihnen sympathisieren. Mögen manche nach dem 17. Juni und nach dem Ungarnaufstand noch gezögert haben, weil in beiden Fällen gewisse Bei- und Einmischungen noch suspekt waren: In Prag hat es suspekte Beimischungen nicht gegeben.

Jiři Pelikán schildert das Entstehen dieser Bewegung, schildert auch seinen eigenen Weg dorthin, und seine Schilderung ist besonders aufschlußreich: es ist der Weg und die Entwicklung eines früh Favorisierten, eines »hohen Tiers«, das zu einem der höchsten wurde; es ist der Weg eines gestandenen Kommunisten. Mit sechzehn, während der deutschen Besatzung zur Partei gestoßen, verhaftet, entschlüpft, untergetaucht, war er 1945 im Alter von 22 Jahren einer der Männer der ersten Stunde, jüngster Abgeordneter im Parlament. Liest einer Pelikáns Schilderung seines Werdegangs und der Entwicklung in Osteuropa und Südosteuropa, so kommt einem die Idee: was man heute Eurokommunismus nennt, hätte schon 1945 eine Chance gehabt. Nach der Erfahrung mit dem nazistischen Besatzungsterror, mißtrauisch gegenüber den bürgerlichen Parteien, wäre ein sozialistisches Ost- und Südosteuropa möglich gewesen, hätte die Befreiermacht Sowjetunion nicht die imperialistische Siegermacht herausgekehrt, brutal manipuliert, in Prozessen und mit Todesurteilen Terror verbreitet. Hätte, wäre, hätte sein, hätte werden können. Verlorene Illusionen, enttäuschte Hoffnungen, die sich auch nach Chruschtschows Enthüllungen nicht erfüllten. Es ist Pelikáns besonderes Verdienst, daß er auch nach seiner Exilierung, nach wüstesten Beschimpfungen und Bedrohungen (mit Mord!), die Entwicklungsmöglichkeiten in der Sowjetunion und den anderen sozialistischen Ländern nicht in totaler Schwärze und mit absolutem Pessimismus analysiert und schildert: auch dort gibt es eben *Konflikte,* Gruppenkämpfe, und es mag der Tag kommen, an dem man das Protokoll der entscheidenden Sitzung im ZK der KPdSU über die Invasion der ČSSR wird lesen können.

Zweifel an der Richtigkeit totaler Moskauabhängigkeit kamen Pelikán schon früh, Zweifel auch am Verhalten der Roten Armee, an der Behandlung der Deutschen, doch immer wieder verdrängte er Zweifel an wenig einzusehenden Vorgängen und Entwicklungen mit der »historischen Notwendigkeit«. Nicht einmal, als er selbst im Jahre 1961 in Spionageverdacht geriet, nur weil er notwendigerweise viel reiste und vieles sah und hörte, über die Entwicklung in Jugoslawien informiert war und darüber diskutierte, – nicht einmal da zweifelte er ernsthaft an der Notwendigkeit des Systems und seiner Maßnahmen. Nicht der Betrug an den Sozialdemokraten, deren politische und auch physische Liquidierung, nicht die mörderischen Ereignisse der Jahre 1948/49, nicht die brutale und pauschale Behandlung der Sudetendeutschen, die ihn empörte, und nicht einmal, als er selbst in Verdacht geriet, entzog er sich handelnd oder denkend dieser

»historischen Notwendigkeit«. Man kann auch sagen: er gab die Hoffnung nicht auf, die im deutschen Titel seines Buches anklingt und im Text deutlich wird. Wenn aber sogar in den höchsten Gremien des Kreml Zweifel an der »historischen Notwendigkeit« der Invasion bestanden (mehr Zweifel – und das beweist geradezu eine fortschrittliche Komponente in diesen Gremien – als bei der Bevölkerung der Sowjetunion!), so bleibt ja noch Raum für Hoffnung.

Pelikáns Buch zeichnet sich aus durch zwei Eigenschaften, die selten zusammenfallen: kritische Analyse und Naivität, beides angewendet auf die Entwicklung der ČSSR und seine eigene. Pelikán schildert seine Begegnungen mit Mao, Allende, den beiden Castros (Fidel und Raoul), seine Reisen als hochprivilegierter Genosse, seine Funktionen ohne nachträglich eingearbeitete Reue, und es war ja wohl auch diese Privilegiertheit, die er nicht »in die eigene Tasche« wirtschaftete, sondern zum Instrument einer Souveränität machte, die ihm seine Rolle im Prag des Jahres 1968 ermöglichte und auch seine heutige möglich macht. Und daß er auf Weltoffenheit angelegt war, nicht diese erst als Funktionär erwarb, zeigt sich an der Schilderung seines ins analytische Kapitel eingeflochtenen Lebenslaufs; er ist beides, Patriot und international, er ist leidenschaftlicher *Zeitgenosse*, er beschreibt Dubčeks Stärken und auch seine Schwächen, enthüllt die schändliche Rolle Svobodas, der sich sozusagen als Gegner der Invasion auf die Fahne heben ließ und doch schon als erster über die Invasion informiert gewesen war. Pelikáns geheime Liebe – wenn ich das recht verstehe – gehört Smrkovský, diesem *Menschen* und Kommunisten, und vielleicht spielt hier eine gewisse geistige, politische und auch charakterliche Verwandtschaft mit. Eins wird deutlich: dieser Prager Frühling brachte nicht nur Hoffnung und Zuversicht, auch *Konflikte*, innere, politische. Es stand, als die Invasion – deren exakte strategische Vorbereitung Pelikán schildert – einmal begonnen hatte, viel auf dem Spiel, das höchste: Krieg oder Frieden. Die tschechische Armee wäre wahrscheinlich bereit gewesen, für Dubček zu kämpfen. Es fragt sich, ob die Niederlage und die Blamage der Sowjetunion, so wie es gekommen ist, nicht größer ist, als sie bei einem bewaffneten Aufstand hätte werden können. Das ist leicht gesagt, ich weiß, leicht gesagt und teuer bezahlt von denen, die in Prag immer noch und wieder auf nichts weiter bestehen als auf ihrem *Recht*.

Historisch nachgewiesen von Pelikán, ist die Tatsache, daß man bis heute die Unterzeichner des berüchtigten »Hilferufs« nicht ausgemacht hat, bis heute keinen »faschistischen« Agenten gefunden hat.

Es gehört wohl zur immanenten Borniertheit von Apparaten (nicht etwa nur der östlichen), daß sie Bewegungen, sich historisch ergebende Zusammenhänge immer nur als organisierte begreifen können; so suchen die östlichen Apparate immer »faschistische«, die westlichen immer »kommunistische« Agenten; die Angst vor dem Organisierten läßt sie das möglicherweise viel Gefährlichere, das Organische (das man herablassend gelegentlich auf beiden Seiten das Spontane nennt) von Bewegungen und Entwicklungen mißachten. Gegen Apparate und Organisationen setzt man Apparate und Organisationen in Bewegungen (Armeen, Geheimdienste), die letzten Endes vorbeigreifen, weil sie Greifbarkeit voraussetzen. (Der Apparat »Gegenreformation« etwa mit seinen Armeen und Spitzelorganisationen hat zwar hart zugegriffen, gegriffen hat er nichts, weil es »materiell« nichts zu greifen gab!) Jiři Pelikán ist Kronzeuge einer Reformation, und der Originaltitel seines Buches – »Und wenn sie mich töten« –, der durch Drohungen und praktizierte Anschläge gerechtfertigt ist, drückt nicht weniger Zuversicht aus als der deutsche: Ein Frühling, der nie zu Ende geht. Seine Autobiographie wird in die Geschichte des Eurokommunismus eingehen, sie gehört zur Geschichte der ČSSR, ihrer Leiden und Hoffnungen, nirgendwo übt sie Anbiederung, auch nicht in verspäteter Reue.

»Wir sind machtlos, wir Autoren, aber ohnmächtig sind wir nicht«

Antwort an Wiktor Woroszylski

Lieber Wiktor Woroszylski,
was Sie, an mich adressiert, der Weltöffentlichkeit mitteilen, entspricht den Stimmungsberichten, die mich aus Prag, aus Moskau, aus der DDR erreichen. Geschichtlich bedingte, subtile und erhebliche Unterschiede zwischen der Volksrepublik Polen, der ČSSR, der Sowjetunion, der DDR, Rumänien, Ungarn und Bulgarien vorausgesetzt, Unterschiede, die im einzelnen darzustellen zu weit führen würde (in diesem Zusammenhang muß auch Jugoslawien erwähnt werden, wo man, obwohl es nicht zum »Block« gehört, Autoren einsperrt – Mihailov und andere – oder unerträglichem provinziell bedingtem Druck aussetzt – Kocbek und andere), spielt sich in allen sozialistischen Ländern Vergleichbares ab: endlich möchten Autoren – und nicht nur sie – wissen, ob Verfassungen, internationale Verträge tatsächlich nur Makulatur sind.

Es erleichtert Ihre und die Lage Ihrer Kollegen nicht, daß in zahlreichen *nicht*-sozialistischen Ländern Unheimliches vor sich geht: Brasilien, Argentinien, Iran (Chile hat ja immerhin den Vorteil der Offensichtlichkeit!): daß die Parteiführungen und Regierungen Ihrer Länder hohnlachend auf die Menschenrechtskonten dieser Länder verweisen können. Es bringt nicht den geringsten Trost, darauf zu verweisen, daß es anderswo nicht besser sei. Wir können den Trost, der mit solchen Vergleichen angeboten wird, nicht annehmen. Wenig Trost birgt auch die Feststellung, daß es in Ihren Ländern nicht mehr um die Ideologie »als solche« geht; nicht mehr, wie einst in den Kirchen, um »Gläubige« oder »Ungläubige« (da konnte man immerhin noch »Fehler« einsehen, oder nicht, konnte »bereuen« oder nicht); es herrscht die in mechanischen Reflexen sich erschöpfende Bürokratie, Heerscharen von »Prälaten«, die um ihre Pfründe bangen müssen und sich ängstlich um »Papst« und »Kardinäle« scharen; wenig Trost auch für Sie und Ihre Freunde in der Tatsache, daß die Drohungen der Päpste und Kardinäle hier, wie sich täglich erweist, fast wirkungslos geworden sind. Es hat Jahrhunderte gedauert, die Drohung etwa der Exkommunikation wirkungslos zu machen. Trösten wir uns also nicht mit »geschichtlichen Räumen«, die zu durchschreiten sind, wir leben hier, wir leben heute, und ich mag nicht glauben, daß auch Sie Jahrhunderte brauchen werden, diese Art der Machtausübung sichtbar und wirkungslos, in ihrer Lächerlichkeit öffentlich zu machen.

Einen Trost mag es geben, der vielleicht auf die Volksrepublik Polen eher zutrifft als auf andere sozialistische Länder: man mag die Geheimpolizei, die Parteifunktionäre, die Zensoren gegen Sie mobilisieren können, das polnische Volk wohl nicht. Dies ist nicht die Stunde der kalten Krieger, die so leicht heißlaufen und Menschenrechte immer nur in sozialistischen Ländern verletzt sehen. Es ist die Stunde derer, die sich als »Eurokommunisten« definieren, sie meutern und mäkeln zwar, polemisieren, aber von den Drohungen, die sie ausüben könnten, machen sie noch nicht so recht Gebrauch. Die Drohung, das Schisma zu *erklären* und zu *vollziehen*, mag vielleicht doch Wirkung haben. Es ist die Stunde der Autorenverbände, vor allem des sowjetischen, der – nicht in all seinen Personen – aber *als* Verband eine unbeschreiblich klägliche Rolle gespielt hat, indem er jeden, aber auch jeden Autor ausschloß, der »Schwierigkeiten« machte, zu machen schien oder in solche geriet. Was bedeuten »Bruderländer«, »Bruderverbände«, wenn die Brüder schweigend parieren, ängstlicher sind als manche »Päpste« von ihnen erwarten? Es ist der elende Zustand dieses »Heiligen Offiziums«, der auf alle sozialistischen Länder ausstrahlt. Die Achmatowa, Pasternak, Solschenizyn, Woinowitsch, Kornilow, Kopelew – wann wird dieser Verband endlich sich selbst »ausschließen«? Zum Schluß möchte ich wiederholen, was ich neulich im Gespräch mit einem sowjetischen Autor hier sagte: Wir sind machtlos, wir Autoren, aber ohnmächtig sind wir nicht. Ich grüße Sie und vor allem Adam Mischnik und alle und alles, für das er steht.

Ihr Heinrich Böll

Wer Freude hat, birgt eine Bombe

Keine politische Gruppierung, wie immer sie sich definieren mag, sollte auch nur den geringsten Zweifel mehr lassen, daß die kaltblütig geplante Ermordung und Entführung von Mitbürgern nicht nur »kein Mittel im politischen Kampf« ist; Zwei- oder Vieldeutigkeiten sind nicht mehr am Platz, es ist nicht die Zeit für Frivolitäten oder Zynismus, und wer da »klammheimliche Freude« empfindet, sollte wissen, daß er eine Bombe in sich birgt; und ich setze diese heimliche Freude nicht nur bei einigen voraus, die sich »links« definieren, auch bei den anderen. Heimliche Trauer ist angebracht – demonstrative Trauer hat immer etwas Peinliches. Vielleicht sollte man bei *jeder* Entführung, bei *jedem* Mord öffentlich Signal geben: *alle* Ampeln auf Rot stellen – oder Grün, auf daß uns angezeigt werde, in welch einer chaotischen Welt wir leben. Südamerikanische Freunde haben mir erzählt, daß sie bei politischen Veranstaltungen, die im Saal und bei Licht stattfinden, alle zwanzig Sekunden das Licht ausschalten, denn alle zwanzig Sekunden stirbt auf dem südamerikanischen Kontinent ein Kind an Hunger, Krankheit, Vernachlässigung. Wahrscheinlich sind wir, umgeben von Ampeln und der Aufdringlichkeit der Werbeleuchtschriften, für Signale kaum noch erreichbar. An- und eingespannt, wie wir sind, sind wir in Gefahr, das Entsetzliche – vier Mitbürger ermordet, ein fünfter entführt – nur noch als spannend zu empfinden. Ich weiß nicht, welche und wieviel düstere Instinkte da wach werden. Der, der da irgendwo sitzt, wartet, um sein Leben bangt, Herr Schleyer, wird unwirklich und ist in Gefahr, zum Vehikel zu werden für die, die sich da heimlich freuen. Schon gehen manche Kommentare und publizistische Spekulationen an ihm vorbei, über ihn hinweg, und es ist diese Tatsache, die mich über das Verbrechen selbst hinaus verstört.

Wir alle, alle wissen: Es ist der Segen und das Kreuz des Rechtsstaates, daß er auch die rechtmäßig behandeln muß, die sich gegen das Recht vergangen, das Gesetz gebrochen haben, ob als Mörder oder Diebe, als Entführer oder Betrüger. Das Recht steht über Stimmungen, Volksmeinungen, Umfragen, Statistiken, es steht über Schlagzeilendemagogie und tagespolitischer Spekulation. Das »gesunde Volksempfinden« hat sich in der Geschichte meistens als krank erwiesen, und nicht nur im Lande der häßlichen Deutschen. Wenn es – außer ihrem erklärten Ziel – das Ziel der Terroristen ist, innenpolitische Konfrontation zu schaffen, so sind sie auf dem besten Wege, dieses Ziel zu erreichen. Es geht hier nicht um polizeitechnische, kriminalistische Maßnahmen, es geht um eine Welle von Verdächtigungen, die hochschwappen kann, hochgepeitscht bis in die Wahlkämpfe hineinschlagen wird; im »gesunden Volksempfinden«, diesem unermeßlichen Reservoir, verbergen sich viele Wählerstimmen. Und es gibt natürlich nicht nur solche, die begehrlich Stimmung machen, auch solche, die sich als Märtyrer dieser Stimmung ihre Rolle wünschen; unzählige aber gibt es, die, wie ich es gerade über Helga Nowak in den *Nürnberger Nachrichten* lese, als »Anarchistenhelfer« nachbarschafts- und heimatvertrieben werden. Es wäre wohltuend, etwa im *Bayernkurier* oder in der *Welt* – aufs *Deutschlandmagazin* wage ich nicht zu hoffen – Fälle ähnlicher und weniger prominenter Art ohne heimliche oder offene Genugtuung analysiert zu sehen.

Wenn man, wie Herr Maihofer ankündigt, die »geistige Auseinandersetzung« beginnt, sollte man sich nicht länger auf die falsche Alternative: Verbrecher – irregeleitete Idealisten stützen. Manch einer ist aus Idealismus zum Mörder und Verbrecher geworden; man sollte *Schuld und Sühne* noch einmal lesen, oder auch *Michael Kohlhaas,* oder wenn das als zu anstrengend empfunden wird, braucht man nur in einen Western hineinzuschauen, wo idealistisch motivierte Materialisten etwa bei einer Gefangenenbefreiung deren Wächter kaltblütig ermorden.

Wir sollten aus unserer Geschichte wissen, daß der Gegensatz Verbrecher – Idealist keiner ist. Ich weiß nicht, wie viele, wahrscheinlich Hunderttausende, aus Idealismus Nazis geworden sind; sie sind nicht alle Verbrecher geworden, und es sind nicht alle Verbrecher, die in der Naziwelle mitschwammen, Idealisten gewesen; es gibt da Mischungen, Übergänge, und es gibt – nicht nur in den Ländern, wo die häßlichen Deutschen wohnen – krude Formen des Materialismus, die einen jungen Menschen zum Idealisten machen können, ohne daß er ins Verbrecherische absinken muß. So einfach jedenfalls ist die Alternative nicht; es hat keinen Sinn, die geistige Auseinandersetzung auf diesem Niveau zu beginnen. Wenn alle, aber auch alle Vorschläge zur Behebung der Arbeitslosigkeit in einer Aufforderung zum Konsum bestehen (irgendeiner sprach sogar vom »fröhlichen Konsumieren«), wird es immer mehr »Idealisten« geben; ob sie irregeleitet werden, hängt von uns ab, von uns allen, ganz gleich, wie wir uns definieren, und es wäre nicht nur bedauerlich, es wäre verhängnisvoll, wenn sich »linke« und »rechte« Festungen bildeten.

Während ich dies schreibe, ist das Schicksal von Herrn Schleyer noch ungewiß (Informationsstand vom Mittag des 13. 9. 77). Ich hoffe, daß er wohlbehalten bei seiner Familie ist, wenn dieser Artikel erscheint.

Was ist heute links?

Referat auf der Tagung von L 76 am 9. 10. 1977 in Recklinghausen

Ich glaube, und ich knüpfe bewußt an einige Dinge, die Walter Grasskamp gesagt hat, an, daß Kultur ohne Umwelt gar nicht möglich ist. Und Umwelt verstehe ich hier nicht nur im überkommenen Sinne von Milieu, sondern auch von Boden unter den Füßen, Nachbarschaft, Luft zum Atmen. Und ich erinnere mich nicht, daß das Wort »bodenlos« je in einer positiven Verbindung gebraucht werden kann. Ich kenne es nur in der Verbindung »bodenlos dumm«. Und was sich aus dieser Kombination ergibt, überlaß ich Ihrer Phantasie. Es könnte natürlich sein, daß wir eine Kultur der Raumfahrt bekommen, so eine bodenlose Kultur, aber wir leben ja noch auf dieser Erde. Wir müssen also überlegen, ob's eine neue Bodenkultur geben kann. Kultur ist ja ursprünglich Kultur des Bodens gewesen. Das wissen wir alle, und ich will hier nicht die Kulturgeschichte des Abendlandes auf- und abrollen lassen. Ich springe auf den schlimm formulierten korrumpierten Propagandabegriff von »Blut und Boden«, von denen geprägt, die dann später die Erde und den Boden zerstörten und das Blut vergossen haben. Man müßte einmal analysieren, was dieser Nazibegriff angerichtet hat. Seine späte Folge, sein später Triumph war die totale Verachtung aller deutschen Nachkriegsintellektuellen gegenüber Werten, die vielleicht hinter diesem Begriff versteckt waren. Sozialistische Länder wie Schweden, ein Land wie Norwegen haben dieses Trauma nicht, und wir müssen vielleicht darauf hinweisen, daß eine gewisse Form der sogenannten Blut-und-Boden-Literatur aus dem Norden Europas, aus Skandinavien hier aus mißverständlichen oder böswilligen Motiven importiert und übersetzt worden ist – Deutschland war ja das große Land der Übersetzer – und von den Intellektuellen mißverstanden worden ist, weil sie traumatisiert waren durch den Begriff »Blut und Boden«. Ich glaube, da hat eine Umkehr begonnen, und zwar notwendigerweise von Altersklassen, die unter dem Blut-und-Boden-Trauma nicht mehr leiden. Ich sehe eine Rückkehr, und ich erinnere mich: Es waren junge Linke, und damit kommen wir zum Thema des ersten Abends, die auf Bäume geklettert sind, um sie vor dem Gefälltwerden zu schützen. Und es waren junge Leute, die Häuser besetzten, wie wir wissen, aus unterschiedlichen Motiven, nicht immer aus rein bewahrenden Motiven, darüber brauchen wir uns nicht zu streiten, und die durch permanente Hausbesetzungen wahrscheinlich einen Teil der Zerstörung unserer alten Architektur verhindert haben. Ich denke daran, daß es an einem bestimmten Punkt, den ich jetzt nicht rekonstruieren kann, plötzlich einen Stop gab für den Abriß alter Häuser in Köln und in Frankfurt, Hamburg auch, und daß jetzt schon wieder eine bürgerliche Nostalgie entstanden ist gegenüber diesen sogenannten Altbauten. Aber die Leute, die die Häuser besetzt haben, aus unterschiedlichen Motiven und mit unterschiedlicher Wirkung, haben wahrscheinlich zur Bewahrung beigetragen. Wir wissen ja – ich glaube, Grasskamp, Sie werden das auch wissen –, daß wir nach dem Krieg mehr Häuser abgerissen haben, als während des Krieges zerstört worden sind. Und ich will das gar nicht übernostalgisieren; wahrscheinlich waren da sehr viele Häuser drunter, die einfach einem natürlichen Verschleißprozeß unterworfen waren. Aber wir sollen, wollen darüber nachdenken, daß es junge Linke waren, die Bäume besetzten, um sie vor dem Gefälltwerden zu schützen, und Häuser besetzten und eine Konservierungswelle alter Architektur bewirkt haben. Das Merkwürdige ist, daß die Konservativen, die sich selber so definieren, über solche Bewegungen nur lachen und sie verhöhnen. Diejenigen, die sich also als die Bewahrer definieren, wenn's um ihre Interessen geht, um ihre rein materiellen Interessen, das Bewahren verhindern. Es gibt also so etwas wie eine konservative Linke. Nicht, Grasskamp, also wir kommen da wahrscheinlich unabhängig voneinander zu ähnlichen Erkenntnissen. Ich übergebe dies Ihrer Nachdenklichkeit. Man kann ein solches Thema natürlich stundenlang, tagelang diskutieren. Ich übergebe es auch Ihrer Phantasie, denn ohne Vorstellungskraft kann man überhaupt vergangene, gegenwärtige und zukünftige Wirklichkeiten gar nicht erkennen oder erkennen wollen. Ich versuche das an einem Beispiel klarzumachen. Ich hörte gestern nach dieser Umweltdiskussion hier oben auf dem Podium, daß die Entsorgungsfrist minimal, ich vermute, da gibt's noch Differenzen, 24 000 Jahre beträgt. Nun könnte man, wie Carl Amery gestern leider vergeblich immer wieder versuchte, von des Kaisers Kleidern sprechen, von der Nacktheit des Kaisers, der sich hinter einer

Zukunftsplanung versteckt, die 24 000 Jahre beträgt. Versuchen wir uns einmal vorzustellen, was vor 24 000 Jahren auf dieser Erde war, dann können wir vielleicht dazu kommen, daß eine solche Ziffer, Zahl, und wenn's nur 2000 Jahre wären und die sind minimal, einfach wahnwitzig ist. Mir fiel da ein Beispiel ein: Nach dem Krieg 1870 gab's eine ganze Festungsbauwelle, die also das linke Rheinufer von Straßburg bis Köln, zum Teil das rechte Rheinufer erfaßte, die auch westliche Teile Frankreichs erfaßte. Wenn Sie also mal mit dem Auto durch Lothringen fahren oder auch am Rhein vorbei, dann sehen Sie diese gigantischen Ruinen, die noch nicht einmal ihren strategischen Sinn erfüllt haben und gegen die, sagen wir, 1880 oder 90 zu protestieren wahrscheinlich eine Art Selbstmord gewesen wäre in diesem nationalistisch bestimmten Deutschland und Frankreich. Wir sind also mit Mammutruinen konfrontiert, die wahrscheinlich nach der damaligen strategischen Planung als sinnvoll hätten erscheinen können, aber niemals ihren Zweck erfüllt haben. Sie haben als Unterkunft gedient, als Lazarette, Kasematten, aber zu dem Zweck, zu dem sie gebaut wurden, sind sie nie benutzt worden. Und ich erinnere an die Maginotlinie, die man heute Touristen als Kuriosum zeigt, und ich bitte Sie, ein wenig Phantasie in Bewegung zu setzen und sich vorzustellen, welche merkwürdigen Kuriosa man denen, die hundert Jahre nach uns leben, möglicherweise hier zur Besichtigung freigeben wird gegen Eintritt von einer Mark fünfzig oder welche Währung dann immer gelten mag. Ich komme damit auch auf die Kultur der Phantasie, ohne die man fast nichts mehr beurteilen kann, denn die Phantasie der Wissenschaftler, die nicht in die Kategorie Phantasie gehört, aber Zukunftsvision, mit der werden wir konfrontiert, aber ich erlaube mir einen solchen Einstieg in die mir zugemutete Frist, wie etwa 24 000 Jahre Entsorgungsfrist, wahnsinnig zu nennen. Mir fallen zu viele Formen der Kultur ein, zu viele Formen, an denen man ihren Notstand ablesen kann, zum Beispiel politische Kultur, die, glaube ich, hierzulande nicht sehr entwickelt ist und auch nie sehr entwickelt war. Und ich denke da etwa an Spanien, ein Land, das nach über vierzig Jahren Faschismus bei der Etablierung seines ersten frei gewählten Parlaments erhebliche politische Kultur bewiesen hat. Ich erinnere Sie an die Art, in der man Frau Ibárruri, La Pasionaria, eine Urkommunistin und eine energische, im Parlament begrüßt hat. Natürlich gibt's im spanischen Parlament wahrscheinlich Streitereien, Beschimpfungen, wie sie zur parlamentarischen Demokratie gehören, und gewiß einiges von dieser politischen Kultur, die ich auch politische Höflichkeit nennen möchte, entspricht einem gewissen humanistischen Erbe, das wir möglicherweise überschätzen, aber wir haben noch nicht mal dieses formalistische Erbe, das politische Höflichkeit möglich macht. Die erste Parlamentssitzung des Deutschen Bundestages 1949 – ich hab' mir das Protokoll besorgt, weil mich das interessierte, wie ist das da, wie ist das hier gewesen nach zwölf Jahren Faschismus nur, nicht nach vierzig Jahren – fängt gleich mit gegenseitigen Diffamierungen an. Eine sehr peinliche Sache. Das zur politischen Kultur und auch das Ihrer Nachdenklichkeit übergeben.

Dann gibt's natürlich Gesprächskultur. Es gibt Denkkultur. Es gibt religiöse Kultur, und ich finde, der Fall Peymann, den Vormweg erwähnt hat, ist eigentlich ein Gipfel der Kulturlosigkeit, und zwar der Denkkultur und der religiösen Kultur. Wir müssen uns wirklich klar darüber werden, daß wir in einem Stadium sind im Moment, wo sich unser Gehirn verändert und unsere Wahrnehmungsmöglichkeit verändert. Es heftet also ein Theaterdirektor den Bittbrief einer Dame ans Schwarze Brett, deren Tochter zu lebenslanger Haft verurteilt ist. Ist das eigentlich wirklich ein Vergehen, das einen Skandal verursachen kann? Man kann ihm eine Rüge erteilen, man hat sie ihm erteilt. Da sehe ich also den Verfall sowohl der Denkkultur als auch der religiösen Kultur, denn was immer das Abendland sich selbst eingebildet hat, so einen Begriff wie Barmherzigkeit oder Gnade oder wie man es nennen will, der sollte ja nun doch nicht so offensichtlich ad acta gelegt werden, auch nicht Verbrechern gegenüber. Also Denkkultur, religiöse Kultur, das können wir nicht zu Ende diskutieren. Niemand kann das.

Dann gibt es natürlich eine Lesekultur, und ich erinnere mich, wenn Rudi Dutschke in seinem Referat gesagt hat, die Internationale erkämpft das Menschenrecht, dann gehört natürlich Kultur zu den Menschenrechten. Die gehört zu den Menschenrechten. Denken wir einmal über einen so fremd klingenden Begriff wie kulturellen Wohlstand nach oder gar so einen Begriff wie kulturelles Wachstum. Ich vermute, alle Wirtschaftspolitiker würden sagen, die sind ja verrückt. Kulturelles Wachstum. Denken Sie darüber nach.

Wohnkultur, Eßkultur, Reisekultur – alles industrialisiert. Ich will sie nicht alle aufzählen, die zu bedenkenden Formen der Kultur. Ich möchte nur auf eine zu sprechen kommen im Zusammenhang mit dem, was Grasskamp gesagt hat, mit der Kultur der Wahrnehmung. Man hätte das bis jetzt wahrscheinlich Sensibilität genannt, aber der Begriff scheint mir verschlissen zu werden. Und zur Kultur der Wahrnehmung gehört natürlich auch die Wahrnehmung des politischen Gegners. Sprachkultur, Gesprächskultur. Diese plump inszenierte Zitaten-Rüpel-Komödie, die augenblicklich hier im Lande stattfindet, diese kümmerliche Choreographie mit ihrer enormen Wirkung, die über die Bühne der deutschen Kulturpolitik geht, entspringt ja einem Mangel an Sprachkultur, die zur Wahrnehmungskultur gehört und einen Unaussprechlichkeitsterror zu bewirken scheint. Es gibt also den Zwang, sich zu bestimmten Vorgängen in bestimmten Vokabularien zu äußern. Gut. Politiker drücken ihren Abscheu aus vor terroristischen Anschlägen. Das ist mir zu selbstverständlich. Ich erwarte nicht von einem amtierenden Politiker und auch von einem Oppositionspolitiker, daß er sich auf das Selbstverständliche des Abscheus beschränkt. Und dann werden andere Worthüllen einem Unaussprechlichkeitstabu unterworfen, etwa der Begriff der Gnade und was man da so sagen kann. Und im Zusammenhang mit diesem Rüpelspiel, Zitatenrüpelspiel, man kann's nicht anders nennen, könnte man natürlich von einer Kultur des Zitierens sprechen. Es ist ein Irrtum zu glauben, gleiche Sprache setze Verständigung voraus. Wie soll man, wenn man bei scheinbar gleicher Sprache, aber auch nicht einen Funken Gemeinsamkeit entdeckt, einander noch wahrnehmen können. Und ich denke mir, daß dieses Spiel die Wahrnehmung verhindern soll, Konfrontation schaffen soll, die Unmöglichkeit, einander noch zu begegnen und wahrzunehmen. Ich sehe einen Zusammenhang mit der fehlenden Kultur der Wahrnehmung und dem, was Grasskamp »Veröffentlichung« genannt hat, man aber auch Öffentlichkeit nennen könnte. Wer bestimmt, was veröffentlicht wird? Wem sage ich das? Hier sind Journalisten, Fernsehjournalisten, Zeitungs-, Zeitschriftenjournalisten. Wer bestimmt das? Überlegen Sie mal, wieviel Wahrnehmung durch eine notwendige Beschränkung des zu Veröffentlichenden verhindert wird. Und ich beziehe in den Begriff der Veröffentlichung natürlich nicht nur Gedrucktes ein, auch Malerei, Bildhauerei, Komposition, alles mögliche, Film, Architektur. Es gibt ja schöne, geplante Architektur, die nie veröffentlicht, je verwirklicht wird. Wer entscheidet das? Wer bestimmt das? Ich werde mich kurz fassen zum Schluß. Es fällt mir wahrscheinlich zu viel ein. Wir sollten überlegen, was den Zeitgenossen alles vorenthalten wird, den Jeweils-Zeitgenossen. Van Gogh hat für meine Eltern gemalt, sie haben ihn natürlich nie gesehen. Zola hat für meine Eltern geschrieben, sie haben ihn natürlich nie gelesen. Der ältere Heinrich Mann schrieb für mich, den damals drei-, vier-, fünfundzwanzigjährigen deutschen Staatsbürger, gelesen hab ich ihn, als ich fast sechzig war. Das ist, glaube ich, ein Problem, über das wir lange sprechen müssen, und ich vermute, daß Sie, Goldstücker, da auch noch drauf kommen. Diese ewige Lieferung starrer ikonographischer Muster. Jede Vorstellung von dem, was gegenwärtige Kunst und Literatur sein könnte, sein sollte, ist notwendigerweise falsch. Das Publikum ist nicht kompetent, so wenig wie die Kulturfunktionäre, so wenig wie die Kritiker. Es wird ja keiner sagen können, ich möchte Bilder sehen wie X sie malt, sondern er wird, wenn er ein Bild von X sieht, möglicherweise sagen, da ist etwas ausgedrückt, das meiner Vorstellung von gegenwärtiger Malerei entspricht. Wie aber wird er X wahrnehmen? Wer stellt ihm diesen Maler vor? Ich denke da mit großer Dankbarkeit, erinnere ich mich der Museen meiner Heimatstadt Köln, derer, die sie gegründet haben, derer, die sie verwaltet haben, derer, die sie immer wieder ergänzen, denn das ist für mich ein ganz entscheidendes Kulturerlebnis gewesen, hat mich wahrscheinlich viel mehr beeinflußt sogar als Literatur: die ständige Begegnung, die Wahrnehmung von der mittelalterlichen Malerei bis Klee über Bosch bis Picasso, der mich gar nicht überraschte. Und als ich die ersten Bilder von Paula Modersohn-Becker sah, da wußte ich das ungefähr, was ich eben über diesen Betrachter des X gesagt habe, das ist eine Malerei, die mir und zu mir gehört, dabei ist das Wort engagiert oder nicht lächerlich. Kunst muß bewegen; wohin sie bewegt, das soll keiner bestimmen. Und ich denke, da ich über Museen rede und Museenerlebnisse mit Bewegtheit und auch Trauer an die Moskauer Museumsbesuche, die ja da mit einer Leidenschaft hineingehen – (Ich weiß nicht, wieviel daran organisiert ist. Ist ja auch nicht schlimm. Man kann ja Leute ins Museum schicken, Schulen oder Delegationen) – und denen so viel vorenthalten wird, daß es einem wehtut, nicht. Der äußerste, winzige Touch von Impressionismus wird da schon als Sensation empfunden. Und die Sensibilität der Leute oder ihre Wahrnehmungsmöglichkeit oder -fähigkeit wird eigentlich auf eine merkwürdige Weise, auf eine erschreckende Weise frustriert, kaputtgemacht, weil man ihnen die Entwicklungen nicht zeigt. Man zeigt ihnen die Entwicklungen nicht und überläßt es ihnen nicht selber mal, so einen Rundgang, historischen Rundgang, durch die Geschichte der Malerei selbst zu machen. Wir müssen überlegen, von wem wird die Wahrnehmungsmöglichkeit eingeschränkt. Und da wir über Markt wahrscheinlich sprechen werden, Sie haben das angedeutet, müssen wir auch überlegen, wieviel Wahrnehmung der Markt verhindert. Wir brauchen ihn nicht zu bestreiten, seine Notwendigkeit, aber mir fällt auf, wenn ich Berichte über Ausstellungen in selbst sehr anspruchsvollen Zeitungen lese, daß meistens zunächst der Umsatz genannt wird und der Marktwert eines bestimmten Malers, Moden, Trends, manchmal auch Entwicklungen, ich will da nicht ungerecht sein, wahrscheinlich setzen die Kritiker einfach zuviel voraus, und natürlich nur Berichte über Namhafte. Wer aber namhaft gemacht wird, wer einen Namen bekommt, wie ein Name zustande kommt, das wird nie genau erklärt. Auch da gibt's Vorenthaltungen. Weder das Publikum noch die Kritik noch die Kulturpolitiker können ernsthaft glauben, sie hätten eine Vorstellung von dem, was jetzt in allen Künsten gemacht werden muß. Sie können es erst erkennen, wenn es da ist, und dann natürlich sagen, das ist es oder das ist es nicht. Und Kultur in einer Demokratie müßte darin bestehen, alles wahrnehmbar zu machen. Ich weiß, daß sehr viel quantitative Schwierigkeiten da bestehen, auch sprachliche Wahrnehmung, und zwar die Wahrnehmung verschiedener Wirklichkeiten. Wir sprechen einfach nicht dieselbe Sprache, auch wenn wir alle Deutsch sprechen. Ich danke Ihnen.

Ein Jahrhundert wird besichtigt

Über Ernst Walter Zeeden,
»Hegemonialkriege und Glaubenskämpfe 1556–1648«

Was hier auf insgesamt 504 (davon 360 Text-)Seiten nicht nur referiert, auch erläutert und interpretiert wird, ist knapp und ausführlich zugleich; zum Glück werden kleinere Wiederholungen nicht gescheut, die den Zusammenhang wieder einklinken lassen, wo die Chronologie notwendigerweise unterbrochen werden mußte. Dem *Populus* zugehörig, das im Zentrum der Geschehnisse stand, bin ich ein Populärleser. Mehr nicht – und auch nicht weniger. Interessiert ohnehin, an Geschichten, auch an Geschichte, fand ich: Das ist spannende Lektüre, erhellend bis in die Gegenwart hinein; erheiternd ist diese Lektüre nicht, und das ist nun keineswegs Schuld des Verfassers, der da dieses knappe Jahrhundert zwischen 1556 und 1648 vorstellt, in dem so manches endgültig, anderes vorläufig entschieden wurde.
Die Ausgangsposition, sozusagen das Aufmarschgelände von Interessen und Konflikten, inneren wie äußeren, diese labyrinthischen Verwicklungen, wechselnden Koalitionen, merkwürdigen Bündnisse, alles immer aus gemischten Motiven, läuft über Schlachten und Geplänkel, Bürger- und Religionskriege auf den großen, den Dreißigjährigen Krieg zu – sinnlos für die, die ihn erduldeten, gewinnbringend für einige, die den heraufkommenden Frieden verfluchten, weil sie noch nicht reich genug geworden waren. (Der Krieg als Vermögensquelle nicht nur für die Rüstungsindustrie, das wäre ein Sonderthema für Historiker!) Analogien und Erkenntnisse bieten sich nach dieser Lektüre genug an.
Natürlich habe auch ich Geschichtsunterricht gehabt, und keinen schlechten, und doch habe ich bis vor wenigen Jahren (als ich Miß Wedgwoods Buch über den Dreißigjährigen Krieg las) immer noch geglaubt, es wäre um den Glauben, um ihn allein gegangen. Wem denn ging es um den Glauben? Den meisten Söldnern wohl kaum, wenn sie auch auf Fahnen und in Liedern einen demonstrierten, besangen, verteidigten; den Potentaten und Heerführern mit ihren gemischten Motiven im entscheidenden Augenblick nie. Den Gläubigen also, deren es ja wohl in allen konfessionellen Variationen einige gab; diesen – ich muß es so

ausdrücken – Armen, die da, zerrissen zwischen Heeren und Interessen, durch Koalitionswechsel und Konversionen ihrer Herrscher immer wieder verwirrt, für etwas wie die Reinheit ihres Glaubens kämpften?
Der Satz: »Rein politische Konflikte wurden zu Religionskriegen hochstilisiert« läßt für die Gläubigen Böses ahnen. Erheiternd ist das nicht, an die Zermahlenen, die Zerriebenen zu denken, derer im vorletzten Kapitel »Der Krieg und die Bevölkerung« ausführlich gedacht, deren Leiden und Opfer, deren Gewinn bilanziert wird. Es möchte einer Gläubigen aller Spielarten einhämmern: Glaubt, aber kämpft nicht für euren Glauben! Er mag ja rein sein, es mag ihn einer für rein halten; aber die, die zum Kampf aufrufen, Fahnen entwerfen, Lieder komponieren lassen, sie haben gemischte Motive, wo ihr gerade das Gemischte für das Unreine halten müßtet.
Wenn ich lese, daß dem Kaiser (natürlich) an der Einheit des Reiches und der Kirche lag – ob am einen um des anderen, oder am anderen um des einen willen, mag gewechselt haben –, dann denke ich an den heutigen Traum von der Wiedervereinigung, der ja wohl noch an irgendwelchen Reichsvorstellungen orientiert ist, keinen konfessionellen Beiklang mehr hat; an dessen Verwirklichung aber außerhalb Deutschlands wohl keiner Interesse hat (es sei denn, er könnte das vereinigte Deutschland dem einen oder anderen Glauben ganz dienstbar machen).
Nun, an dieser Einheit war auch damals außer dem Kaiser keine Macht interessiert, später, als er die Einheit im Glauben für immer aufgeben mußte, wahrscheinlich nicht einmal mehr der Papst. Und ich denke an Napoleon, der das Reich endgültig zerschlug, an Bismarck, der es wieder geschaffen zu haben glaubte, denke an Wilhelm II., den Ersten Weltkrieg, Hitler, den Zweiten Weltkrieg und seine Folgen – und ich denke mir, daß träumen natürlich erlaubt ist, Träumern und Politikern, soweit sie wirklich noch Träumer sind (das gibt's ja gelegentlich).
Frankreich unter Richelieu und Mazarin, die ja wohl so katholisch waren, wie man es bei Kardinälen als Minimum vorauszusetzen sich anmaßen darf, lag nichts an der Einheit des Reiches (der Begriff Deutschland ist jüngeren Datums), auch Gustav Adolf nicht, und es lag wohl auch de Gaulle wenig daran – und Adenauer wußte, was seine Nachfolger (in seiner Partei) nicht so gern wahrhaben.

Da ließ, so ums Ende des 16. Jahrhunderts herum, sogar der Papst Spanien, als es nicht mehr ganz so machtvoll war, fallen, wandte sich Frankreich und seinem soeben zum viertenmal konvertierten guten König Heinrich IV. zu, und spanische Prediger in Madrid beschimpften ihn »als Förderer der Ketzerei«.

Und ich erlaube mir, an Monsieur Lefebvre zu denken, der, wäre er, was er nicht ist: Papst, wohl mit dem Kirchenbann nicht sparen würde für regierende Päpste und andere; und ich denke an diese Gläubigen damals, für die der Kirchenbann eine wirklich harte Strafe war; der Verlust der Liturgie und der Sakramente traf sie sehr hart. Und doch waren die Motive für diese Verhängung ebenfalls gemischt: Machtinteresse und Dogma oder umgekehrt.

Dann beim Nachdenken darüber wird's mehr analog: Wird diese Strafe nicht mehr verhängt, weil sie nicht mehr wirkt? Oder ist das Machtinteresse nicht mehr so direkt vorhanden, das Dogma als Gehorsamsvehikel nicht mehr so wichtig – oder ist es nie das wichtigere gewesen?

»Das angegriffene Papsttum«, lese ich, »reagierte auf Luthers erste Kampfrufe zunächst routiniert und vordergründig und gedachte, sie durch prozessuale Mittel mit dem Beistand politischer Gewalt zum Schweigen zu bringen. Das mißlang.« Heute gelingt das eine nicht mehr und ist das andere (die politische Gewalt) nicht mehr vorhanden. Es gibt da an anderer Stelle den Satz: »Das Papsttum erhob Ansprüche, für die die Zeit abgelaufen war.« Der Papst hieß Paul V. – der gegenwärtige heißt Paul VI. –, und soviel ich weiß, wählten Päpste ihre Namen ja nicht zufällig, sie knüpfen an etwas an.

Noch ganz in konfessionalistisch geprägter Umgebung aufgewachsen (eine Mischehe galt als Katastrophe, wurde dann auch manchmal eine, wobei nie herauskam, ob die Ehe als solche oder die Mischung Ursache war), hat mich besonders die Entstehung, die Entfaltung, haben mich die wahnwitzigen Auswüchse des Konfessionalismus interessiert. Ich frage mich, ob er wirklich überwunden ist, wie allzu fortschrittsfreundliche Zeitgenossen glauben? Ob nicht die scheinbar nur politischen Ideologien Sozialismus und Kapitalismus, beide religiös beeinflußt, wenn nicht religiösen Ursprungs, längst zu Konfessionen geworden sind, mit ebenso vielen Variationen wie diese? Und ob in ihren Herrschaftsbereichen nicht das *cujus regio ejus religio* praktiziert wird; und ob nicht für sie gilt, wörtlich anwendbar, was Zeeden für die von ihm interpretierte Epoche schreibt: »Die politischen Obrigkeiten schrieben in der Regel das religiöse Bekenntnis vor und erzwangen seine Annahme. Wer sich nicht fügte, galt als Unruhestifter und machte sich strafbar!«

Man neigt ja immer dazu, die Epoche, die hinter einem liegt, als die »finsterste« zu bezeichnen, hält die eigene für eine erleuchtete. Nicht einmal die Inquisition, deren Name ja harmlos klang (es bedeutet nicht mehr als Nachfrage oder Untersuchung), ist ja überwunden: Was bedeuten denn »Untersuchungsausschüsse«, was bedeutet »ideologische Überwachung« anderes, und was geschieht mit dem Radikalenerlaß anderes, als daß eben nachgefragt und untersucht wird!

Die Todesstrafe für Ketzer gibt es nicht mehr, gewiß, aber Kräfte, die sie gern nicht nur für Schwerverbrecher, auch für Ketzer wiedereinführen möchten. Daß Ketzer nicht mehr verbrannt werden, verdanken wir ja nur den paar Ketzern, die überlebt haben. Ich lese, daß eine Frau, die bei der Hinrichtung des Mörders von Wilhelm von Oranien zuschaute, dabei die Nerven verlor und zu wimmern begann, nur mit Mühe dem Schicksal entging, von den Umstehenden gelyncht zu werden. War sie etwa eine »Sympathisantin«, die auch den Mord am Mörder, die Tortur nicht ertrug? Wir sollten uns nicht zuviel einbilden und uns einige Jahrhunderte in die Zukunft versetzen, uns vorstellen, wie man diese Epoche, in der wir leben, beurteilen wird.

Wahrscheinlich hat doch Kenntnis der Geschichte, wenn man nicht, was legitim ist, an fachlichen Kontroversen, am Interpretationsritual interessiert ist, nur den Sinn, die eigene zu beurteilen. Mehr als fünfzig Millionen Tote innerhalb von sechseinhalb Jahren Krieg, und nimmt man den Ersten Weltkrieg hinzu und die wirre Zeit zwischen den Kriegen, dann sind es schon dreißig Jahre und Tote, Gemarterte, Verschleppte, Vertriebene genug – und gar manch einem wurde sein Gesichtsausdruck zum Verhängnis, drückte er doch nicht das vorgeschriebene Gefühl aus.

Wenn Adel und Klerus, später auch Bürger um Freiheiten kämpften, mit dem Papst oder gegen ihn, mit dem Kaiser und König oder gegen ihn, mit der oder jener Konfession oder gegen sie, so waren es immer nur ihre eigenen Freiheiten. Kein Mensch machte sich Gedanken ums »Volk«, es wurde hin und her gerissen, fanatisiert, in Stimmung versetzt, bestraft, gelegentlich ein wenig gestreichelt, und es ging eben manchmal auch um den Glauben. Die merkwürdige Koalition Richelieu – Gustav Adolf, des blauäugigen Kämpfers für den Protestantismus mit dem Hugenotten-Gegner, wurde dem schwedischen Volk verschwiegen und dem französischen wohl auch.

Vom Standpunkt eines Gläubigen aus so anrüchig wie die Koalition Mazarin – Cromwell: die verblüffende, wenn nicht Ähnlichkeit, so doch weitgehende Vergleichbarkeit von Calvin mit Loyola in ihren Motiven und ihren Wirkungen. Und wenn ich lese, Philipp II. habe »von vornherein die Einsicht« gefehlt, daß dieses nördliche Territorium (die Niederlande) nicht genauso regiert werden konnte wie die Landesteile von Kastilien«, da doch in den Niederlanden sich schon Bürgersinn regte (nicht nur, aber auch interessenbedingt), so scheint mir, läßt sich diese Art Verkennung auf die UdSSR anwenden in ihrem Irrtum und Mißverständnis den europäischen Staaten gegenüber, die in ihren Machtbereich gerieten. Achtzig Jahre dauerte die Auseinandersetzung zwischen Spanien und den späteren Niederlanden.

Und wenn im Streit zwischen »Pelagianern« und »Lutheranern« (schimpfliche Bezeichnungen in einem innerkatholischen theologischen Streit zwischen Jesuiten und Dominikanern), vom Papst Ende des 16. Jahrhunderts eine baldige Stellungnahme angekündigt wurde, die bis heute nicht erfolgt ist, dann wird mir bange um die heute lebenden Theologen, denen es ja ernst ist, deren »Fälle« immer wieder verschleppt werden.

Neu auch, zu erfahren, daß die Reformation eines offensichtlich bewirkt hat: Bildungsmöglichkeit auch für solche Katholiken, die nicht unbedingt Priester werden wollten; auch die Priesterbildung mußte einfach verbessert werden angesichts der massiven Konkurrenz. Ein bißchen hängt ja das Bildungsdefizit der Katholiken noch herum, und nicht nur das: Auch die sind noch oder wieder da, denen es willkommen ist. Die Gegenreformation ist noch lange nicht abgeschlossen, das Volk weiß inzwischen zuviel.

Spaniens Entwicklung und Rolle, die Folgen der Vertreibung von Mauren und Juden, das Elend der Zwangskonvertierten – und da steht es wörtlich, auf England bezogen, was wohl auch für die Niederlande und andere gilt: »Die stärksten Initiativen entfalteten Kaufmannschaft und Gentry im Überseehandel. Er entwickelte sich praktisch aus der Piraterie. Nach den Armadaschlachten nahm er einen gewaltigen Aufschwung und wurde zum lukrativsten Erwerbszweig überhaupt«, und das in einer Zeit, in der kurzfristige Darlehen bis zu dreißig Prozent Zinsen brachten. Das stammt nicht aus einer Jusofeder und nicht aus der eines ultralinken Labourabgeordneten; es stammt vom Verfasser dieses Bandes, der immer an der Sache bleibt.

Das Kapitel über den Dreißigjährigen Krieg hebt, nachdem das machtpolitische, konfessionelle und strategische »Aufmarschgelände« dargestellt ist, mit dem Satz an: »Der Krieg begann als Revolution in Prag.« Und immer, wie auch Ferdinand II. in Böhmen, Gustav Adolf in Schweden (der eine provisorische schwedische Regierung in Würzburg bildete), gingen die Sieger zu weit, nicht nur gegenüber den Besiegten, auch gegenüber ihren Verbündeten – und so entstanden neue Konflikte, neue Koalitionen, die nichts mehr mit »hie katholisch – da evangelisch« zu tun hatten. Ketzer waren für die Calvinisten ja auch die Lutheraner.

Nachzudenken wäre noch über einiges, ob etwa die Mainlinie, die ja auch verschiedene deutsche Katholizismen voneinander trennt, erst mit der Reformation entstand; über die Rolle und den Aufstieg Englands, der Niederlande, Schwedens, nachdem Spanien besiegt war. Handel, Häfen, Flotten dienten nicht nur dem »neuen« Glauben.

Ich schließe mit dem Ausspruch des Vincent de Paul: »Die Armen – Millionen von Unschuldigen, die von Haferbrei und Kleie leben – besitzen nichts mehr, ausgenommen ihre Seele, und diese nur, weil man sie ihnen nicht versteigern kann.«

Zu erwähnen sind noch die sorgfältig ausgewählten zeitgenössischen Illustrationen und Bildtafeln, die Stammbäume und Register. Sie »lockern« nicht nur auf, sie zeigen, wie eine Zeit, die wir nach drei Jahrhunderten besichtigen, sich selber sah.

Lieber Dieter Fringeli!

Da Sie mich so offen und so direkt ansprechen, will ich ein letztes Wort in dieser Sache an *Sie* richten. Im Wirrwarr der Erklärungen, Gegenerklärungen, Gegengegenerklärungen und letzten Endes der Gegengegengegenerklärungen, haben wir – meine Familie und ich – uns entschlossen, nichts mehr zu sagen über das hinaus, was wir vor wenigen Tagen der dpa in Köln übergeben haben: eine Aufzählung der gravierendsten Widersprüche, die unsere Zweifel bestärken, unser Mißtrauen bestätigen. Wir haben nicht den Verlautbarungsapparat des Bundespresseamtes, des Innenministeriums von Nordrhein-Westfalen, des Kölner Polizeipräsidiums.

Was bleibt, ist die *Stimmung* hier, eine Zwei-Groschen-Stimmung (man braucht bei uns zwei Groschen, um von einer öffentlichen Telefonzelle aus anzurufen), in der jeder der Polizei möglicherweise wichtige Beobachtungen mitteilen, in der aber auch jeder jeden denunzieren kann. Ich hoffe, daß die Schweiz nicht zu einem 40-Rappen-Land wird. Was bei uns bleibt, ist der Triumph der Springer-Presse, die bis zur Absurdität weiter ihre klebrigen Kommentare liefert, lügt.

Nun gut, wenn man uns nicht allzusehr provoziert (Provokationen der Springer-Presse nehme ich inzwischen als Schmeichelei, obwohl ich weiß, daß sie keineswegs schmeichelhafte Wirkungen haben), werden wir also schweigen und arbeiten, wenn man uns läßt. Vielleicht interessiert es Sie, da Sie ja, soviel ich weiß, auch aus dem »Milieu« stammen, daß die katholische und katholisch gefärbte Presse mal wieder den widerwärtigsten Part in dieser Sache übernommen hat. Sie übertrifft die Springer-Presse.

Interessant ist wohl auch folgende Tatsache: früher, wenn ich mich mal wieder »einmischte«, (etwa in den Fall Defregger – erinnern Sie sich?) bekam ich Drohbriefe anonym, Zustimmung namentlich gezeichnet – inzwischen ist das umgekehrt: Zustimmung kommt anonym, Grobheiten werden mit Namen gezeichnet. Da ist nun *wirklich* interessant und mag – als Stimmungsbarometer – das Bundespresseamt und die Innenminister aufmerksam machen.

Eine weitere Beobachtung: eine südamerikanische Studentin, die morgens mit dem Bus in eine kleine Ortschaft außerhalb Köln fährt, hat nicht mehr den Mut, im Bus ihre Lektüre offen weiter zu betreiben. Sie las ein spanisch geschriebenes Buch über die Geschichte der »Tupamaros«, eine soziologische Studie. Das junge Mädchen fürchtete den Volkszorn, möglicherweise unbegründet, aber sie fürchtet ihn angesichts der *Stimmung*.

Weiter: ich las da in einer Provinzzeitung (*Burghauser Nachrichten* vom 21. 9. 77, die ich zugeschickt bekam) einen Artikel, den ich gern in den großen überregionalen Tageszeitungen mit großer Auflage gelesen hätte. Titel des Artikels: *Das Große Fressen am Wörther See.* Neunzig, so las ich, »Industriemagnaten, Finanzgewaltige, und Playboys aller gängigen Kaliber«, haben sich dort per Jet versammelt, um zu feiern und zu fressen, auf ihre Art, die ihnen nicht genommen sei; aber sie mußten 17 Stunden lang bewacht werden, von Polizeibeamten und einer Privattruppe, weil sie sich bedroht fühlten. Sie kokettierten mit dem Schicksal von Herrn Dr. Schleyer, beklagten den Notstand demokratischer Gesetze etc., es waren ihnen Drohungen von der »Baader-Meinhof-Bande« zugegangen. Vielleicht sind solche Feste, die, wie ich las, mit Porno untermalt werden, der Ausdruck »klammheimlicher Trauer«. Geschmack ist nicht justitiabel, aber Polizeibeamte werden ja von Steuergeldern bezahlt, u. a. auch von *unserer*, der Autoren und Theologen, Steuer.

Ich grüße Sie herzlich

Ihr Heinrich Böll

Laudatio auf den Georg-Büchner-Preisträger Reiner Kunze

gehalten am 21. 10. 1977 *in Darmstadt*

> ... daß du immer
> blöde die eigne Seele leugnest ...
> Friedrich Hölderlin, »Gesang des Deutschen«

Die erste Zeile aus diesem Gedicht wird häufig zitiert, die, die ich zum Motto wähle, selten oder kaum. Ich will hier nicht den Versuch unternehmen, herauszufinden, was das denn nun sei: die »eigne Seele« der Deutschen, und ich bin heilfroh, lieber Reiner Kunze, daß Sie zwar Bürger der Bundesrepublik Deutschland sind, in *dieser Eigenschaft* aber sehr jung, noch nicht und vielleicht für immer nicht einbezogen in eine aktuelle Auseinandersetzung, die Ihnen fremd vorkommen mag, überraschend, oder doch nicht so sehr? So will ich nicht über das Aktuelle sprechen, nur versuchen, mich dem zu nähern, was *permanent* aktuell daran ist und deutsch, unabhängig von der geschichtlichen Situation und vom politischen System.

Zunächst aber ein paar Worte zu Ihnen, Reiner Kunze. Wenn ein Autor aus einem sozialistischen Land hinausgeworfen oder hinauskomplimentiert wird, werde ich gelegentlich von Freunden oder Kollegen gebeten, ihn zu warnen vor den Fleisch- und Werwölfen des nackten Antikommunismus, vor falschen Freunden und Spekulanten, vor der Vermarktung, vor den Gefahren, die seiner hier lauern.

Ich habe mich immer standhaft geweigert, diese Funktion zu übernehmen, selbst dann, wenn die professionellen Ausbeuter von Schicksalen ihr Opfer in eine Front zu rücken versuchten, die letzten Endes sich gegen mich richtete. Ich neige nun einmal nicht zur Indoktrination, ich gehe davon aus, daß ein Autor, wenn er auch nur auf der untersten Ebene diese Bezeichnung verdient, wahrnehmungs- und ausdrucksfähig genug ist, Gefahren selbst zu erkennen; daß die Gefahr, der er entronnen ist, ihn nicht unempfindlich macht für die Gefahr, in die er gerät. Denn Gefahr besteht immer und überall.

Dem Autor der *Wunderbaren Jahre* und der *Zimmerlautstärke* habe ich nichts beizubringen. Ich habe über Sie geschrieben, habe nichts zurückzunehmen, nichts zu korrigieren, nur ein wenig hinzuzufügen. Nicht berufen fühle ich mich, die Wahrnehmung eines Autors zu animieren, der in einem ›beinahe‹ (»daß er einmal beinahe in einem VW-Käfer mit West-Berliner Kennzeihen getrampt wäre«) eine ganze Schreckenswelt unterbringt und ausdrückt; der solch ein Wimpernzucken des Terrors wahrnimmt; dieser Autor wird wohl wissen, was er liest, wenn er liest, daß die Neutronenbombe (die keine Bombe, sondern eine Waffe ist, wobei festzustellen wäre, ob eine Bombe nicht doch eine Waffe ist und eine Waffe eine Bombe sein könnte) – daß sie also *nur* Leben zerstört, und wenn er liest, daß eine lautstarke Partei diese Waffe freudig begrüßt; kaum Worte, Wörtchen nur, hingesprochen zwischen Wimpernzucken und Augenzwinkern. O heilig Herz der Völker, o Vaterland – ist der Tod doch ein Meister aus Deutschland?

Es gibt ein uraltes, nicht nur deutsches Mißverständnis zwischen Autoren und Politikern; letztere bilden sich einfach zu viel ein, wenn sie durch Romane, Gedichte, Erzählungen, Dramen sich beleidigt fühlen, weil die Welt, die sie geschaffen haben, in Wirklichkeit doch schöner sei, als dort dargeboten. Der Streit darüber, was nun wirklich sei, ist sinnlos, zeitraubend und langweilig; nicht nur die deutsche, die internationale Literatur macht den Streit überflüssig.

Was wirklich ist, bestimmt der Autor, der Maler, der Bildhauer, der Tänzer, der da *seine* Wirklichkeit schafft. Entgegenkommen gibt es nicht, Zumutung ist die Parole – und auf alle Rückwärtsangriffe gibt's nur eine Antwort: Vorwärtsverteidigung. Hölderlin hat seine Wirklichkeit, Erich Kästner, Reiner Kunze und viele andere, fast unzählige, und vielleicht ergeben alle ihre Wirklichkeiten die eine; man muß schon lesen, viel lesen und genau.

In keinem Land der Erde – nicht hier, nicht in der DDR, nicht in der Sowjetunion oder Frankreich – hat die Literatur die Aufgabe, Werbung für irgendeine politische und ökonomische Wirklichkeit zu liefern. Dazu gibt es Presseämter, Ministerien, Verlautbarungsapparate, und wenn einer Tristesse mit Tristheit verwechselt, so entspricht das der Verwechslung von Untröstlichkeit bei Trostlosigkeit; ich muß hier wiederholen, was ich vor elf Jahren in einer Rede gesagt habe, einer Rede, die mir eines anderen Zitats wegen so viel Ärger eingebracht hat, daß ich sie

immer mehr liebe, manchmal sogar gut finde; lieber Reiner Kunze, verzeihen Sie mir die Wiederholung, sicher möchten auch Sie gewissen und bestimmten Leuten das Lesen beibringen.
Nun aber zu den Deutschen, die mal wieder unter der Last ihres schlechten Rufes stöhnen. Dieser schlechte Ruf tut weh, auch uns Autoren, auch, wenn wir uns meistens international in einer Gesellschaft befinden, wo Klischees nicht gelten; auch, wenn wir die deutsche Geschichte mit ihren vielen Epochen der Untertänigkeit und die Greuel zu kennen glauben; es tut weh, denke ich, weil wir, indem wir *deutsch* schreiben, ein Bekenntnis ablegen oder ausüben, das mit Vaterlandsliebe weit unter Wert bezeichnet wäre; diese tiefe, ausdrucksreiche, die deutsche Sprache, die eben Wirklichkeiten zwischen Hölderlin und Kästner und Kunze zuläßt, viele andere Wirklichkeiten noch, etwa zwischen Kleist und Kroetz – suchen wir nicht in ihr, was Hölderlin die »eigne Seele« genannt hat – und finden sie nicht in Glücksmomenten, und wissen, daß sie, die diese Sprache sprechen, so ähnlich nicht sein können?
Die Haaresbreite sensibler Wege – die hat ein Deutscher gefunden, ist ein Deutscher gegangen; auf dieser Haaresbreite hat er gelebt und gewohnt, kein Seiltänzer, kein Akrobat, standfest, weil sensibel, abhold den Grobheiten seiner Zeit, von ihnen getroffen und doch nicht schwankend, weil die Sprache ihn hielt, eine Sprache, die nicht vereinfacht, die man Zeile für Zeile sich entfalten lassen muß, Welten aufbauend auf einer Zeile, Welten, die beben; bebende Kreatur im Gebrüll des Schreckens, in der mörderischen Mechanik bloßen Funktionierens. Das nenne ich *wirklich* und deutsch, und soll sich keiner einbilden, kein Bürger, kein Staatsmann – er wäre nicht betroffen.
Kategorien der Herablassung nennen das wohl ein »schmales Werk«. Lieber Reiner Kunze – ja, schmal ist es wie eben die Haaresbreite, auf der es Türme baut, Welten errichtet, Verse anstimmt, die lautstarke Mächte, muskelprotzende Armeen in Zorn versetzen.
Vor Davids Schleuder wird Goliath immer noch lächerlich; schmales Werk, ja, deutsch und schmal: sensible Wege, suchen und finden die »eigne Seele«, die Propaganda scheut, Lautstärke meidet – im sanften Schwirren des Pfeils mehr Kraft, Zielsicherheit und Mut verbirgt als das tägliche, nächtliche Propagandagetöse. Ein Einbaum mit Einmannbesatzung zwischen ganzen

Flotten in ihrer lächerlichen martialischen Selbstsicherheit. Ein Deutscher, ein Dichter, Reiner Kunze, Sie, mit einem schmalen Werk, in dem sich Welten entfalten, dieses Preises würdig und höherer Ehren: verliehen für die Standfestigkeit der Poesie, in Ihrem Falle der deutschen Poesie in deutscher Wirklichkeit.
Deutsche Peinlichkeiten gibt es da genug, die Lautstärke, die Besserwisserei. Manchmal könnte man auf die Idee kommen, wir Deutsche hätten die Freiheit und auch die Demokratie erfunden. Das trifft ja nun leider nicht zu, und es wäre schon viel getan, wenn wir nicht allzu laut *anderen* Vorträge über Freiheit und Demokratie hielten, zum Beispiel den Italienern, den Spaniern und Franzosen, die wir vor etwas warnen zu müssen glauben, das nun wirklich deutscher Sprache und deutschem Boden entsprungen ist: dem Marxismus; und wissen doch auch, daß in den genannten Ländern *freie* Wahlen stattgefunden haben; und sollten doch auch nicht vergessen, welcher Art die Befreiungen waren, die die Deutschen anderswo verursacht, an denen sie teilgenommen haben.
Möglicherweise liest mancher Deutsche den *Archipel Gulag* nicht, um an den Leiden derer teilzunehmen, denen dieses Monument gewidmet ist, sondern um die Greuel der eigenen Geschichte zu vergessen. Wo welches Deutschland als das häßliche oder häßlichere empfunden wird, das ist ein kompliziertes Wechselspiel zwischen Ost und West. Geliebt werden wir kaum irgendwo, das ist kein Grund zur Freude oder gar zum Triumph, am wenigsten für uns Autoren, aus Gründen, die ich vorhin anzudeuten versuchte.
Manchmal fürchte ich, daß wir, die Gelehrigen, die Übereifrigen, möglicherweise dazu ausersehen sind, letzten Endes die Dummen zu sein; daß wir nicht auf dem Schlachtfeld, sondern *als* Schlachtfeld wiedervereinigt werden – daß da irgendwo einer sich ins Fäustchen lacht, wenn wir mal wieder Todeswaffen so freudig begrüßen.
Mir ist das unheimlich, was da so alles gesagt, zurückgenommen, noch einmal gesagt, wieder zurückgenommen – und dann doch wieder vorgezeigt wird. Ich weiß, daß in allen Generalstäben der Welt alle möglichen und unmöglichen Pläne ausgearbeitet werden, die nie verwirklicht werden; daß dies alles potentiell ist, aber potentiell ist es; es kann einem bange werden, und Bangigkeit wird ja wohl erlaubt sein, Bangigkeit auch vor der enthusiastischen Begrüßung immer neuen Tötungspotentials.

Vielleicht, lieber Reiner Kunze, machen wir Autoren uns am wenigsten vor, wenn wir auch Träumer, Spinner, Toren und Phantasten sein mögen; wir kennen die Sprache, jeder von uns auf seiner Ebene, kennen ihre Schönheit und ihren Schrecken, ahnen, was sie ausdrückt und was sie verbirgt, das Wörtchen »beinahe« oder das Wörtchen »nur« kann uns bange machen, ein Wimpernzucken uns Angst einjagen, ein Grinsen uns den Tod verkünden, ein Wort, das zur Anordnung umgeformt wird, uns vertreiben.

Die Litanei derer, die die DDR verlassen oder verlassen müssen, wird immer länger – wenn wir mit Rudolf Hagelstange und Theodor Plivier anfangen, ist sie schon lang genug, und die Länge der Litanei sollte uns nicht zum Triumph gereichen, sondern zur Trauer. Ein Land wird ärmer ohne seine Autoren, und an dieser Verarmung kann uns nicht gelegen sein, seien wir froh um jeden, der dort bleiben will und bleiben kann, mag's auch Rivalitäten geben, oft Lausiges gesagt und geschrieben werden; ärmer wird man um jeden, der da gehen muß, und die Schadenfreude, die der eine oder andere vorübergehend empfinden mag, wird rasch giftig.

Ich frage mich nur: Wen – außer mir – interessiert das schon, was die Deutschen da miteinander anstellen, hier wie dort? Wen, außer einer kleinen Schar humanistisch gesinnter Internationaler, von ebenjener Sorte, die hierzulande, wo man Humanismus schon mit Humanitätsduselei gleichzusetzen beginnt, so wenig Ansehen genießt? Die Blindheit, mit der die paar internationalen Sympathien zerstört werden, ist schon atemberaubend.

Mir fiel auf: es gibt viele Deutsche, die wie Engländer aussehen möchten (daß sie es nie, aber auch nie schaffen, ist eher traurig als lächerlich); Franzosen gibt's wohl, die wie Engländer aussehen möchten, Engländer vielleicht, die wie Spanier aussehen möchten und so weiter: man kann da beliebig Bäumchen-wechsel-dich spielen. Ich fürchte, es gibt kaum einen Ausländer, der wie ein Deutscher aussehen möchte – außer ein paar, die wie Nazis aussehen möchten, aber so wollen wir nun wieder nicht aussehen. Sehen wir also getrost wie Deutsche aus, die deutsche Literatur jedenfalls hat keinen Grund, sich dessen zu schämen.

Keine Blamage fürchtend, wage ich vorauszusagen, daß die *Wunderbaren Jahre* dem, der zu lesen versteht, nicht nur zwischen den Zeilen auch *auf* ihnen die Welten entdeckt, die sie tragen; der auch das kleinste Wort nicht übersieht, das Wimpernzucken der Sprache noch bemerkt, unbeirrt vom Gedröhn der Schlagzeilen – dem werden die *Wunderbaren Jahre* mehr Auskunft über Deutschland geben, mehr über das Schicksal der ČSSR als ganze Fluten von Propagandaliteratur.

Was das Tragen einer Nickelbrille bedeuten kann, ein Etikett in einem Mantel, das in russischer Schrift seine Herkunft aus der DDR bekundet – welche Folgen die scheinbar nebensächlichen Alltäglichkeiten haben können – und auch das andere, das in *Mein Freund, ein Dichter der Liebe* in einunddreißig Zeilen ausgedrückt ist: daß einer erleichtert sein konnte, weil es nur *die Panzer* waren, deren Einmarsch ihm mitten in der Nacht mitgeteilt werden sollte – und nicht die nächtliche Ankunft der Geliebten, während seine Frau bei ihm zu Besuch war. Auch das: Leichtsinn und Leichtfertigkeit der Poeten, inmitten einer Katastrophe, vorübergehend wohl, und doch im *Augenblick* empfunden und ausgedrückt und als Augenblick verewigt, mitten im tödlichen Geschehen eine Lebensäußerung, die eine total verrückte Relation herstellt. Auch das.

Nur, lieber Reiner Kunze: lesen muß gelernt sein, deutsch lesen, im Einbaum versteckt zwischen den brüllenden Propagandaflotten. Reiner Kunze zu lesen . . . *Zimmerlautstärke* noch zu vernehmen. Ich hoffe, daß deutsche Augen und deutsche Ohren noch dazu fähig sind. Erinnern wir uns an die beiden Zeilen aus Hölderlins Gedicht *Gesang des Deutschen*:

Oft zürnt ich weinend, daß du immer
blöde die eigne Seele leugnest . . .

Das Klima nicht vergiften

An den Landesvorsitzenden der Gewerkschaft der Polizei

Sehr geehrter Herr Schröder,
alle meine Äußerungen, auch die meines Sohnes, bezogen sich nicht auf die Polizei, sondern auf die Stimmung, von der ich allerdings glaube, daß sie gemacht worden ist. Wenn Sie alle meine Äußerungen in der Öffentlichkeit prüfen, werden Sie feststellen, daß ich nie von »Hetze der Polizei« gesprochen habe. Daß die Polizei – notwendigerweise, da sie ja in dieser Situation schwerwiegenden anonymen Hinweisen nachgehen muß – auch Opfer von Stimmungsmache werden kann, sollte unbestreitbar sein. Vergessen Sie auch bitte nicht, daß es das vierte Mal mit meiner Familie passierte (inzwischen hat es einen fünften Fall gegeben – harmlos: eine Durchsuchung eines ehemaligen Arbeitszimmers von mir). Das eine Mal, als es bei meinem ältesten Sohn tatsächlich Anlaß zu einer Durchsuchung gab, wurde durch die Vorveröffentlichung in der *BZ* (die etwa acht Stunden bevor diese Durchsuchung stattfand diese als schon geschehen publizierte!) – aus der Durchsuchung ein Skandal, ein Menschenauflauf, fast eine Verkehrsstauung – mit Photographen etc. – »keine Verhältnismäßigkeit der Mittel« mehr. Es war eine regelrechte Brandmarkung, die für meine Familie schwerwiegende Folgen hatte. Ich bitte Sie, das Ihren Kollegen zu erklären. Zu erklären, warum wir mißtrauisch und empfindlich sind. Ich halte einen öffentlich geführten Dialog für notwendig und wichtig. Wir sollten ihn führen, sobald das augenblicklich herrschende Klima sich – hoffentlich bald – etwas abgekühlt hat. Sie und Ihre Kollegen können nicht wissen, was alles drei–vier Wochen vor der Haussuchung bei meinem Sohn René in den Zeitungen gestanden hat, die mich nun einmal zu ihrem Feind erklärt haben. Es ist schon schändlich.
Ich danke Ihnen sehr, daß Sie mir Ihren Brief geschickt haben, bevor Sie ihn publizieren. Lassen Sie mich wissen, wie es weitergeht.

Mit freundlichen Grüßen Ihr Heinrich Böll

P.S.: Gelegentlich würde ich mich gern mit Ihnen über den Unterschied zwischen einem Häuserblock und einem Gebäudekomplex unterhalten. Der Ausdruck Häuserblock ist in jedem Falle unzutreffend und hat zu zahlreichen Mißverständnissen geführt, die sich in Leserbriefen ausdrücken.

Dann wird das Feuilleton zur Quarantäne-Station

An die Herausgeber der Frankfurter Allgemeinen Zeitung

Sehr geehrte Herren,
wenn ich diesen Brief mit einem Dank beginne, so fürchten Sie bitte nicht, er werde mit einer Beschimpfung enden. Daß ich privat gelegentlich auf und über Sie schimpfe, muß vorausgesetzt sein; als einer, der seit über einem Vierteljahrhundert freier Mitarbeiter Ihrer Zeitung ist, fühle ich mich verpflichtet, das zu gestehen.
Mein Dank gilt dem Beitrag von Herrn Dr. Rühle in Ihrer Zeitung vom 14. September 1977 über das, was man inzwischen den Fall Peymann nennen kann. Dank auch für den Abdruck der Erklärung von Claus Peymann. Nachdem ich Herrn Dr. Rühles Artikel und die Erklärung von Herrn Peymann gelesen habe, bin ich nicht der Meinung, daß Herr Peymann sich taktisch falsch verhalten hat. Seine Erklärung ist eindeutig; wenn er das Schwarze Brett mißbraucht haben sollte, so ist er dafür gerügt worden, und der Fall sollte erledigt sein. Er ist es inzwischen, weil Herr Peymann seinen Vertrag über August 1979 hinaus nicht verlängern will. Der Ruf nach seiner Entlassung, seiner »Entfernung« wird bleiben. Zwei Jahre sind eine lange Zeit, Stimmung und »Volkes Zorn« sind bedenkliche und wirksame Waffen gegen jemanden, der nicht einmal verdächtig ist, sondern nur verdächtigt worden ist. Er hat im Juni den Bittbrief einer Pfarrersfrau ausgehängt, deren Tochter zu lebenslänglicher Haft verurteilt ist; auch wenn diese Pfarrerstochter Gudrun Ensslin heißt; auch wenn der Brief Anfang September und nicht schon im Juni ausgehängt worden wäre, wäre das kein Grund, Herrn Peymann in dieser Weise zu verdächtigen und in die Ecke zu drängen. Es ist in diesem Zusammenhang die Frage fällig: Wo leben wir eigentlich?
Vor mehr als zwanzig Jahren habe ich gemeinsam mit meiner Frau die Übersetzung eines Buches von Czeslaw Milosz, dem polnischen Dichter, bearbeitet; der englische Titel des Buches hieß *Captive Mind;* er wurde nach langwierigen Überlegungen mit *Verführtes Denken* übersetzt. Heute denke ich manchmal, man hätte ihn mit »Vorgeschriebenes Denken« oder »Folgen der

Gehirnwäsche« übersetzen können; in diesem Buch wird die Anpassung polnischer Intellektueller verschiedenster ideologischer Herkunft während der stalinistischen Ära geschildert; ich halte es immer noch für einen Klassiker der Analyse; das Buch wurde im Kalten Krieg das, was man einen »stillen Renner« nennt.

Wenn jemand, der den Bittbrief einer Pfarrersfrau aushängt, in eine Lage gebracht wird, die ihn veranlaßt, seinen Vertrag nicht zu verlängern, so frage ich mich, welcher »mind« die Leute beherrscht, die solche Stimmung machen, schüren, ausnutzen, und ich frage mich: was wollen sie wirklich? Geraten wir in eine Periode des *vorgeschriebenen* Denkens und der vorgeschriebenen Gefühle? Muß einer, wie es hier und da auch von verantwortlichen Politikern gefordert wird, sich nicht nur seine Gefühle, auch seine Gefühls*äußerungen* vorschreiben lassen? *Muß* einer das? Ich wage nicht einmal, bei solchen Äußerungen von Politikern an Demagogie zu denken, ich fürchte: *sie denken wirklich* so. Muß einer, wenn er das eine kritisieren möchte, immer seine Bestürzung über *alles* Schreckliche und Scheußliche in der Welt mitliefern? Wenn das Denken, die Gefühle und außerdem öffentliche Gefühlsäußerungen vorgeschrieben werden, dann wird ein Kollektivdenken und -verhalten gefordert, das ansonsten als sozialistisches Gespenst gilt. Kommt nicht dieses – das sozialistische –, sondern ein anderes Gespenst auf uns zu, das noch keinen Namen hat? Warum muß ein Schauspieldirektor gehen oder aufgeben, der sich gegen keinen Paragraphen des Strafgesetzbuches vergangen hat? Warum wird aus der fälligen (und ausgesprochenen) Rüge drei Monate nach dem Mißbrauch des Schwarzen Bretts ein Skandal? Nun wird man Peymann vorwerfen, er sei ja nicht entlassen worden, sondern habe aufgegeben. Die Frage, welcher Druck einen dazu veranlaßt, der lediglich einen kleinen Disziplinarfehler begangen hat und dafür gerügt worden ist, wird dann nicht mehr gestellt; und wenn nicht einmal Herr Oberbürgermeister Rommel – dem ich auf diesem Wege ebenfalls danken möchte – seinen Schauspieldirektor halten kann, wer »hält« dann die junge Lehrerin, die möglicherweise im Fach Staatsbürgerkunde auf Prozesse gegen Demonstranten zu sprechen kommt? Herr Peymann hat Öffentlichkeit (und sein Fall wird das Bild vom häßlichen Deutschen nicht verschönern helfen!), er hatte die Unterstützung eines CDU-Oberbürgermeisters. Welche Entmutigung wird sein Fall für die bedeuten, die weder Öffentlichkeit noch die Unterstützung *irgendeines* Politikers finden, der *vorgeschriebenen* Stimmungen erliegt? Wer schreibt das vor? Wer ist verdächtig, wer verdächtigt? Auf wen trifft das Unwort Sympathisant nun wirklich zu? Sympathisiert da etwa einer mit etwas, das er törichterweise »Fortschritt« nennt oder gar mit etwas so fürchterlichem wie Reformen? Schon entdeckt einer in Kommentaren, Rundfunk-Magazinen, Gesprächen etwas, das Opportunismus zu nennen zu harmlos wäre. Opportunismus setzt ja ein Minimum *bewußter* Anpassung voraus, während in den meisten Fällen die Angst, sich nicht vorschriftsmäßig zu äußern, schon so tief abgesunken ist, daß sie nicht mehr wahrgenommen wird.

Was mich an dieser Entwicklung beschäftigt: wessen Interessen dient sie. Und nun komme ich zur Beantwortung der Frage, die Sie sich gewiß schon gestellt haben: Warum schreibt er uns? Ich schreibe Ihnen, weil Ihre Zeitung zu den einflußreichsten unserer Republik gehört; weil sie, wie kaum eine andere, Tendenzen beeinflußt. Immerhin leben wir ja in der Bundes*republik* Deutschland. Es wird Sie gewiß nicht kränken, wenn ich Ihre Zeitung – jedenfalls im politischen und im Wirtschaftsteil – unternehmerfreundlich nenne, während sich in Ihrem Feuilleton die »Linken« (und was sich und was man so dafür hält) friedlich tummeln dürfen. Tummeln wir Tümmler uns also weiter, während unter uns in den tieferen Gewässern die kleinen Fische von den großen gefressen werden. Die Freiheit, die einer hat, wird suspekt, wenn andere sie nicht haben, etwa jene Lehrerin nicht, die, als sie das Wort »Sozialkunde« aussprach, das entsetzte Geschrei ihrer Klasse hörte, von Sozialismus wolle man nichts hören. Wir da oben haben keine Ahnung, was denen da unten blüht, wenn ein Schauspieldirektor seinen Hut nimmt, weil er vor drei Monaten den Bittbrief einer Pfarrersfrau aushängte, die Ensslin heißt. Keine Ahnung haben wir, und wenn ich in dieses wir Sie und mich einbeziehe, entdecken Sie bitte darin keine Anbiederung. Die Frage: Wessen *Interesse* dient diese Entwicklung? bleibt offen. Es fällt mir schwer anzunehmen, daß eine Stimmung, in der schon das Wort Reform wie die Pest gefürchtet wird, Ihren Interessen dient und denen, deren Interessen Sie vertreten. Freiheit, von der man keinen Gebrauch macht, verfault, und wenn man erst anfängt zu glauben, von seiner Freiheit keinen Gebrauch machen zu müssen, weil ja deren Äußerungen *vorgeschrieben* sind, dann wird das Feuilleton zur Quarantänestation, von liebenswürdigen Wärtern umringt. Ich hoffe, es kommt nicht so, ich hoffe, der Aussatz der Freiheit dringt aus der Quarantänestation heraus, wenn nicht als exekutive Hilfe, so doch wenigstens als Ermutigung. Freiheiten, die wir, die Autoren, uns erlauben, sollten nach außen dringen können. Sonst können wir die Theater gleich schließen, die Buchmessen absagen. Wenn ich nun weder an Ihre Vernunft noch an Ihre Gefühle appelliere, sondern an Ihre *Interessen,* so schließe ich Vernunft und Gefühl nicht aus Ihren Interessen aus. Diese Stimmung der vorgeschriebenen Gefühle, der vorgebeteten Litaneien wird nichts einbringen, keinen Gewinn, nicht einmal materiellen. Die Arbeitsmoral einer eingeschüchterten Gesellschaft ist totes Kapital, eine Fehlinvestition, denn so merkwürdig, so überraschend es klingen mag: der Mensch lebt wirklich nicht vom Brot allein; er lebt auch nicht von der Freiheit *anderer,* und er lebt nicht von der *Selbstverständlichkeit,* daß Mord abscheulich und entsetzlich ist.

Ihr Heinrich Böll

Hans im Glück im Blut

Über Edgar Hilsenraths Roman »Der Nazi & der Friseur«

Während sich die Auseinandersetzung mit Hitler in immer höheren und damit immer feineren Gefilden verliert, vergißt man jene denkwürdige Menschensorte, die man ohne Einschränkung Nazis nennen muß, eine deutsche Variante des *homo sapiens*, ohne die Hitler seine Karriere nicht hätte machen können. Wo soviel Grausiges geschehen ist, von dem kaum einer »etwas gewußt«, das keiner »gewollt« hat, fragt sich einer natürlich, wer hat denn getan, was kaum einer gewußt und gewollt hat? Wer etwa war »gewissenhaft« genug, die mörderischen Befehle auszuführen und »gewissenlos« genug, mit einem Sack voller Goldzähne als Kriegsbeute heimzukehren? Die Rede ist von: Edgar Hilsenrath, *Der Nazi & der Friseur.*

Hilsenrath nennt seinen Helden schlicht einen Nazi. Das ist wohltuend, wenn auch unakademisch. Denn, was *vulgo* Nazis waren (und sind), sind natürlich historisch-objektiv die Nationalsozialisten, damit, durchaus korrekt, auf eine Weise veredelt, über die man streiten kann.

Hilsenrath bedient sich nachweisbar historischer Fakten: des Antisemitismus, der Arisierung, der Morde in den Konzentrationslagern, des politischen und moralischen Wirrwarrs der Nachkriegsjahre. Seinen Helden, diesen grausigen Max Schulz, der einen abenteuerlichen Weg des Überlebens findet, könnte man sich vor den Schranken des KZ-Prozesses vorstellen: gebrochen, grau, ein zittriger Pensionär, der nach dem Krieg wieder Haare schnitt und Bartstoppeln rasierte; vielleicht mitleiderregend, weil keiner ihm so recht zutrauen würde, daß er getan hat, was er getan hat. Kein Höß, kein Himmler, kein Heydrich, kein Eichmann – schweigen wir von Hitler, den man mal eine Weile vergessen sollte, um sich der Nazis erinnern zu können – ein blutrünstiger, brutaler XY, den man am besten gar nicht soziologisch einordnet, weil sich die eine oder andere Gesellschaftsschicht zu sehr belastet oder entlastet fühlen könnte. Anfällig für verschwommene Parolen, auch für deren Opportunität, tausendfacher Mörder, der mit seinem Sack voller Goldzähne heimkehrt.

Ich gestehe, daß ich die Ekelschwellen in den ersten Kapiteln des

Buches nur mühsam überwunden habe; später glaubte ich, mir über deren Funktion klar zu sein. Ein Dickicht von Greueln und Abscheulichkeiten, durch die man hindurch muß, notwendigerweise; nein, nichts Edles, weder Edelnutten noch Edelnazis, keine Andeutung von Nachkriegsromantik. Die Vorkriegsnutte Minna Schulz, Max' Mutter, die einbeinige SS-Witwe Frau Holle, die sich ums lieben Fressens willen für einen Ami hinlegt; die polnische Hexe Veronja (kein »schönes Polenkind« und weder jung noch prüde); die Berliner Schwarzmarktgräfin; dieser Schulz, der von der Familie Finkelstein als Junge nur Gutes erfuhr, mit in die Synagoge ging, Hebräisch und Rituelles lernte, von Finkelstein zu einem guten Friseur ausgebildet wurde und doch seinen Jugendfreund Itzig und die ganze Familie Finkelstein umbrachte. Damit sind die düstersten Märchen mit zeitgeschichtlichem Material ausgestattet, der Nazi Schulz, der wie ein Jude, der Jude Itzig Finkelstein, der wie ein reiner Arier aussieht; der amerikanische Major, der's mit zweibeinigen Frauen nicht mehr kann, mit der einbeinigen Frau Holle aber ein bißchen zu ausgiebig der einbeinigen Venus opfert, stirbt, tagelang als Leiche im Keller liegt, bevor der routinierte Max Schulz, der neben ihm seinen Sack mit Goldzähnen abstellt, ihn *»diskret beseitigt«* – obszön das alles und grotesk, doch nicht einmal in Ansätzen pornographisch; brutal, »übertrieben« – und nirgendwo schlüpfrig; umgekippte Märchenfiguren, bis zum Äußersten unhold, in äußerst unholden Verhältnissen. Vielleicht ist das die einzig mögliche Antwort auf die penetrante Versachlichung, die so viele Sachen ausläßt: Goldzähne zum Beispiel, auf die man vielleicht den Dietrich-Song variieren könnte: Sagt mir, wo die Zähne sind, wo sind sie geblieben? Wer weiß schon, wie viele Nachkriegsvermögen – und -Karrieren auf so unholdem Besitz gegründet wurden?

Wahrscheinlich ist es gut, daß Hilsenraths Buch erst *jetzt* erscheint, wo die Versachlichung der Nazizeit an so vielen *Sachen* vorbeisieht.

Wenn man die Ekelschwelle überwunden hat, wird man Zeuge fast eines Wunders. Schulz, mit seinen Goldzähnen inzwischen in Berlin, glaubt, weil die Deutschen den Krieg verloren haben, die Juden hätten den Krieg gewonnen – er, der die Wehrlosen jahrelang ermordet hat; und er *macht* sich, um als unverbesserlicher Opportunist auf der Seite der Sieger zu sein, zum Juden, läßt sich, von einem Nazi, eine KZ-Nummer eintätowieren, läßt sich, von einem Naziarzt, beschneiden, nimmt die Identität seines Jugendfreundes Itzig Finkelstein an, und da er ja »jüdisch« aussieht, während Itzig »arisch« aussah, gelingt ihm die Verwandlung.

Auf die grausamste Weise wird ihm im Milieu der Schwarzmarktgräfin klargemacht, daß die Juden keineswegs den Krieg gewonnen haben, daß er sich – wie Opportunisten, besonders im Märchen, häufig geschieht – getäuscht hat. Illegal wandert er nach Palästina aus (oder ein), auf einem Schiff, das (überflüssigerweise) »Exitus« heißt. Er wird wieder Friseur, das hat er bei Finkelsteins gelernt, kämpft sogar im Untergrund gegen die britische Armee. Nach einer fast platonischen Liebesbeziehung zu der liebenswürdigen, aber gestörten Hanna Lewinsohn, die er auf dem Schiff kennengelernt hat (nichts mehr von dem wildwuchernden Genitalismus), heiratet er die dicke Mira Schmulewitsch, erwirbt den Salon, in dem er Gehilfe war, gründet, da er Nachforschungen über seine Herkunft natürlich zu fürchten hat, eine »Anti-Wiedergutmachungsliga«, eröffnet mit einem deutschen Richter einen Prozeß gegen sich selber und verbringt seinen Lebensabend in der Nähe des »Waldes der sechs Millionen«, einer Pflanzung zum Gedächtnis der von den Nazis ermordeten Juden.

Das könnte fast nach *happy end* klingen. Das könnte den Roman *Der Nazi & der Friseur* fast zu einem mit Tannenzweigen geschmückten, in entsprechendes Papier verpackten »Weihnachtsbuch« machen, das man beim »Klingelingeling« aufschlägt. Ich rate von dieser Vorstellung ab; ich habe kein fix und fertiges Urteil über dieses Buch, frage mich nicht nur, ob's »gelungen« ist, sondern auch, ob es überhaupt »gelingen« konnte, dieses heikle, waghalsige Unternehmen, und denke, daß es angesichts der Waghalsigkeit nicht so ganz mißlungen ist, spricht für den Autor, seine Sprache, die wild wuchert und doch oft genug trifft, eine düstere und auch eine stille Poesie entfaltet.

Diesen blutbesudelten »Hans im Glück« mit seiner Goldlast durch die Zeiten zu bringen, diesen grauslichen Max Schulz als Itzig Finkelstein in Israel durch seiner Hände – nicht seiner Mörderhände – Arbeit zu bescheidenem Wohlstand, zu seiner dicken Mira zu bringen, da will das »und wenn sie nicht gestorben sind« nicht so recht heraus. Das Gruselspiel war ja kein

Spiel, es ist durch Hilsenrath wirklich geworden, und es hat sie ja wohl doch gegeben – oder? – diese Nazis, die getan haben, wovon keiner gewußt, was keiner gewollt, und wenn man alles vergessen sollte: die Goldzähne und die, die sie einmal getragen haben, vergißt man nicht, wenn Schulz-Finkelstein da im Wald der sechs Millionen spazierengeht.

Rede anläßlich des Empfangs am 16. 12. 77 zum 60. Geburtstag in der Piazzetta des Kölner Rathauses

Lieber Herr van Nes Ziegler!
Ich lasse den Titel weg, weil das so eine erfreuliche Veranstaltung ist für mich. Fange mit dem Wichtigsten an – meinem Dank für diese herzliche Veranstaltung, über die ich mich sehr freue – und was diesen preußischen Herrn betrifft, so verspreche ich Ihnen, daß ich ihn pfleglich und fair behandeln werde.
Ich bin zwar extrem antipreußisch erzogen, aber seitdem Preußen nicht mehr existiert – noch als Geist in bestimmten Teilen Deutschlands, aber nicht mehr als Territorium –, fange ich an, eine gewisse Nostalgie zu verspüren, und dieser Herr von Bülow mit dem abgebrochenen Schwert – ich habe ihn mir ja ausgesucht – und einer schweren Kopfverletzung wird bei mir, wo immer wir ihn aufstellen werden, eine würdige Heimstatt haben. Ich danke dafür sehr herzlich.
Wenn ich jetzt versuche, Sie zu trösten, als Oberbürgermeister dieser alten und stolzen Stadt, so bitte ich Sie, darin keine Ironie und auch keine Andeutung von Herablassung zu sehen, trösten über das, was Sie unbequem, kritisch usw. an mir – wahrscheinlich mit Recht – bezeichnet haben. Ich glaube, da liegen viele Mißverständnisse vor, die weder an Ihnen noch an mir liegen, sondern die aus der Natur der Sache kommen.
Ich habe vor 7 Jahren, glaube ich, törichterweise den Auftrag für einen Film angenommen, der hieß *Dostojewskij und Petersburg* in der Reihe »Der Dichter und seine Stadt«, und als alter Dostojewskij-Leser hatte ich die klare Vorstellung von Petersburg in Dostojewskijs Werk. Dann habe ich das alles noch mal gelesen, weil die Intention dieser Serie darin bestand, eine Stadt zu zeigen, wie sie bei einem Schriftsteller oder Dichter im Werk erscheint, und ich stellte dann fest, daß in Dostojewskijs Werk eigentlich nur Kellertreppen, Hinterhöfe, Straßenpflaster und Regen erscheinen, keine einzige Sehenswürdigkeit, keine einzige, nicht ein hi-

storisches Gebäude exakt beschrieben – und das hat mich nachdenklich gemacht über den Begriff der Sehenswürdigkeiten.

Es gibt wunderbare Sachen in Köln und auch im jetzigen Leningrad. Aber für einen Schriftsteller sind die gar nicht interessant, und wenn die nicht für ihn interessant sind, ist das keine Kränkung oder eine bewußte Ablehnung. Für ihn ist das Sehenswürdige etwas ganz anderes.

Wir haben dann diesen Film gemacht, ich habe das Drehbuch geschrieben, den Text dazu gemacht, und ich hatte den Eindruck, auf eine fast schon peinliche Weise dieser Stadt geschmeichelt zu haben; der Stadt Petersburg in den Romanen Dostojewskijs, die jetzt Leningrad heißt, aber im wesentlichen unverändert ist. Und es stellte sich heraus, daß die sowjetischen Abnehmer des Films, Abnehmer nicht im Sinne von Käufer, sondern Kommissionen, die da rund fahren, vollkommen entsetzt waren über den Film. Der gefiel ihnen nicht, sie fanden ihn schändlich, eine Beleidigung für Leningrad, und ich hatte es doch so schmeichelhaft gemeint. Das gleiche ist mir passiert mit einem Film über Irland, der also für mich schon über die Grenzen der Schmeichelei hinausging, und als er dann in Irland gezeigt wurde, ich kam ein Jahr später dorthin, fragte mich eine Nachbarin; »Haben Sie nicht Angst, gesteinigt zu werden wegen dieses Films?« So geht es einem also mit mißverstandenen Schmeicheleien.

Das zur Unbequemlichkeit und hoffentlich zu Ihrem Trost, was die Annäherung eines Autors, auch eines Malers, eines Bildhauers an eine so alte und stolze Stadt wie Köln bedeutet.

Bedanken möchte ich mich aber auch bei den Initiatoren dieser schönen Sondernummer von *LiK,* bei Herrn Tümmers und seiner Mitarbeiterin Frau Biedermann, auch bei den Autoren dieser kleinen Broschüre, und ganz besonders als Autor, der hier lebt und in einem hier beheimateten Verlag publiziert, bei Dieter Wellershoff, mit dem ich so manches Buch zusammen gemacht habe, nicht geschrieben, sondern gemacht. Und das Büchermachen ist eine wunderbare Sache, an so einem Manuskript arbeiten, streichen, radieren, umändern; ich verdanke ihm sehr viel und möchte das

hier ausdrücklich sagen. Ich weiß nicht, wie viele Bücher wir zusammen gemacht haben.
Es ist noch etwas anderes, was ich zu Köln und der rheinischen Heimat sagen möchte, was mich hier halbwegs zu Hause fühlen läßt. Ich habe einen alten Zeitungsausschnitt fast immer bei mir, der das erste Wahlergebnis der Märzwahl 1933 zeigt, zu einer Zeit, Herr van Nes Ziegler, wo schon alle politische Opposition im Gefängnis, ermordet oder emigriert war, also eine Wahl, die schon unter dem Terror stattfand, und auf dieser Tabelle, auf dieser Skizze hat das, was man später den Gau Köln/Aachen nannte, die niedrigste Stimmenzahl im ganzen Reich, nämlich 30%. Das läßt mich doch – sagen wir – dem Boden hier etwas vertrauen. Ich möchte das betonen. Ich habe mir das ausgeschnitten und hab es meistens bei mir.
Eine Peinlichkeit bleibt mir, nicht für Sie, sondern für mich, und ich bitte Sie, das jetzt nicht – mich nicht eines schweren Verbrechens, nämlich des Verbrechens der Bescheidenheit, zu bezichtigen, wenn ich darauf komme. Ich weiß gar nicht, wieso ich eine solche Ehre verdient habe. Ich bin hier geboren, ich glaube, die standesamtliche Urkunde ist eindeutig, ich bin hier groß geworden, zur Schule gegangen, habe so einiges an Zeitgeschichte hier mitgemacht und habe geschrieben. Für mich eine Selbstverständlichkeit, und ich komme darauf, weil ich denke, daß manche Bürger dieser Stadt, die möglicherweise am gleichen Tage wie ich geboren sind, vielleicht sogar mehr Verdienste haben. Das ist nicht der Ausdruck meiner Bescheidenheit, ich betone das, sondern möglicherweise meines Wirklichkeitssinns. Ich habe eigentlich etwas Selbstverständliches getan.
Und zum Schluß noch einmal das Wichtigste, mit dem ich angefangen habe, ohne jede Einschränkung: meinen herzlichen Dank für diese freundliche und freundschaftliche Veranstaltung. Danke!

Der Husten meines Vaters

Als mein Vater so alt wurde, wie ich jetzt werde, kam er mir (natürlich?) älter vor, als ich mich fühle. Geburtstage wurden bei uns nicht gefeiert, das galt als »protestantische Unsitte«, so erinnere ich mich keiner Feier, nur einiger Details der Stimmung, die in jenem Oktober 1930 herrschte. (Mein Vater hatte den Geburtsjahrgang 1870 mit Lenin gemeinsam, mehr, glaube ich, nicht.)
Es war ein düsteres Jahr. Totaler finanzieller Zusammenbruch, nicht gerade eine klassische »Pleite«, nur ein »Vergleichsverfahren«, ein Vorgang, den ich nicht durchschaute, es klang jedenfalls vornehmer als »Bankerott«, hing mit dem Zusammenbruch einer Handwerkerbank zusammen, deren Direktor dann auch, wenn ich mich recht entsinne, hinter Gitter kam. Mißbrauchtes Vertrauen, verfallene Bürgschaften, unseriöse Spekulationen. Unser Haus im Grünen mußte verkauft werden, und es blieb kein Pfennig von der Kaufsumme übrig. Wir waren verstört, zogen in eine große, zu große Wohnung am Ubierring in Köln, der damaligen Werkschule gegenüber.
Gerichtsvollzieher, Gerichtsvollzieher, Kuckuck über Kuckuck. Wir rissen sie, solange sie noch frisch waren, ab, mißachteten diese vorläufige Besitzergreifung; später ließen wir sie, gleichgültig geworden, kleben, und es kam vor, daß es an manchen Möbelstücken (etwa am Klavier) regelrechte »Kuckucksnester« gab. Mit den Gerichtsvollziehern kamen wir gut aus. Ironie gab's beiderseits, Grobheiten beiderseits nie.
Ich erinnere mich der prägungspolitischen Kuriosität des Vierpfennigstücks; es hing mit Notverordnung und Tabaksteuer zusammen. Dieses Vierpfennigstück war eine große, hübsch gezeichnete Kupfermünze, aber es mag sein, daß sie erst in den Jahren 31/32 aufkam. Die Nazis marschierten triumphal in den Reichstag. Brüning regierte. Wir lasen die *Kölnische Volkszeitung.* Meine älteren Geschwister schworen auf die RMV (*Rhein-Mainische-Volkszeitung*).
Ich nahm Abschied vom Spielen im Freien. Schmerzlich. Draußen im Vorort Raderberg hatten wir Hockey (mit alten Regenschirmkrücken und leeren Milchbüchsen) noch auf der Straße gespielt; Schlagball häufig, Fußball seltener, im Vorgebirgspark. Es wurden auch Rosen im Park geköpft, mit der »Flitsch«, die in

anderen deutschen Gefilden, glaube ich, Zwille heißt. Beim Reifenweitwurf schleuderten wir alte Fahrradfelgen einen sanften Wiesenabhang hinunter; wessen Reifen am weitesten rollte, war Sieger; Rekorde wurden aufgestellt; Reifenschlagen um den weitläufigen »Block« herum; es galt als unzünftig, gekaufte Holzreifen zu benutzen. Ping-Pong auf der Terrasse, die Schaukel im Garten; mit dem Luftgewehr Schießübungen auf unbrauchbar gewordene Glühbirnen, die noch Bajonettverschraubungen hatten. Wir fanden an den Schießübungen nichts militärisch, schon gar nicht martialisch. Zehn Jahre lang Freiheit und viele freie Spiele, die ich nicht alle aufzählen kann. (Martinsfakkeln, Papierdrachen bauen und aufsteigen lassen, Klicker.)

Im langen Flur der Wohnung am Ubierring setzen wir die Schießübungen fort, jetzt mit vorschriftsmäßigen Zielscheiben und Bolzen, die »Flümmchen« hießen (wie ich im entsprechenden Wörterbuch des alten Wrede feststelle, kommt das von Flaum, der wiederum vom lateinischen pluma abstammt; die Bolzen hatten ein buntes Quästchen). Während der Schießübungen mußte natürlich, wer ins Badezimmer, die Küche oder in das Schlafzimmer ging, oder drin war, gewarnt werden. Gesamtstimmung: Leichtsinn und Angst. Sie schlossen einander nicht aus.

Es wurden (natürlich) nicht alle Einnahmen dem Gerichtsvollzieher offenbart. Es gab Schwarzarbeiten, Einnahmen aus der Vermietung der Maschinen (Lohnschreinerei). Neulich las ich bei Isaac Bashevis Singer (*Feine, die Geschichte einer Liebe*): »Wenn man leben wollte, mußte man das Gesetz brechen, weil alle Gesetze einen zum Tode verurteilten.« Wir wollten leben.

Es ging bescheiden zu, und doch wurde Bescheidenheit nicht zur Parole. Sorgen und Schulden hatten wir genug. Die Miete, das Essen, die Kleider, Bücher, Heizung, Strom. Dagegen half nur temporäre Sorglosigkeit, die eben nur temporär gelang. Irgendwie mußte ja auch Geld fürs Kino, für Zigaretten, für den unumgänglichen Kaffee aufgetrieben werden, was nicht immer, aber gelegentlich gelang. Die Pfandhäuser wurden entdeckt.

Es war nicht alles so lustig, wie es klingen könnte. Je bescheidener es zuging, desto weniger wurde Bescheidenheit die Parole. Ich erinnere mich dankbar der Loyalität meiner älteren Geschwister, die mir, dem Jüngsten, wohl manches ersparten, hin und wieder etwas zusteckten.

Am meisten geängstigt hat mich in dieser Zeit der Husten meines Vaters. Er war ein schlanker Mensch (zwischen seinem 20. und 85. Lebensjahr schwankte sein Körpergewicht nur um ein, zwei Kilogramm, nach dem 85. Lebensjahr erst magerte er ab). Mäßig war er, rauchte aber gern, inhalierte nie, und seine »Lundi«, das waren dünne, scharfe Zigarillos in Blechbüchsen, ließ er sich nicht nehmen (jedenfalls nicht ganz!). Er war traurig in diesen Verhältnissen, auch machtlos gegen die Umstände, und ich denke mir manchmal, daß wir Kinder an seiner Trauer nicht so recht teilgenommen haben.

Sein Husten übertönte sogar die mächtig daherbrausende Straßenbahn Nummer 16, und wir hörten seinen Husten schon von weitem. Aber am meisten beunruhigte mich sein Husten sonntags in der überfüllten Severinskirche. Wir gingen nie »geschlossen« zur Messe, immer einzeln, selten, daß einmal zwei, drei Geschwister in einer Bank saßen, und so warteten wir, jeder an seinem Platz, voll banger Spannung auf den Husten unseres Vaters, der prompt ausbrechen, sich bis zum Fast-Erstickungsfall steigern, dann, während mein Vater sich aus der Kirche entfernte, abflauen würde. Er stand dann wohl draußen und rauchte gegen den Husten eine »Lundi«.

Jetzt, so alt, wie mein Vater damals war, stelle ich fest, daß ich seinen Husten offenbar geerbt habe (nicht nur ich.) Es gibt da welche in unserem Haushalt, die, wenn ich auf der mit Autos vollgestopften Straße parke, mich durch den Verkehrslärm hindurch am Husten erkennen; ich brauche nur selten zu klingeln oder den Schlüssel in die Haustür zu stecken; es wird schon aufgedrückt, bevor ich eins von beiden tue.

Mein Husten muß auf Wellenlängen liegen, die nicht nur Verkehrslärm und knirschende Bremsen, auch manches Ta-tü-ta-ta durchdringen, und doch glaube ich nicht, daß mein Husten »durchdringend« genannt werden kann; er besteht aus Variationen auf verschiedene Formen der Heiserkeit, ist meistens ein Ausdruck der Verlegenheit, nur selten ein Zeichen von Erkältung, und es gibt einige, die wissen, daß er mehr ist als Husten – und weniger.

Eine Enkelin zum Beispiel, die ein Jahr alt ist, empfindet ihn offenbar als eine Form der Sprache oder Ansprache, sie ahmt ihn nach, es kommt zu Hustendialogen zwischen uns, die ironisch-amüsierten Charakter haben, bei denen wir uns offenbar etwas zu sagen haben. Ich denke dabei an Beuys, der einmal eine Ansprache hielt, die nur aus Hüsteln und Räuspern bestand, eine sehr kluge Ansprache übrigens.

Vielleicht sollte man Hüstel-Schulen einrichten, mindestens Hüsteln als Schulfach erwägen; man sollte das Hüsteln von seiner dummen Zeigefingerfunktion – etwa als Warnung vor zu erwartenden Taktlosigkeiten im Gespräch – befreien. Das l'art pour l'art des Hustens und des Hüstelns.

Es wäre auch zu überlegen, ob kluge Köpfe nicht den gehüstelten Leserbrief erfinden sollten.

Wohin die Reise gehen kann

Über Bernward Vesper, »Die Reise«

Die Reise von Bernward Vesper, die bezeichnenderweise auch »Der Haß« hätte heißen sollen und können, endete mit Selbstmord, wie Ingrid Schuberts Leben mit Selbstmord endete, und andere Leben. In einer hessischen Zeitung stand am 18. Mai 1976 eine Anzeige folgenden Wortlauts: »Wir danken Ulrike Meinhof für ihre Entscheidung, aus dem Leben zu scheiden, zugleich im Namen gleichgesinnter Steuerzahler.«

Peter Brückner, dessen Buch *Ulrike Meinhof und die deutschen Verhältnisse* ich diese Anzeige entnehme, hat, indem er die offenbar ausgedruckten Namen unter dieser Anzeige unleserlich machte, überlegene Menschlichkeit bewiesen. Eine solche Anzeige kann ja Schrecken auslösen, der lateinisch immer noch »terror« heißt. Ich weiß nicht, ob irgendein Politiker Anzeige gegen die Anzeige erstattet hat, ob irgendein Kirchenmann sie zum Anlaß einer Predigt nahm; ob diese Anzeige in irgendeinen Zitatenschatz aufgenommen worden ist, in dem einer hätte beweisen mögen, daß die Terroristen, aufs Fiskalische reduziert, das Problem am besten lösen, indem sie – so nannte man das früher – »sich selbst richten«. Da bräuchte dann keiner mehr nach der Todesstrafe zu rufen, man bräuchte nur an die Stelle von »Richten« »Hinrichten« zu setzen, und das Problem wäre gelöst, vor allem fiskalisch: ein toter Terrorist kostet keine Steuern mehr, und man hätte sogar noch den Henker, der ja auch Steuergelder kosten würde, gespart. So kann man sich dem Problem auch nähern. Hauptsache: die Kohlen stimmen.

Nicht nur Terroristen und potenzielle Terroristen – wie Bernward Vesper – begehen Selbstmord; auch unheilbar Kranke, Geistesgestörte, Süchtige, lauter Menschen, die keine Steuern einbringen, nur solche kosten, und wie einer täglich lesen kann, steigt die Anzahl der physisch und psychisch Kranken. Offenbar flößt die Welt, in der wir leben, vielen Menschen Schrecken ein, so sehr, daß sie keinen Ausweg mehr sehen und sich »selbst richten«. Oder richten sie die Welt, in der sie leben?

Ungefähr siebzig Bundestagsabgeordnete, Frauen und Männer, gehören den Jahrgängen an, aus denen Ulrike Meinhof, Bernward Vesper und Gudrun Ensslin stammten. Wenigstens sie

könnten, sollten vielleicht, falls sie ernsthaft über die Ursachen des Terrorismus nachdenken wollen, Vespers *Reise* lesen, wenn sie schon nicht Pflichtlektüre für die Mitglieder aller Ausschüsse werden kann, die über die Ursachen nachzudenken haben. Das Peinliche an den bisherigen Zitatensammlungen war ja nicht nur ihre, zum Teil beabsichtigte, zum Teil wohl fahrlässig herbeigeführte, allerdings tiefreichende verleumderische einschüchternde Wirkung, sondern die Tatsache, daß sie nichts, aber auch gar nichts über die Ursachen des Terrorismus erbracht haben, in Worten: nichts, in Ziffern: 0. Selbst wenn der Vorwurf der »Verharmlosung« zuträfe, müßte sich einer doch fragen, ob die »Nicht-Verharmlosung«, die ja das publizistische Feld beherrscht hat, auch nur ein einziges Verbrechen verhindert hat.
Weder »Verharmlosung« noch »Nicht-Verharmlosung« führt doch zu den *Ursachen.* Es führt ja zu nichts und wieder nichts, *Bambule* für tabu zu erklären. Die siebzig Bundestagsabgeordneten, deren Altersgenossin es geschrieben hat, sollten, wenn sie schon nicht auf die Vorführung des Films drängen, wenigstens das Buch lesen, es aus der Tabuecke herausholen. Inzwischen – seit dem Erscheinen von *Bambule* im Jahre 1971 – hat es Fernsehfilme, Stücke, Berichte gegeben, die weit weit weniger harmlos sind als *Bambule.*

Weit weniger harmlos als *Bambule* ist Vespers *Die Reise.* Kommen die Mädchen in *Bambule* meistens aus »kaputten« Milieus, so kommt Bernward Vesper sowohl aus der heilen wie der »heilen« Welt: ländlich und sittlich geht es da auf Gut Triangel zu, da wird gesät und geerntet, Brot gebacken, Honig gewonnen, gewebt und gestrickt, geschlachtet und gefeiert, und da käme (auch mir) Nostalgie auf, wäre da nicht eine bis zur Karikatur »realistische« deutsche Erziehung am Werke gewesen; dieser fürchterliche deutsche Terror, den Teller leer essen zu müssen, egal was auf den Tisch kommt und ob's einem auch schmeckt; dieser für eine bestimmte Art der deutschen Kindererziehung geradezu klassische Satz, wenn der Junge einmal versagt oder einen Fehler gemacht hat: »Wir haben keinen Sohn mehr.« Dieses elende Gequatsche deutscher Spießer. Es käme mir zu einfach vor, Will Vesper, Bernward Vespers Vater, als Nazi-*Autor,* für besonders verhängnisvoll zu erklären. Was von Will Vesper da in *Die Reise* zitiert, über ihn referiert wird, erhebt sich keinen Millimeter über das von Vorurteilen und dumpfen Zwangsvorstellungen geprägte Milieu, aus dem der Nazismus sich nährte, und wohin er wieder abgesunken sein mag: unheilvolles Stammtischgemurmel, in dem nicht nur unverhüllter Antisemitismus herrscht, auch Tiere – etwa Katzen! – als nicht in unsere Breiten gehörig bezeichnet werden. (Mein Gott, Papageien gedeihen ja auch nicht gerade in »Niefelheim« und doch machen sie uns Spaß, und Katzen sind dann »tückisch«, »orientalisch« etc, werden gegen den »treuen« Hund, der ja einmal ein Wolf oder Fuchs war! – ausgespielt.) Dieses unvorstellbar dumpfe »Wertsystem« haben ja nicht nur Nazi-Autoren, auch »gewöhnliche« Nazis unter ihre Kinder gebracht.

Ich frage mich, ob der selbstzerstörerische Wirbel und Wahn, in dem Bernward Vesper endete, nicht aus dieser »heilen« Welt stammt, die natürlich Aufklärung und Humanismus verachtete, die das alles abscheulich fand. Ich frage mich weiter, ob Herr Dregger im Deutschen Bundestag nicht doch etwas zu rasch über Hitler und die Nazis hinweggehuscht ist, wenn er sagte: »Wir müssen uns an Erfahrungen orientieren, die über Hitler hinausweisen, und an Grundwerten, die Hitler zwar verfälschen, aber nicht außer Kraft setzen konnte.« War Auschwitz nur eine Verfälschung von Grundwerten, nicht doch eine totale Außerkraftsetzung, und hat diese verdrängte Außerkraftsetzung, die ja Hitler nicht allein betreiben konnte, zu deren Ausführung er eben die Nazis brauchte, über die man so gern und so leicht hinwegsieht – hat dies alles nicht bei vielen jungen Leuten und gerade bei den nachdenklichen, bei den sensiblen, auf eine Weise so tief und verheerend gewirkt, daß wir nichts darüber wissen, weil wir's nicht wissen wollen?

Ich frage und frage mich mit, ob in dieser verweigerten Konfrontation mit der totalen Außerkraftsetzung aller Grundwerte nicht doch *eine* der Ursachen für Zerstörung und Selbstzerstörung liegt, wie Bernward Vesper sie betrieb. Dann wären wir alle, ob direkt schuldig oder nicht, Hitler's Children, nicht nur die Terroristen. Es ist uns allen leichtgemacht worden und auch leichtgefallen, allzu leicht, diesen Akt der deutschen Geschichte zu überspielen. Ich mache da keine Unterschiede, frage nur, ob die (möglicherweise notwendige) Brutalität des Überlebens, des Wiederaufbaus, der Euphorie von Leistung, Erfolg, Aufstieg von einem verachteten zu einem hochangesehenen (und wieder gefürchteten) Volk uns nicht alle zu jenem »Schweinchen

Schlau« gemacht hat, denen Bernward Vesper ausführliche und einleuchtende Studien in seinem Buch widmet – an der Person eines liberalen, offenbar der SPD nahestehenden Lehrers. »Schweinchen Schlau« als Steuerzahler jedenfalls kann es sich leisten, den Tod einer jungen Frau, die wohl die begabteste ihrer Altersklasse war, zu begrüßen, weil ihr Tod den Steuerzahler entlastet. Sind wir nur noch Steuerzahler?

Die Auseinandersetzung mit den Ursachen des Terrorismus hat noch lange nicht begonnen, es wird nicht weiterführen und weiterhelfen, es beim bloßen Abscheu bewenden zu lassen. Die Lektüre der *Reise* wäre ein Anfang; keine »leichte« Lektüre, streckenweise verwirrend und verwirrt, auch verworren, sie läßt sich inhaltlich nicht referieren, ist voller Betrachtungen, autobiographischen Partien, hymnisch in Haß und Liebe; sie läßt sich formal nicht analysieren, und gerade das, daß es nicht lektoriert, nicht »gekämmt« wurde, nicht nachgeformt, nach gängigen Vorstellungen »serviert« – macht es so wichtig und aufschlußreich, macht auch das Verdienst des Herausgebers Jörg Schröder und des Verlages aus. Das Buch steht außerhalb der Literatur, neben ihr, ergänzt sie durch eben jene Authentizität, die in seinem fragmentarischen Charakter liegt.

Vesper war wohl im strafrechtlichen Sinne kein Terrorist, hätte einer werden können und wäre möglicherweise einer geworden. Er hat die meisten von der Szene gekannt, nennt sie, referiert über sie, er lebte lange mit Gudrun Ensslin, hatte ein Kind mit ihr; er hat nicht nur als Junge für die Deutsche Reichspartei Plakate geklebt, mehr als ein Jahrzehnt später gehörte er zu einem Wahlbüro der SPD. Große Koalition, Notstandsgesetze, der bloße Pragmatismus, unser ganzes Schweinchenschlau-Gebaren, das waren wohl für ihn ebenso starke Motive auszuflippen, wie der Verlust von Gudrun Ensslin, die ja inzwischen auch den Steuerzahler entlastet hat. Politiker sollten *Die Reise* lesen und nicht gleich ins Geschimpfe über Utopisten und Idealisten ausbrechen, nicht pflichtgemäß in bloßem Abscheu sich gebärden; sie sollten überlegen, ob es nicht angebracht wäre, wenn schon Moral und Politik, Moral und die Geschäfte nichts miteinander zu tun haben, Moral und Ideale, wie sie ja von Kirchen und Parteien gepredigt werden, ganz aus den Programmen zu streichen, wenn man nicht immer mehr und immer weiter Kranke und Schizophrene produzieren will, die diese Spannung nicht aushalten.

Es gibt in der *Reise* Partien, die *auch* literarischen Rang haben, über das Autobiographisch-Authentische hinaus Beobachtungen, Schilderungen, Analysen, kaum erkennbar schon ins Desperate gekippte Darstellungen dieser heilen Welt, dieses Backen, Kochen, Ernten, Essen, diese Feste und Feuer – der verschwörerisch-romantische Besuch ehemaliger Nazigrößen im Haus, das alles könnte, spürt man das nur *so eben* wahrnehmbare Kippen ins Desperate nicht – wie ein Bewispern heiler Vergangenheit mißverstanden werden. Der Rückschlag ist manchmal nur in kurzen Bemerkungen wahrzunehmen, die man leicht überliest in diesem umfangreichen Buch. Wo soviel hehres Frauentum gepflegt wird, werden später die Frauen nur noch im zerstörerischen Mißbrauch gef . . . und wo das Deutschtum auf so dumpfe Weise gehütet worden ist, werden eben die Deutschen zu »Vegetables«, zu Gemüse also – und ein faschistoider Deutscher – das ist dann schon ein Pleonasmus, und da schreibt eine der Freundinnen: »Lieber Bernward, ich bin immer noch etwas deprimiert von meinem Rückfall in die Familie. Ich habe damals den Traum gehabt, daß ich meinen Vater zusammenschlagen wollte, aber ich war irgendwie zu machtlos.«

Gegen diese Stimmung helfen verschärfte Gesetze nicht, kann nicht die – wie immer – verstärkte Polizei helfen, und es hilft nicht der immer wieder geäußerte Abscheu. Immer wieder wird, wenn man die Terrorszene analysiert, auf die Elternhäuser verwiesen, die in den meisten Fällen ja *nicht links* grundiert waren. Pfarrerstöchter, die ursprünglich stark religiös motivierte Ulrike Meinhof, Menschen, die Bindung suchten. Wenn Vesper schreibt, »Verzweiflung und Chancenlosigkeit treiben Tausende in den Freitod, weil dieser Tod das einzige ist, was ihnen freisteht«, dann hilft es wenig, sich auf eine vorbildliche Sozialgesetzgebung zu berufen, hilft nicht das geringste, die eine oder andere Partei für den Terrorismus verantwortlich zu erklären: es gibt eben Menschen, und es sind nicht die schlechtesten und meist jünger, die mehr sein wollen als Konsumenten, die sich – Gott sei's geklagt – vielleicht nach Liebe, Brüderlichkeit, Gleichheit, Gerechtigkeit sehnen, die nicht »die beste aller Welten« wollen, sondern eine bessere.

Es gibt in Vespers *Reise* nicht nur das Ausflippen (diese verrückte Datierung einiger Kapitel nach Haschsorten!), es gibt auch Augenblicke, wo er seinen Sohn als die »kleine Sonne« bezeichnet, und es ist schon aufschlußreich, wie er seine Fahrt zu diesem Sohn in einem kaputten Auto beschreibt, die Anstrengung, dieses Ziel, den Sohn zu erreichen. »Ein neuer Strom von Tränen, von Glück, von Erschütterung. Die kleine Sonne (In meiner tiefsten Verlassenheit) und plötzlich begriff ich, breitete die Arme aus. Das Geheimnis, mein Geheimnis: (Unser Geheimnis: Felix).« Dem Sohn Felix ist das Buch gewidmet, von einem Vater, der ihn geliebt hat, der streckenweise, weil er diesen Sohn liebt, sogar auf ein »happy end« für die *Reise* hoffen läßt. Ein glückliches Ende hatte die *Reise* nicht, es wird wohl keiner je *alle* Ursachen herausfinden, die die *Reise* zu einer Reise in den Tod machten. Bernward Vesper hat auch sich selbst in diesem Fragment einiges verschwiegen, es fehlen Jahre, fast ein Jahrzehnt; die Drogenbedingtheit, der Verlust von Gudrun Ensslin, das Milieubedingte, der Haß auf sich selbst und andere, das psychiatrisch Erklärbare – sie sind nur Komponenten, erklären nicht alles.

Das Private an Vespers *Reise* ist nur scheinbar privat, und noch seine Egomanie ist nicht nur auf ihn selbst bezogen, es hat ihm etwas *gefehlt,* das ihm keiner gegeben hat oder geben konnte, aber *wer* hat da verweigert, bevor Vesper selbst in totale Verweigerung verfiel?

Inzwischen – Bernward Vesper wäre im kommenden Jahr 40 geworden – sind die Söhne ja schon Väter, und es wäre abzuwarten oder vielleicht schon herauszufinden, was die kommende Generation von ihren Vätern hält und erhalten hat. Nein, »wohltuend« ist diese Lektüre nicht, notwendig ist sie, wichtig, nicht nur, weil sie Aufschlüsse gibt über das dumpfe Brüten in nazistisch verseuchten Küchen. Vesper gibt Auskunft über uns selbst, keine erfreuliche, in seiner Selbstentblößung entblößt er uns mit, und es könnte heilsam sein, sich als Vater, Zeitgenosse, Autor, Politiker einmal aller Würden, Verdienste dieses ganzen Wiederaufbau-Helden-Veteranentums entkleidet zu sehen.

Für wen ich schreibe

Antwort an Dorothee Sölle

Liebe Dorothee,
was selbstverständlich ist: daß Du anderer Meinung über Vespers Buch bist als ich, erscheint mir nicht als ausreichendes Motiv für Deinen Brief. Eine Gegen-Rezension hätte das direkter, polemischer ausdrücken können, Du hättest Deinen totalen Abscheu über Vespers Buch in voller Strenge dartun können. Eben diesen totalen Abscheu habe ich nicht empfinden können, das Buch hat mich *mit*genommen, und in diesem »mit« magst Du mit Recht erkennen, was Dir als Identifikation zu weit geht. In diesem »mit« steckt noch mehr: keinerlei Theorie, nicht Theologie, Soziologie, Philosophie oder die Gelassenheit der Historie hilft mir gegen dieses Mitgenommenwerden, das man oft mit Mitleiden verwechselt: vielleicht ließe sich an diesem »mit« sogar der Unterschied zwischen den »eigentlichen« Intellektuellen erklären und den »anderen«, die es, wie ich, nur partiell oder potentiell sind; deren Phantasie man als »Theoriedefizit« bezeichnet, diese Phantasie, die ihnen immer wieder Streiche spielt, weil sie von Theorien »abweicht«.

Hast Du nie die Versuchung gespürt, konfrontiert mit der »Endlösung«, mit den unzähligen, wahrscheinlich Milliarden Verwaltungsdetails, die sie möglich gemacht haben, in Lähmung zu verfallen? Nicht wenigstens die Versuchung, der man ja nicht zu erliegen braucht, sich aber gelegentlich aussetzen sollte, um zu begreifen, warum einer aus der Geschichte »ausflippen« möchte, und befällt Dich diese Anfechtung nicht auch angesichts der Schädlichkeiten des Majdanek-Prozesses? Nach wievielen, feierlich von Bundespräsidenten eröffneten »Wochen der Brüderlichkeit« findet der Majdanek-Prozeß statt? Hast Du nie die Versuchung gespürt, an der deutschen Geschichte nicht mehr teilzunehmen?

Ich möchte immer und immer wieder an ihr teilnehmen. Mag sein, daß ich mich manchmal zu sehr, zu weit mitnehmen lasse; so will ich Deinen Zorn, Deinen Ärger, auch Deine Angst wahr- und entgegennehmen, Vorsicht und Nachdenklichkeit walten lassen. Ich mißtraue aber auch Deiner fast puritanischen Weigerung, Dich als möglicherweise mit-entblößt zu betrachten; entblößt natürlich nicht durch Vesper allein, über dessen Verhältnis zu Frauen ich mich übrigens, wie mir scheint, deutlich genug ausgedrückt habe; ist seine Egomanie nicht *die* Krankheit der Zeit, fast schon eine Pest, die in Schulen, Betrieben, Parteien, die links und rechts gleichermaßen wütet? Könnten wir uns nicht entblößt vorkommen, liebe Dorothee, in unserer Rolle, mag sie selbstgewählt, uns aufgezwungen oder nur angehängt sein? Dieser Rolle ent-kleidet, die, mag sie auch unsere Haut sein, zum Kostüm zu werden droht?

Ich komme damit auf Deine Frage »Für wen schreibst Du eigentlich?«, eine Frage übrigens, die mir, verzeih, ein ganz klein wenig unter Deinem germanistischen und theologischen Niveau zu liegen scheint, die mir aber Gelegenheit gibt, zu antworten:

Ich schreibe für alle, die lesen können, für Dich also *und* Herrn Dregger. So wie ein Maler malt für die, die sehen können. Soll ich die Hoffnung aufgeben, daß die (gegenwärtige) Opposition doch vielleicht lesen kann?

Und außerdem die Hoffnung – Du siehst, ich bin nur für Augenblicke gelähmt –, daß sie Angst vor einer geistes- und rechtgeschichtlichen Entwicklung hier bekommt, die sogar einen konservativen Spanier zum Stirnrunzeln veranlassen könnte? Es war eine christdemokratische Regierung in Belgien, die ihren Botschafter aus Chile abberief, es waren konservative Politiker in Frankreich und Italien, die protestierten, als amerikanische Politiker mit dem Zaunpfählchen der Intervention winkten für den Fall, daß ihnen das Ergebnis *freier* Wahlen in Frankreich und Italien unpassend erscheinen könnte.

Und hierzulande werden vier SPD-Abgeordnete, die einem überflüssigen Gesetz (als ob die ermittelnden Behörden und Beamten bisher irgendwelche »Schranken« gespürt hätten!) nicht zustimmten, schon zu Aussätzigen. Spürst Du da nicht auch, wenigstens vorübergehend, die Versuchung, in Lähmung zu verfallen, auf irgendeine »Reise« zu gehen? Und ist es nicht möglicherweise Zeit, nicht das, was einer ist oder sein mag, sondern das, was »rollenhaft« daran ist, abzulegen? Das »Linke« nicht zur Rolle degradieren zu lassen? Verbirgt sich nicht im »Rollenhaften« Schweinchenschlau, das ganz genau weiß, was »gespielt« wird?

Da wird man, ohne es zu wollen, »zu Markte« getragen, so oder so. Und damit komme ich zu Deiner, wie Du selbst sagst, »un-

genauen« Bitte: etwas mehr für Euch zu tun. Ich verweigere die direkte Antwort darauf, liebe Dorothee, denn jede Antwort drauf wäre kokett, jede. Ich beschränke mich auf einen Rat: nicht jede Herausforderung an- oder aufnehmen, die da noch aus bestimmten Ecken kommen wird. Angesichts der Medienungleichheit, die eine Folge der Ausgewogenheit ist, wäre das ein Luxus, eine Luxus-»Rolle«, die wir uns nicht leisten können. Nicht mehr Swinegels (der ja eine Vorstufe von Schweinchenschlau ist) Hase sein. Du rennst und rennst, und wo Du auch hin- oder ankommst, stehen sie schon mit ihrem Grinsen der Ausgewogenheit: Du hast Deine Rolle gespielt.
Besser eine Weile Maulwurf sein; wühlen, wühlen. Lautlos und unsichtbar, und an einer Ecke herauskommen, wo Dich keiner vermutet. Hast Du nie das Wort »List« gehört?

Dein alter Heinrich Böll

Quellennachweise und Anmerkungen

Vorwort zu »Nacht über Deutschland«. Clément Moreau, »Nacht über Deutschland«, München 1976

Nachwort zu Horst Herrmann: »Die 7 Todsünden der Kirche«. München 1976

Ein Fall für Herrn F., Herrn D. oder Herrn L.? Erstdruck in: Frankfurter Rundschau vom 1. 7. 1978. Geschrieben 1976 für die Anthologie »Fälle für den Staatsanwalt« (1978)

Stimme aus dem Untergrund. Konkret v. 29. 1. 1976

Die Eiche und das Kalb. Österreichischer Rundfunk, 4. 2. 1976

Aufbewahren für alle Zeit. Nachwort zu dem gleichnamigen Buch von Lew Kopelew, Hamburg 1976 (Vorabdruck in *Die Zeit* v. 13. 2. 1976)

Es zittern die jungen Lehrer. Leserbrief in Frankfurter Allgemeine Zeitung v. 16. 2. 1976

Jahrgang 1922. Frankfurter Rundschau v. 2. 3. 1976

»Ich hab gut reden«. Der Stern v. 4. 3. 1976

Die Ängste des Chefs. Der Spiegel v. 29. 3. 1976

Deutscher Schneid in Europa. Konkret v. 29. 4. 1976

Die Angst der Deutschen und die Angst vor ihnen. New York Times Magazine v. 2. 5. 1976. Deutsche Erstveröffentlichung in: Frankfurter Rundschau v. 7. 8. 1976

Verse gegen die Trostlosigkeit. Süddeutsche Zeitung v. 7. 5. 1976

Dürfen Russen lachen? Konkret v. 26. 5. 1976

Statt oder statt oder statt statt oder? Konkret v. 24. 6. 1976

Edvard Kocbek. Frankfurter Allgemeine Zeitung v. 29. 6. 1976. Leserbrief zu dem Artikel »Abrechnung mit dem Klerikalismus« in der FAZ v. 12. 6. 1976, in dem berichtet worden war, zwei Anhänger Kocbeks seien wegen »Ausnützung der Religion für politische Zwecke« verhaftet worden.

Posaunensolo, gedämpft. Der Spiegel v. 12. 7. 1976

Nachruf auf einen unbedeutenden Menschen. Frankfurter Allgemeine Zeitung v. 23. 7. 1976 (gekürzt)

Anwälte der Freiheit. Konkret v. 29. 7. 1976

Das große Menschen-Fressen. Konkret v. 26. 8. 1976

Antwort nach Prag. Frankfurter Allgemeine Zeitung v. 6. 9. 1976. Antwort auf den folgenden »Offenen Brief an Heinrich Böll« von Jaroslav Seifert und anderen tschechischen Intellektuellen v. 30. 8. 1976 der in der gleichen Nummer der FAZ veröffentlicht wurde:

Lieber Heinrich Böll,
am 30. August beginnt in Prag ein absonderlicher und in der jüngeren Geschichte unseres Landes einzigartiger Prozeß: Vierzehn junge Leute werden vor

Gericht gestellt, nicht wegen ihrer politischen Ansichten, Aktivitäten oder Ansprüche, sondern sozusagen einfach wegen ihrer Einstellung zum Leben. Diese Menschen, deren musikalische Produktionen und literarische Texte einen wesentlichen Anteil an der Prägung einer eigenartigen tschechischen Underground-Kultur besitzen, haben nämlich das angebliche »Verbrechen« begangen, durch Lieder und Kompositionen ihren Widerwillen an den etablierten Werten ihrer Umwelt, deren heuchlerischer Moral zum Ausdruck zu bringen: ihren Widerstand gegen die Uniformierung des Lebens, bürokratischen Stumpfsinn, den Konsumlebensstil. Sie wiesen verschiedene Lockungen ab, durch die sie das zeitgenössische Establishment korrumpieren wollte, und in der Welt der allgemeinen Konformität und Verstellung wagten sie, sich zu sich selbst zu bekennen und durch ihr Schaffen ihrem Lebensgefühl Ausdruck zu verleihen.

Das alles steht in der Anklageschrift freilich nicht: In ihr spricht man nur von »Ausschreitungen«, die darin bestehen sollen, daß in einigen Liedertexten vulgäre Ausdrücke vorkommen, an denen angeblich jemand Anstoß nehmen könnte. Die Sinnlosigkeit dieser formalen Beschuldigung ist unter anderem schon daraus ersichtlich, daß es sich bei den Angeklagten um Mitglieder von musikalischen Gruppen handelt, die nicht öffentlich auftraten: – diese Möglichkeit wurde ihnen schon vor Jahren genommen –, sondern nur bei privaten und dabei legal bewilligten festlichen Gelegenheiten, wie Hochzeiten, zu denen sie nur ihre Freunde und Bekannten einluden. Aufgrund dieser absurden Beschuldigung werden sie aber mit ziemlich hohen Strafen unbedingten Freiheitsentzugs bedroht. Diese Drohung wird noch dadurch verstärkt, daß einige Freunde der Angeklagten – drei junge Arbeiter – vor kurzer Zeit in Pilsen in erster Instanz zu harten Gefängnisstrafen verurteilt wurden, und zwar nur deswegen, weil sie den Prager Angeklagten bei einem ihrer Auftritte organisatorisch behiflich waren. Ein Präjudiz stellen auch Form und Verlauf des Pilsener Prozesses dar, der sich ohne jede Begründung unter Ausschluß der Öffentlichkeit abspielte.

Es ist ein Paradox, daß ein Jahr nach Helsinki und nach einigen Jahren einer vielseitigen Festigung seiner Macht sich das heutige tschechoslowakische Regime durch Menschen bedroht fühlt, die auf privater Ebene Lieder singen, denen es sogar selbst keinen feindlichen politischen Inhalt vorwirft. Was für weitere Folgen kann es zeigen, falls all dies von der breiteren Öffentlichkeit ohne jedes Interesse und ohne jede Aufmerkamskeit hingenommen wird? Wer wird sich nach solchen Vorkommnissen noch sicher fühlen können, nicht mit ähnlich absurden Beschuldigungen verfolgt zu werden?

Schon mehrmals haben Sie, lieber Heinrich Böll, Ihre Besorgnis um das Schicksal der tschechoslowakischen Kultur geäußert, mehrmals haben Sie Ihre Stimme zur Verteidigung aller erhoben, die in der Tschechoslowakei für ihre Ansichten, Stellungnahmen und ihr geistiges Schaffen einer Persekution ausgesetzt werden. Deswegen wenden wir uns auch in dieser Sache gerade an Sie. Gestatten Sie uns, mit allem Nachdruck Sie zu bitten, das ganze Gewicht Ihrer künstlerischen und menschlichen Autorität zum Appell an tschechoslowakische Ämter zu verwenden, um das bevorstehende Gerichtstheater abzustellen sowie eventuell das Interesse anderer Persönlichkeiten der Kultur, jener, die dem Schicksal der Geistesfreiheit auf unserem Kontinent nicht gleichgültig gegenüberstehen, für diesen Fall zu wecken. Wir tun es auch deswegen, weil unsere eigene Stimme ohne Widerhall bei öffentlichen Stellen bleibt: Niemand reagierte, weder auf die privaten Appelle an den Präsidenten der Republik noch auf die Erklärung, die wir selbst zuerst an die tschechoslowakischen Massenmedien richteten und danach auch im Ausland veröffentlichten.

Sie wissen wohl, daß die Freiheit unteilbar ist, auch und gerade wenn sie überall verfolgt und bedroht ist. Deshalb hat gerade eine solche Solidarität, die nicht nur die Grenzen einzelner Bereiche des Schaffens, sondern auch die Staatsgrenzen und die Grenzen gesellschaftlicher Systeme weit überschreitet, eine tiefe Berechtigung.

Es handelt sich bei Ivan Jirous, Svatopluk Karasek, Karel Soukup, Vratislav Brabenec und den anderen inhaftierten jungen Menschen nicht um außerhalb unseres Landes allgemein bekannte Persönlichkeiten, und deshalb ist es viel leichter, sie zu verfolgen. Desto wichtiger scheint es uns zu sein, wenn sich die europäische kulturelle Öffentlichkeit gerade für sie einsetzt. Wir selbst empfinden es ganz besonders intensiv, weil wir nicht das Gefühl loswerden, daß die Leute im gewissen Sinne stellvertretend für uns so hart behandelt werden – nämlich deshalb, weil sie sich weniger als wir auf die Solidarität der Kollegen im Ausland stützen können. Auch wenn wir in anderen kulturellen und geistigen Bereichen tätig sind, lehnen wir den Status irgendeiner prominenten »Schutzfauna« ab und wollen uns nicht schweigend damit abfinden, daß andere, weniger »Geschützte« ohne Aufmerksamkeit der kulturellen Welt als Kriminelle verurteilt werden dürfen.

Wir bitten Sie, daß Sie sich für die vor Gericht gestellten jungen Leute im vollsten Ausmaß verwenden.

Mit freundlichen Grüßen, Jaroslav Seifert u. a.

Sprache ist älter als jeder Staat. Die Zeit v. 17. 9. 1976

Die Faust, die weinen kann. Die Zeit v. 17. 9. 1976

Angst um Kim Chi Ha. Frankfurter Allgemeine Zeitung v. 14. 10. 1976

Zeitbombe des Zweiten Weltkriegs. Der Spiegel v. 25. 10. 1976

Unfreiheit – kein Sozialismus. Konkret v. 28. 10. 1976

Kein schlechter Witz. Die Zeit v. 5. 11. 1976

Vergebliche Suche nach politischer Kultur. Süddeutsche Zeitung v. 20./21. 11. 1976

Hier muß er leben, dort gehört er hin. Der Stern v. 25. 11. 1976

In Sachen Michael Stern. Frankfurter Allgemeine Zeitung v. 30. 11. 1976 (u. d. T.: *Böll an Breschnew. In Sachen Michael Stern*)

Brokdorf und Wyhl. Frankfurter Allgemeine Zeitung v. 24. 12. 1976. Antwort auf die Umfrage der FAZ »Die Fundamente unserer Gesellschaft. Haben sich unsere Wertvorstellungen verändert?«. Der Text wurde von der FAZ um die Schlußzeilen gekürzt, die hier nach dem Manuskript wieder hinzugefügt wurden.

Es kann einem bange werden. L 76, Heft 3, 1977

Blank wie ein Stachel. Westdeutscher Rundfunk, 8. 2. 1977

Der fragende Reporter. Die Zeit v. 1. 4. 1977

Einer von uns. Der Stern v. 21. 4. 1977. Am 17. 11. 1973 war es im Kölner Stadtteil Nippes zu einer Schlägerei zwischen Anhängern der NPD und der KPD gekommen. Ein Jahr später saßen wegen Körperverletzung nur 5 Angehörige der KPD auf der Anklagebank. Die beteiligten NPD-Schläger blieben ungeschoren. Am 7. 11. 1974 sprach der Vorsitzende der Ersten Großen Strafkammer, Dr. Victor Henry de Somoskeoy, die Urteile: insgesamt 28 Monate Gefängnis für die 5 Angeklagten. Die von den Verteidigern eingelegte Revision wurde im Juli 1976 vom Bundesgerichtshof als »offensichtlich unbegründet« zurückgewiesen. Im April 1977 erhielten die 5 Verurteilten die Vorladung im Gefängnis ihre Strafe abzusitzen. Heinrich Böll kommentiert dieses Urteil.

Helsinki war keine Falle. Die Zeit v. 20. 5. 1977 (zugleich Vorwort in H.-P. Riese (Hg.): »Bürgerinitiative für die Menschenrechte«)

Heiliger Sachzwang. Konkret v. 26. 5. 1977

Leserbrief an die ZEIT. Die Zeit v. 27. 5. 1977

Nicht Brüderlichkeit, nicht Solidarität, doch Nächstenliebe. Frankfurter Allgemeine Zeitung v. 28. 5. 1977

Kronzeuge einer Reformation. L 76, Juli 1977. Die hier rezensierten Erinnerungen Pelikáns haben den Titel: »Ein Frühling, der nie zu Ende geht. Erinnerungen eines Prager Kommunisten«, Frankfurt 1976

Wir sind machtlos, wir Autoren, aber ohnmächtig sind wir nicht. Neue Zürcher Zeitung v. 6. 7. 1977. Antwort auf den Offenen Brief Wiktor Woroszylskis an Heinrich Böll, aus dem die NZZ am 4. 7. 1977 die folgenden Passagen unter dem Titel »Berufsverbote für nonkonformistische Schriftsteller in Polen« abdruckte:

»Die ständige Anwesenheit eines mir über die Schulter blickenden Zensors machte meine tägliche Arbeit natürlich recht schwierig, ich schickte mich nur mühsam darein, aber irgendwie arbeitete und lebte ich weiter. Vor einer schärferen Auflehnung, zum Beispiel vor der Publikation im Ausland dessen, was ich daheim nicht veröffentlichen konnte, hielt mich das Bewußtsein zurück, daß mir in diesem Fall jede Veröffentlichung in Polen untersagt worden wäre; ich zahlte also, wie viele andere, den hohen Preis für eine verkrüppelte, verkrümmte, aber doch irgendeine Existenz im eigenen Lande, für irgendeine Koexistenz mit polnischen Lesern, die zu verlassen ich mir kein Recht gab. Reduziert, aber nicht ganz eliminiert im Angebot der Buchhandlungen, war ich doch *anwesend* und konnte auf diese Anwesenheit nicht verzichten.

Auch dies jedoch erwies sich als vorübergehend, unser System kennt nämlich nicht nur das Prozedere der Eliminierung einzelner Wörter, Sätze oder ganzer Werke durch den Zensor; eliminiert werden auch Menschen, ihre Werke und Namen, in der literarischen Landschaft entstehen von einem Tag auf den anderen Lücken, das Scherbengericht wirkt auch in die Tiefe der Literaturgeschichte, der näheren und ferneren, zurück. Eines Tages soll kein Mensch, und vor allem kein junger Mensch mehr wissen, daß ein bestimmter Schriftsteller lebt oder gelebt und im literarischen Prozeß seiner Zeit eine Rolle gespielt hat. Der Schriftsteller selbst kann sich fragen: Gibt es mich wirklich? *Wie* gibt es mich, wenn ich schweige, wenn man mich geknebelt und jede Spur von mir aus Lexiken und Bibliotheken weggeschafft hat?

Was mich betrifft, so ist mir eine solche »Vernichtung« schon einmal zugestoßen, 1968, als Strafe für meine Teilnahme am Protest polnischer Schriftsteller gegen das Aufführungsgebot der »Ahnen« von Mickiewicz im Warschauer Nationaltheater – die schwarze Liste aber funktionierte damals relativ kurz und nicht besonders konsequent. Übersetzungen zum Beispiel hat man mir nicht verboten; so habe ich die Zeit überstanden. Diesmal *gibt* es mich schon das zweite Jahr *nicht* (1976–1977); es ist nicht nur in den Druckereien der Satz meiner fertigen Bücher vernichtet worden, nicht nur ist ein Vertrag mit mir für ein neues Buch ausgeschlossen, nicht nur darf ich kein lyrisches Gedicht in einer literarischen Zeitschrift veröffentlichen, nicht nur darf kein Kritiker über mich schreiben; auch meine Kinderbücher, darunter die Adaption des »Don Quijote«, meine Übersetzungen von Puschkin und anderen russischen Dichtern hat man blokkiert. Nicht genug damit! Auch unter Decknamen darf ich nicht mehr schreiben und übersetzen; auch im Ausland soll es mich *nicht geben*, das Druckverbot gegen alle meine Schriften erstreckt sich nämlich auf die Sowjetunion, die DDR und die Tschechoslowakei, und eben habe ich erfahren, daß man es geschafft hat, meine Gedichte aus einer Anthologie zu entfernen, die auf spanisch in Madrid erscheinen wird. All diese Strafen fielen auf mich zuerst aus einem Grund (mit der Zeit fand man weitere): im Januar 1976 habe ich einen Sammelbrief an das polnische Parlament unterschrieben, in dem die Unterzeichneten gegen die Einführung eines Paragraphen in die polnische Verfassung protestierten.
Was mir zustieß, ist auch meinen Kollegen zugestoßen – den polnischen Schriftstellern Jacek Bochenski, Kazimierz Brandys, Andrzej Drawicz, Marek Nowakowski und vielen anderen. So auch dem hervorragenden Theater- und Radioregisseur Jerzy Markuszewski, der schon seit zwei Saisons keine Arbeit annehmen darf; als vor einigen Monaten ein Provinztheater es gewagt hat, ihm die Regie eines Stückes anzuvertrauen, sind die Proben von den lokalen Behörden brutal unterbrochen worden. Dasselbe gilt für viele Wissenschaftler, vor allem die jüngeren, unter meinen persönlichen Bekannten, für den Chemiker Miroslaw Chowieki und die Soziologen Andrzej Celinski und Pawel Spiewak.
Repressivmaßnahmen treffen einen für die Unterschrift unter Briefen und Petitionen an die Behörden, falls sie unabhängige Meinungen enthalten, für Solidarität mit den verfolgten Arbeitern von Ursus und Radom, von denen bisher noch nicht alle befreit und viele arbeitslos sind, manchmal einfach für gesellschaftliche Beziehungen mit Personen, die zur sogenannten Opposition zählen.
Auch bei mir endet es nicht mit dem Berufsverbot. Seit zwanzig Jahren, ja, genau seit ich »Nowa Kultura« redigierte, stehe ich unter ständiger Polizeibewachung, meine Telefongespräche, und nicht nur diese, werden abgehört und zu mehr oder weniger tendenziösen Berichten zusammengebastelt, die auf den Schreibtisch diverser Zentralkomiteegrößen und anderer Bonzen landen. Meine Korrespondenz wird kontrolliert und geht oft verloren. Meinen Bekannten erzählt man bei polizeilichen Verhören böswilligen und verleumderischen Unsinn über mich, zuletzt wird der Unsinn auch in Broschüren zum innerparteilichen Gebrauch verbreitet.
Doch auch auf dem Gebiet der polizeilichen Schikanen und Verfolgungen ist man jetzt weiter gegangen: im Januar wurde meine Familie bei der Übersiedlung auf demonstrative Art von drei Wagen begleitet, deren Besatzung sich nicht gescheut hat, auch ins Treppenhaus und bis auf die Schwelle meiner Wohnung zu kommen, um hineinzugucken; im selben Januar sind sechs zivile Funktionäre

der Sicherheitspolizei in die Wohnung einer Sekretärin eingedrungen, als sie gerade mein Buch tippte; sie haben eine Hausdurchsuchung und ein mehrstündiges Verhör unternommen, während dessen sie meine Papiere gründlich studierten. Natürlich werde ich nicht alle konstitutionellen Garantien aufzählen, gegen die ein solches Verfahren der Polizei verstößt.
Reisen ins Ausland bilden einen anderen Bereich für Schikanen und Versklavung der Bürger. Wenn ich in den vergangenen zwanzig Jahren den Antrag um einen Paß stellte, wußte ich nie, ob mir eine Bewilligung oder eine Absage bevorstand. Planen konnte ich eine Reise nie, immer hing ich von der Willkür der allmächtigen Behörde ab.
So lebe ich denn – ohne Recht auf Arbeit, ohne Recht auf Reisen, ohne Recht auf öffentliche Verteidigung vor Schikanen und Verleumdungen – in meinem Land, das seit Jahren, und paradoxerweise nicht zu Unrecht, für das erträglichste der sozialistischen Länder gilt. So lebe ich, so leben wir; und ich werde hier bleiben, und weiter schreiben, und tun, was ich für richtig halte, befreundet sein, mit wem ich mag. In diesen Tagen werde ich fünfzig, die Hoffnung, noch zu erleben, wie sich alles radikal verändert, wird immer geringer. Ich habe endgültig jede Illusion verloren, daß in diesem System, wie immer wir es nennen und das einmal doch schöpferische Elemente enthielt, etwas davon übriggeblieben ist oder wieder aufblühen könnte. Diejenigen, die dieses System verkörpern, können nur stumpf nivellieren, rachsüchtig zerstören: das lebendige Kulturgewebe, die authentischen sozialen Bande und jedes einzelne menschliche Schicksal. Mit dieser Gewalt, sei sie auch nur eine Form von Schwäche, mit dieser alles zermalmenden Walze kann man sich über Koexistenzbedingungen nicht ins Einvernehmen setzen, man kann sich nur demütig mit seinem Nichtsein abfinden oder gegen diese Kraft existieren in den Grenzen des eigenen Widerspruchs und des Willens zum Überleben.
Wenn dem aber so ist, was sollte mich dann, um noch einmal auf meine Lage zurückzukommen, davor zurückhalten, das Erfahrene laut und vernehmlich und im besonderen Ihnen zu erzählen. Sie werden bestimmt begreifen, daß ich nicht Mitleid oder Intervention beanspruche, sondern nur will, daß man es *weiß*. Und was sollte mich davon abhalten, meine in Polen verbotenen Bücher einem polnischen Verleger in der Emigration zu überlassen, durchaus in der Hoffnung, daß sie auf diesem Umweg eines Tages hierher zurückkehren? Mit neuen Repressionen und Schmähungen muß ich bestimmt rechnen. Aber in diesem Augenblick, da jedes vernünftige Maß sowieso schon überschritten wurde, ist ein wenig mehr davon wirklich nicht mehr von Bedeutung.« (Der Text wurde nach dem Originalmanuskript korrigiert.)

Wer Freude hat, birgt eine Bombe. Die Zeit v. 16. 9. 1977

Was ist heute links? Erstdruck nach dem Manuskript. Vortrag auf der L 76 – Tagung am 9. 10. 1977 in Recklinghausen. Thema der Tagung: »Unser kultureller Notstand – Kultur in der Demokratie«

Ein Jahrhundert wird besichtigt. Die Zeit v. 14. 10. 1977 (Der Artikel trägt dort den Untertitel: »Die Dreißigjährigen Kriege: gestern und heute. In knapp hundert Jahren wurden viele endgültige Weichen gestellt: die Wandlung Europas in den Jahren 1556 bis 1648«)

Lieber Dieter Fringeli! Baseler Zeitung v. 18. 10. 1977. Antwort auf

Artikel Dieter Fringelis in der gleichen Zeitung v. 7. 10. 1977, mit dem Titel »Lieber Heinrich Böll!«:

Heinrich Bölls letztes Buch in Sachen Politik trägt die recht unscheinbar wirkende Überschrift: »Einmischung erwünscht«. Es erschien bei Kiepenheuer & Witsch in Köln und hat überdies den lapidaren und kühlen Untertitel: »Schriften zur Zeit«. Dieses Buch müßte Pflichtlektüre für jene Biedermänner sein, die nun – seit einem knappen Jahrzehnt – nicht müde werden (im Gegenteil!), sich auf Heinrich Böll, den Schriftsteller, den Menschen, den Nobelpreisträger einzuschießen. Heinrich Böll aber wird langsam müde. Und *dieses* Erschlaffen, will sagen: Die Ankündigung auch, daß er (Böll) die »Nase voll« habe – dieses Erschlaffen, diese »Kapitulation« haben die Herren, denen Einmischung *nicht* erwünscht ist, erwartet. Böll ist punkto Bundesrepublik am Ende. Er sagt: »Allmählich langt es uns ganz dicke hier!«
Nun, das kann den (nicht) erwähnten Herren nur recht sein. Sie haben sich nur auf Böll *eingeschossen;* sie haben offenbar endlich auch das Ziel sämtlicher Wünsche erreicht: Sie, haben ihn *getroffen*.
Wen? Nur Heinrich Böll?
Nein, Uns auch.
Was hat Böll eigentlich verbrochen? Aus helvetischer Sicht: nichts. Im Gegenteil. Mit Willy Brandt verkörpert er das, was wir so sehr naive »Ausländer« uns unter einem »anständigen Deutschen« vorstellen. Das eben mögen jene Herren nicht, die auch zu unfairen Zeiten zu lange am »häßlichen Deutschen«, den sie noch und noch für hübsch halten, herumgebastelt haben. Böll ist so etwas wie ein »anständiger Deutscher« (für uns jedenfalls). Bei der »Bild«-usw.-Hetze frage ich mich allen Ernstes, ob es diesen »anständigen Deutschen« nicht mehr geben darf. Doch – ich bin mir dessen frohen Herzens bewußt –: ich mische mich in innerdeutsche Angelegenheiten ein . . . Schließlich verwahrte sich Walter Scheel, der Bundespräsident, mit beispielhafter Energie dagegen, daß sich diese mageren Auswärtigen in bundesrepublikanische Bereiche verirren. Bitte! Sein gutes Recht.
Gut – Böll *will* die Einmischung von außen. Er soll sie haben! Wenn auf anonyme Anrufe hin (ich glaube Böll; er hat mein volles Vertrauen) Böll-Wohnungen von (ich zitiere) »40 Beamten vom Schleyer-Sonderkommando« durchsucht werden, dann ist es allerdings Zeit, die so alte Jasperssche Frage wieder einmal zu stellen – eine Frage, die erschreckend rhetorisch geworden ist: »Wohin treibt die Bundesrepublik?« (Ich habe neulich in der BRD erfahren, daß man über so naive Frageformen nur noch fromm lacht, grinst oder eben – den Kopf schüttelt. Immerhin eine Reaktion!) Denn: Die BRD – so reaktionär sie auch gelten mag – ist ein Land ohne Reaktionen. Wer in diesem von mir gern bewohnten Staat auf irgendeine – von Profi-Nazis (ach! Namen nenne ich nicht aus Feigheit nicht) eingebrockte – Brutalsituation reagiert, ist ein – »Sympathisant«. Was ist denn das wieder?! Oder fragen wir mal so: Bin ich ein Sympathisant, weil ich mit Heinrich Böll sympathisiere? Bin ich also der Sympathisant eines »Sympathisanten«?
In *diesem* Fall allerdings bin ich das gern. Ich bin stolz darauf, mich mit Heinrich Böll zu solidarisieren. Das alles klingt sehr pathetisch, kann ich mir vorstellen. Der von den oben nicht genannten Namen provozierte Terror (werden sie ihr Ziel via Baader-Meinhof-Leute erreichen?) ist im Grunde reinstes Pathos. Auch in »rein« verbaler Beziehung.

»Einmischung erwünscht« heißt – ich wiederhole mich – ein Buch von Heinrich Böll. Seit wann darf »man« sich in der BRD nicht mehr »einmischen«? Seit 1969, meine ich. Seit Willy Brandt seine »Perspektiven der Politik« entworfen hat: seinen »Willen zum Frieden« (ich weiß – um ein Lieblingswort von Böll zu brauchen – wie »wahnsinnig« das klingt.); seit, so scheint es jedenfalls dem so doofen »Ausländer«, Gustav W. Heinemann erkannt hat, daß es »schwierige Vaterländer« gibt, seit Wallraff sein Unwesen treibt (»natürlich«!), seit es ein konkretes »Plädoyer für die Zukunft« (Brandt) und eine »Politik als geistige Aufgabe« (Carlo Schmid) gibt, ja, seit Heinemann die »Glaubensfreiheit als Bürgerfreiheit« ausgerufen hat. Und das gewiß nicht ohne Grund.
Sind die Absichten und Aufgaben der wackeren Streiter für einen demokratischen Sozialismus tatsächlich passé? Nein. Weder Böll noch Grass oder Siegfried Lenz gibt auf – Siegfried Lenz, der die Sprache einmal als das große und einzige entblößende Element gefeiert hat. Auch Böll sagt: »Ich gebe nicht auf, ich schreibe weiter.« Und Grass? Er hat – bei aller Sympathie (welche »Sympathisanten«!) zu Böll – abermals vergeblich auf den Nobelpreis gewartet.
Und doch sind sie, die Klassiker der deutschen Literatur, gelassen. Sie hoffen und warten noch immer auf Vernunft; bei Rowohlt werden sie in einigen Tagen ein Buch mit dem nicht sehr unbezeichnenden Titel »Verteidigung der Republik« herausbringen. Dazu Siegfried Lenz gestern nachmittag am BaZ-Telefon: »Wir wollen zeigen, daß man auch in krisenhaften Situationen gelassen sein kann.«
»Verteidigung der Republik«. Welcher Republik? Lieber Heinrich Böll! Auf Sie, der Sie sehr indirekt an die ausländische Presse appellieren, auf Sie kommt es nun an. Ich komme mir vor wie ein einigermaßen vergammelter Studienrat, wenn ich aus Ihrem (befreundeten) Ausland rufe: Halten Sie durch (so schwer es im Moment und nach der Befreiung oder Nicht-Befreiung des Druckmittels Schleyer auch sein mag): Halten Sie durch. Bitte! Ihr Stil ist – wir haben Ihre Prosa in der Primarschule schon gelesen – unser, mein Stil. Sie haben, lieber Heinrich Böll – Stil. Im Gegensatz zu jenen Herren, die Sie um manches Lebensjahr gebracht haben: Die in der BRD so sehr vergessenen Nazis und ihrer Sympathisanten.

Laudatio auf den Georg-Büchner-Preisträger Reiner Kunze. Erstdruck in Frankfurter Allgemeine Zeitung v. 22. 10. 1977. Die Buchfassung (Frankfurt 1977) enthält folgende Anmerkung Heinrich Bölls: »Im Originaltext der Rede, so wie sie gehalten und in der *Frankfurter Allgemeinen Zeitung* abgedruckt wurde, war das Hölderlin-Zitat, das ihr als Motto dient, falsch plaziert. Dieser Irrtum des Autors ist hier korrigiert. H. B.«

Das Klima nicht vergiften. Die Zeit v. 4. 11. 1977. Böll antwortet auf den »Offenen Brief« des Vorsitzenden der Gewerkschaft der Polizei, Landesbezirk Nordrhein-Westfalen, Günter Schröder:

Sehr geehrter Herr Böll,
die Gewerkschaft der Polizei (GdP), Landesbezirk Nordhein-Westfalen, ist sich mit dem Bundespräsidenten, Herrn Walter Scheel, einig, daß »nichts unsere politische Atmosphäre so vergiften könne wie eine Diskussion, in der die Namen geachteter Männer und Frauen mit Mordtaten in Beziehung gebracht werden; unversöhnliche Feindschaft wäre die notwendige Folge.«
Selbstgerechtigkeit bei der Frage nach den Ursachen des Terrorismus ist, so mei-

nen wir, fehl am Platz. Jede gesellschaftliche wie politische Gruppe trägt ihren Teil auf ihre Weise dazu bei, daß Versäumnisse und Fehlentwicklungen stattgefunden haben.

Gustav Heinemann, der Vorgänger von Walter Scheel, hat einmal gesagt, daß bei einem ausgestreckten Zeigefinger immer drei Finger auf einen selbst zurückweisen.

Sie haben in den vergangenen Jahren sehr oft Kritik an diesem Staat, an dieser Gesellschaft geübt. Wir Gewerkschafter wissen: Kritik ist das Elixier einer offenen Gesellschaft. Aber die Kritiker müssen sich gefallen lassen, daß auch sie kritisiert werden. Auch vor diesem Hintergrund sehen wir als Gewerkschaft der Polizei die zum Teil jetzt gegen Sie vorgebrachte Kritik. Auch wir Gewerkschafter haben an manchem, was Sie in der Vergangenheit gesagt haben, einiges auszusetzen. Ich darf Ihnen aber ausdrücklich versichern, daß wir Sie nicht in einem Atemzug als einer der direkt Mitverantwortlichen für die Mordtaten von Karlsruhe, Frankfurt und Köln nennen wollen.

Mit Ihnen sind wir der Meinung, daß differenzierter Kritik mit ebenso differenzierter Gegenkritik begegnet werden müßte. Gerade Sie haben, fast immer zu Recht, geklagt, daß Äußerungen und Zitate nicht aus den ihnen zugehörigen Kontexten und Zusammenhängen gerissen werden dürften. Wir glauben, daß gerade auf diesem Gebiet Ihnen in den letzten Wochen und Monaten viel Unrecht geschehen ist.

Sehr geehrter Herr Böll, wir Gewerkschafter sind auch der Meinung, daß Kritik nicht gleich mit den Etiketten »zersetzend« oder »negativ« belegt werden darf. Gerade die Gewerkschaftsbewegung hat eine ungebrochene Erinnerung an Zeiten, in denen die Vokabel »zersetzend« für viele Kollegen unmittelbar Leiden, Folter und Tod bedeutete. Wir glauben, daß der, der so eilfertig mit »Auszeichnungen« wie »zersetzend« umgeht, den Sinn der Kritik wie der demokratischen Lebensform nicht verstanden hat.

Humanität, Gesprächsbereitschaft, Toleranz und Kritikfähigkeit – das sind Grundwerte, die gerade wir Gewerkschafter als lebensnotwendig erachten. Wir Polizisten befürchten, und wohl nicht ganz zu Unrecht, daß gerade diese Werte in einer zur Zeit außerordentlich angeheizten Atmosphäre vergiftet werden könnten.

In einer Presseerklärung haben wir erst jüngst den Politikern vorgeworfen, daß sie die geistige Auseinandersetzung mit dem Terrorismus nicht bewältigt haben. Der Landesbezirk NRW der Gewerkschaft der Polizei hat dazu wörtlich erklärt, daß auf diesem Gebiet »außer Diffamierung einerseits und Verharmlosung andererseits« von den Politikern »ernsthaft nicht« der Versuch der geistigen Auseinandersetzung gemacht worden sei.

Unter den Folgen haben wir beide, Polizisten wie kritische Geister, zu leiden – wenn auch unter verschiedenen Vorzeichen.

Als um so bedauerlicher müssen wir Polizisten und Gewerkschafter die Angriffe gegen die Polizei empfinden, die Sie nach Presseveröffentlichungen pauschal gegen die Polizei erhoben haben.

In diesen Presseberichten ist die Rede von einer systematischen Hetze von Polizei und einem bestimmten Teil der Presse gegen Ihre Person. In Verbindung mit einer Durchsuchung der Wohnung Ihres Sohnes werden in den Medien weiter Äußerungen wie »Sippenhaft« etc. in Verbindung mit der Polizei als von Ihnen gesagt kolportiert.

Sollten diese Äußerungen in der überlieferten Form zutreffen, muß das uns Polizisten tief befremden. Denn gerade Sie, der Sie Toleranz und differenziertes Urteils- und Kritikvermögen für sich selbst wie für andere stets gefordert haben, verfallen damit in den Jargon Ihrer erbittertsten Gegner. Sollten diese Äußerungen, was ich kaum glauben kann, in dieser Form von Ihnen gemacht worden sein, muß ich sie auf das Nachdrücklichste zurückweisen.

Ich darf an dieser Stelle für die Polizei und den Landesbezirk Nordrhein-Westfalen der Gewerkschaft der Polizei grundsätzlich erklären, daß Polizisten nur auf Grund ihres gesetzlichen Auftrages einschreiten. Dies wird, ohne daß ich das im Einzelfall habe nachprüfen können, sicherlich auch bei der von Ihnen beanstandeten Durchsuchung der Wohnung Ihres Sohnes so der Fall gewesen sein. Ich kann mir kaum vorstellen, daß die Kollegen, die diesen Einsatz durchgeführt haben, nicht im Rahmen der gesetzlich fixierten Grundlagen gehandelt haben. Ebenso muß ich den Vorwurf zurückweisen, von der Polizei würden gegen Sie oder Mitglieder Ihrer Familie Maßnahmen durchgeführt, die auch nur im Entferntesten an »Sippenhaftung« oder ähnlich schlimme Dinge erinnern könnten.

Die Polizeien in der Bundesrepublik haben, und dazu hat die Gewerkschaft der Polizei entscheidend mit beigetragen, nach dem Kriege ein eindeutig demokratisches Selbstverständnis entwickelt. Dies ist nicht immer ganz leicht gewesen, da auch die Polizei eine lange, zum Teil unheilvolle, militärische Tradition überwinden mußte. Gerade daher können Sie auch sicher sein, daß diese demokratische Polizei sich weder zum Handlanger von Sippenhaft noch systematischer Hetze in Zusammenarbeit mit einem bestimmten Teil unserer Presse hergeben würde.

Vielleicht ergibt sich einmal die Gelegenheit, daß die Gewerkschaft der Polizei und Sie, verehrter Herr Böll, über diesen gesamten Fragenkomplex in einen ernsthaften, auch öffentlichen Dialog treten können.

Sie werden sicherlich Verständnis dafür haben, daß die Gewerkschaft der Polizei, Landesbezirk Nordrhein-Westfalen, diesen Brief als offenen Brief an Sie schickt und der Presse übergeben hat, da die Bemerkungen, die Sie getroffen haben sollen, ebenfalls öffentlich gemacht worden sind.

Mit freundlichen Grüßen
Der Vorstand
i. A.
Günter Schröder
(Landesvorsitzender)

Dann wird das Feuilleton zur Quarantäne-Station. In: Freimut Duve, Heinrich Böll, Klaus Staeck (Hg.), »Briefe zur Verteidigung der Republik«, Reinbek 1977. Der Brief Bölls trägt das Datum des 18. September 1977

Hans im Glück im Blut. Die Zeit v. 9. 12. 1977

Rede anläßlich des Empfangs am 16. 12. 77 zum 60. Geburtstag in der Piazzetta des Kölner Rathauses. Dankesrede im Historischen Rathaus der Stadt Köln anläßlich des 60. Geburtstages von Heinrich

Böll am 16. Dezember 1977, zu dem Rat und Verwaltung der Stadt Köln einluden. Erstdruck in *Vermintes Gelände. Essayistische Schriften 1977–1981*, Köln 1982

Der Husten meines Vaters. Frankfurter Allgemeine Zeitung v. 17. 12. 1977

Wohin die Reise gehen kann. Konkret v. 22. 12. 1977. Zu dieser Rezension nahm Dorothee Sölle mit dem Offenen Brief »Für wen schreibst Du, Hein?« Stellung in Konkret v. 23. 2. 1978:

Lieber Heinrich Böll, ich hatte das Buch von Bernward Vesper gerade beendet, als mir Deine Besprechung in die Hände fiel. Ich fühlte mich ratlos vor dem Buch, beschlagnahmt von etwas, das ich nicht will, obwohl es ein Stück von mir zu sein vorgibt, wie vergewaltigt, eine Erfahrung, die ich physisch nicht gemacht habe, aber von der ich mir vorstelle, daß sie eine ungeheure Erniedrigung bedeutet, ohne daß das Opfer die Spuren von Mitleiden, die in jedem Verkehr anwesend sind, los wird, Sympathie also, was denn sonst. In diesem Zwiespalt erhoffte ich mir ein bißchen Hilfe von Dir, Klärung, wie damit umzugehen, was daraus zu lernen sei und zu verstehen, wie die private Reise von Vesper mit der allgemeinen in unserm Land zusammenhängt.

Genau diese Hilfe leistet aber Deine Besprechung nicht. Weil sie zu nah am Gegenstand bleibt, ihm zu sehr verbunden ist? Ich frage ohne Polemik, eher irritiert. »Dann waren wir alle«, schreibst Du, »schuldig oder nicht, Hitler's Children, nicht nur die Terroristen.« Und später: »In seiner Selbstentblößung entblößt er uns mit.« Du identifizierst Dich auf einer sehr tiefen Ebene in dem, was Du die »verweigerte Konfrontation« mit der nicht bearbeiteten Vergangenheit nennst.

Ich habe mich gefragt, ob das wahr ist, ob ich das mitvollziehen kann und wem das hilft. Ich teile Deine Betroffenheit über den Krankenbericht, der uns da vorliegt: aber da ist mehr Zorn in mir und ein schärferes Nein gegen diesen Todesgeruch, der aus nazistisch verseuchten Küchen kommt. Ich will mich wehren gegen dieses schreckliche Buch, aus theologisch-politischen Gründen. Erschrick nicht, wenn ich von Theologie rede – und noch dazu an einem Ort, wo das als ziemlich unmöglich gilt! Aber an dem Punkt bist Du nicht besser dran: Wenn Du z. B. den Ausdruck Hitler's Children umfunktionierst, so ist das eine sehr theologische Angelegenheit, die Paulus »das Gesetz der Sünde und des Todes« nennt, ein kollektives Verhängnis, in dem Verschulden und Hereingeborenwerden, Handeln und Zulassen untrennbar sind. Paulus redet allerdings so, nicht nur um leidend und klagend zu beschreiben, sondern im Interesse der Kämpfenden, die das Ende dieser Epoche, das »Ende des Gesetzes« erfahren. Vielleicht ist es dieses Interesse, das ich in Deiner Besprechung nicht deutlich höre.

Ich will die Kritik an Vespers Bericht noch einmal verschärfen. Da ist der ganz gewöhnliche Sexismus, also die gewöhnliche Benutzung von Frauen durch Männer. Über das Verhältnis von Gudrun erfährt man ja fast nichts aus dem Buch, falls man nicht die Drogenerfahrungen als Teile einer Liebesgeschichte lesen will. Explizit ist das ausgespart, und Vesper erscheint als ein Frauenbenutzer, bei dem Erfahrungen, die darüber hinausgehen (wie Schmerz, Vergeblichkeit) zwar anklingen, aber nicht bearbeitet werden. Ähnlich scheint er mir auch im Verhältnis zu seinem Kind, von dem man gar nichts erfährt. Wie sieht es aus, lacht es, weint es! Egomanie, sagst Du, was doch auch bedeutet, daß jedes konkrete Du verblaßt und dann verzweckt werden kann: das Kind als Zukunftsdroge.

Das andere ist der Elitismus. Es sind ja nicht nur die Deutschen, die vegetables genannt werden, sondern alle, die Will, der Vater, schaudernd »die Massen« genannt haben wird. Die normalen Bildzeitungsleser aller Länder: vegetables. Was sagt das über den, der so redet? Wo ist denn der Unterschied zum »lebensunwerten Leben«? Viele Stellen in Vespers Buch atmen diesen Geist, das neue Bewußtsein der drogenessenden Herrenrasse. Viel von Nietzsche, dem schlimmsten, und eben diese abgrundtiefe Verachtung des Volkes. Viel existentialistischer Nihilismus, wie Horst Mahler ihn im selben KONKRET-Heft beschrieb: »Das Leben hat keinen Sinn, der einzige Sinn, den es haben kann, daß ich ein Schwein töte.« Dasselbe Muster bei Vesper, nur nach innen gewandt.

Inwiefern soll ich mir da selbst entblößt vorkommen, Hein? Sind das »wir alle«? Die Nazis haben es fertiggebracht, alle Grundwerte außer Kraft zu setzen, wie Du sagst. Sie sind nicht nur zeitweilig verfälscht worden, sie haben, bis heute, keine »power« mehr. Die Atomlobby überlegt sich z. B., ob es nicht sehr viel billiger kommt, Strahlengeschädigte großzügig auszuzahlen, als die enormen Kosten für technische Sicherheit zu investieren. Die Werte sind außer Kraft, und die sie verteidigen, erfahren täglich ihre Ohnmacht. Worin besteht denn die Kontinuität zwischen dem Naziland und der BRD? Die Familiennamen der Milliardäre haben sich nicht geändert, würde ich sagen. *Darum* mußte die Konfrontation verweigert und der glatte Übergang ermöglicht werden. Aber sind wir, ich meine jetzt die schuldfähigen Bürger dieses Landes, die Subjekte der Kontinuität?

In Deiner Darstellung klingt manchmal ein Geschichtsfatalismus an, eine verzweifelte Dämonisierung, gegen die ich mich wehre. Weil deutsch, weil in dieser historischen Kontinuität von Schweinchen Schlaus lebend – da ist kein Herauskommen. Werden in dieser Sicht nicht Tausende von jungen Leuten beiseite gelassen, die sich ebenfalls im Zuge der Studentenbewegung politisiert haben, aber eben nicht die elitär-terroristische Konsequenz gezogen haben? All die, die in mühevoller Kleinarbeit den Traum, den auch der Vesper gestreift hat, durchzubuchstabieren versuchen, all die Sozialarbeiter, Angestellten, Lehrer, Journalisten, Gewerkschafter und Arbeiter, die weiter machen unter den Erfahrungen der Demütigung und der Vergeblichkeit, all die, die gefeuert, berufsverboten, bespitzelt, überwacht und eingeschüchtert werden – und dabei doch nicht mehr von ihren Vätern, den Vespers und Hitlers, eingeholt werden können?

Für wen schreibst Du eigentlich, Hein? Für wen hast Du diesen Text geschrieben? Willst Du Dregger und seine Sympathisanten erreichen? Du sprichst von der Vergangenheit her, aber ich glaube, wir andern brauchen Dich jetzt mehr für morgen in einer zunehmend nach Tod riechenden Gesellschaft.

Ich meine, daß Ernst Thälmann und Dietrich Bonhoeffer und Sophie Scholl auch Kinder gezeugt und bekommen haben. Mit denen ist zu reden. An irgendeinem Zeitpunkt ist man erwachsen genug, sich seine Väter und Mütter zu wählen, das ist eine Dimension dessen, was das Wort Volk bedeutet. Das hebt die schreckliche Solidarität der Geschichte und den Geruch des Todes mitten unter uns nicht auf, aber es macht doch möglich, vom »Ende des Gesetzes« reden zu können, von der Konversion auch der Schweinchen Schlau, daran muß man glauben, und von der Abschaffung einiger der Zustände, die sie nachweisen lassen. Im Interesse der Kämpfenden muß man so ein Buch vom Leiden lesen, das heißt gegen den Strich. Um des Interesses der Kämpfenden willen schreib ich auch diesen Brief, Hein. »Wer sich nicht wehrt, lebt verkehrt.« Er enthält eine ungenau formulierte Bitte an Dich, etwas mehr für uns zu tun.

Deine Dorothee Sölle

Für wen ich schreibe. Konkret v. 30. 3. 1978. Antwort auf den Offenen Brief Dorothee Sölles

Wir danken den Autoren und Rechteinhabern für die freundliche Genehmigung des Abdrucks der Texte und Offenen Briefe.

Register